# 硬頭姑娘

4 完

鹿鳴 著

風文創 726

# 目錄

# 第八十九章　三爺硬氣

「咵！」上面的狗子，一塊瓦片沒有抽好，直接掉進了屋內，崔景蕙怔怔地看著地上摔得粉碎的瓦片，終於站起了身。

她走到門前，手扶著門栓，正要開門的時候，忽然聽見三爺的聲音。

「你們這是在幹什麼！」

今兒個一早的時候，東家放了工，三爺上了慶雲客棧，打算打一罈子稻花香回村裡，卻從德文那裡知道了大河村發生的事。他自小便長在大河村，自然是知道村裡人那尿性，擔心崔景蕙受欺負，直接喊了幾個相熟的人，向東家借了驢車，便一路向大河村趕了回來。

這緊趕慢趕的，終於在下午邊上趕回了村裡，只是哪裡想到，一進村子，便看到一幫人圍著自家院子，正在上房拆瓦呢，當下就暴喝一聲！

院子裡的眾人頓時被驚得一下子靜默了聲響。

「看老子不在家，竟然敢拆老子的房子？你們知不知道，這比騎在老子頭上撒尿還要嚴重！你們還不滾，老子就要揍人了！」崔三爺一臉鐵青地看著摔了一院子的碎瓦片，心情不好，嘴上自然也不會留半點面子。

院子裡的人，一時間面面相覷。有膽小的，聽了崔三爺這句話，躊躇了一下，再看看跟著三爺後面一併而來的幾個穿著短褂、虎背熊腰的漢子，沒一會兒就灰溜溜的走了。

有人開了頭，原本有些猶豫不決的人，自然也是跟著走了。不多時，院子裡就走了個乾淨，只留下踩著梯子、站在屋頂上的狗子，上也不是，下也不是。

「怎麼著，狗子，還要我請你下來？」崔三爺走到梯子下面，抬頭看了狗子一眼，有些陰陽怪氣地說了一句，然後伸手作勢要去扶梯子。

「三爺！我的祖宗！別、別，千萬別！我自己下來！」看到崔三爺的手扶上梯子，狗子的臉瞬間就變了顏色，他一手抓住房梁，一手扶著梯子，一臉惶恐的大喊大叫了起來。等看到崔三爺的手從梯子上移開了，狗子這才算鬆了一口氣，反著腦袋，一臉不放心地盯著崔三爺，然後慢慢吞吞地下了梯子。「三爺，您不知道，咱們村裡可是出大事了，都死了十三個呢！這都是大妮和團團的錯，三爺，您可別再收留他們姊弟了，不然的話，您要是出了什麼事，可連個扶靈的人都——」

「砰！」狗子說得興起，一時間沒個輕重，也沒注意到崔三爺的臉越來越沈，就好像鍋底灰一樣。狗子的話還沒說完，便被崔三爺一拳頭砸在面門上，還來不及呼痛，崔三爺便又是一腳，直接將狗子往後踹出了半公尺遠，跌坐在地上。

「三爺，別、別！我說的都是實話呀！」狗子一邊後退，一邊解釋。

只可惜，崔三爺根本就不信這一套。「滾！」

「好好好，我這就走！」一見崔三爺根本就聽不進他的話，狗子也是怕了，索性連滾帶爬的就要離開。

「等等！」

只是，狗子還沒爬出兩步，就被崔三爺再度叫住。

「三爺，是您讓我走的！」狗子回頭，一臉委屈地看著崔三爺，這走也不敢，不走也不敢。

「拿來！」崔三爺才不管這個，直接朝狗子伸出手。

狗子愣了一下，不懂崔三爺說的是什麼，下意識開口問道：「什麼？」

「你砸了我家的屋頂，難道就這麼算了？」崔三爺冷笑了一聲，絲毫沒有半點客氣。

狗子苦笑了一下，從身上摸出了七個銅板，露出一臉討好的笑，送到了崔三爺伸出的手裡。「這、這個，三爺我身上只有這麼多了！」

三爺看了看手中寥寥無幾的幾個銅板，再抬頭看了看狗子，然後擺了擺手。

狗子如釋重負地轉身，打算離去。哪裡知道，狗子這才剛轉身，三爺便一抬腳，直接踹在了狗子的屁股上，讓狗子摔了個狗吃屎。

狗子心裡又氣又怒，他可是一個青壯年，卻根本打不過崔三爺，這個虧也只好自己受了。從地上爬起身，一抹嘴巴上的泥塵，一手揉著屁股，頭都不敢回一個，一瘸一拐地走了老遠，這才敢扭頭，往崔三爺院子的方向唾了一口，罵罵咧咧的離開。

「大妮，是我！」崔三爺站在院子裡，扭頭看了一眼正被自己帶回來的人鬆綁的崔濟安，「哼」了一聲，這才走到崔景蕙的房間門口，敲了敲門，聲音是生疏的柔和。

「三爺，您回來了！」崔景蕙早就在門內聽了好一陣了，聽到敲門聲響起，這才恍然清醒過來。伸手抹了抹臉上不知何時掉落下來的淚珠，生硬地扯了扯嘴角，卻還是扯不出半點笑顏來，便索性放棄。打開門，就好像無數次最平常的問候一樣，歡迎著崔三爺的回來。

「嗯，回來了！別怕，一切有三爺在，沒人敢把妳和團子怎麼樣！」崔三爺一個鰥居了大半輩子的男人，其實也不知道該怎麼安慰崔景蕙，想了好多，可是到頭來，說出口的，也就這麼一句硬氣的話。

「三爺，我不怕！」崔景蕙一臉慎重地回答了一句，站在門口，視線落在了不遠處，一臉愧疚、被綁在樹上近乎無地自容的崔濟安。「大伯，您沒事吧？」崔景蕙忙上前去，幫忙解了崔濟安身上的繩子，一臉歉疚，是她連累了崔濟安。

崔景蕙的話，讓崔濟安羞愧得簡直就想挖個洞把自己埋了進去。他抬頭看了崔景蕙一眼，然後猛的一巴掌就甩在了自己的臉上，蹲下身去，摀住了臉。「都是大伯沒用，都怪大伯，都是大伯的錯！」

「大伯，這不是您的錯，真的！您別往心裡去。」崔濟安的動作實在是太突然了，崔景蕙根本就來不及阻止，等反應過來，崔濟安已經摑了自己巴掌，然後蹲地上去了。

這安慰人的話，崔景蕙真不擅長，可是見崔濟安這麼自責，崔景蕙總還是憋出了幾句，但是顯然，這話卻是半點都不起作用。

「怎麼，你一個大男人，本事沒有一點，倒像個娘兒們一樣，哭出味兒來了！」跟在崔景蕙身後的崔三爺，最見不得男人做這種女兒態，不過看在崔濟安挺身相護大妮的分上，崔三爺下手倒是輕了幾分，一巴掌拍在崔濟安的後腦勺上，卻沒讓崔濟安直接倛地上去。

雖然不重，可是崔濟安好幾十年都沒被人打過後腦勺了，所以崔三爺這一巴掌，直接就把崔濟安打愣住了，他愣了一會兒，開口便是再度道歉了起來。「我……對不起，三爺，是我沒本事——」

「知道自己沒本事，就把那副娘兒們的姿態收起來！都是當爹的人了，可別在自己兒子面前墮了臉面。」崔三爺直接打斷了崔濟安的話，絲毫不給他留半點情面。

兒子！崔濟安聽到這個詞，再度愣了一下，後知後覺地扭頭往道上一看，便看見遠遠的大道上，崔元生一臉焦急地拽著村長往這邊來呢！

崔濟安趕忙站了起來，然後用袖子擦拭眼角的濕意，有些不自在地看著崔三爺。

崔三爺根本就不看他，他的注意力都在崔景蕙手臂上一道已經凝固的血色汙漬上。之前崔景蕙在屋裡的時候他沒有注意，如今看到了，他自然得問上一句。「大妮，妳手受傷了？」

「嗯，之前進大別山，受了一點傷，不過已經沒什麼事了。」那個自己恨了幾十年的人，已經被自己親手抹掉了存在，崔景蕙也不想再提這件事，不過既然崔三爺問了，崔景蕙還是隨口帶了一句，以免讓三爺擔心。

三爺並不知道崔景蕙之前進大別山的事，但既然崔景蕙都說了沒事，他也就放下心來，沒有再追問。

崔景蕙見此，卻是鬆了一大口氣。

「爹！爹您剛剛嚇死我了，我好怕啊！」崔元生離得近了，也看到崔濟安沒事一樣地站在三爺院子裡，頓時鬆了村長的手，直接就朝崔濟安撲了過去，然後一把抱住了崔濟安的腰部，乾嚎了起來。

他剛剛實在是嚇壞了，所以按著娘的吩咐，去找村長幫忙，偏偏村長卻不在家裡，他找了好久才將村長找了過來，一路擔驚受怕的，這會兒見了崔濟安，頓時情緒便有些失控了。

「我沒事了，沒事了！別怕！」崔濟安摟著崔元生有些微微發抖的身體，一臉愧疚地安撫著。

村長氣喘吁吁地跑了過來，看到滿地的瓦片，也是有些心驚，但看到崔景蕙和崔濟安沒事，又是鬆了一口氣。

「大妮，實在是抱歉，這次村裡一下子死了這麼多人，我也是有些忙不過來，這才沒注意，讓那些兔崽子生了事，妳可千萬別放在心上。」

村長也是一臉無奈，因為有三戶人家，家裡都死絕了，這沾親帶故的嫌晦氣，根本就沒有人出來主持白事，作為一村之長，他自然得頂上去了。而且因為這件事影響實在是太大了，就連縣令大人都窩在他們村，不挪根了，他一個小小的村長，哪能抱怨？

「這事好說得很，只要他們不來鬧，我一定不放在心上；但要是他們還敢再來的話，村長你可是看到了，我這好幾十兩銀子新建的屋子，還沒住上幾天呢，就弄成這個樣子，我這心裡不痛快得很！這一次我不追究，再來的話，我的拳頭可就不長眼睛了！」

崔景蕙還沒有說話，崔三爺便直接擋在了崔景蕙的面前，吹鬍子瞪眼地望著村長，說到最後，還特意揚了揚自己的拳頭。

而三爺領回來的四個漢子，跟示威似的，也朝村長揚了揚拳頭。

村長不由得苦笑了一下，最近村裡發生的事實在太多了，這事一多，嘴也就碎了。他也知道，其實這事扯不到崔景蕙和崔承佑身上去，可是這有人暗地裡嚼著舌根，說得有模有樣的，便會有人信了。這一傳二、二傳十，越說越有鼻子有眼的，所以這十幾個人的死，直接就扯到了崔景蕙姊弟身上。

「大妮，叔能跟妳商量個事嗎？」崔三爺他是沒把握說得動的，索性就不浪費口舌了，直接望向了崔景蕙。

可三爺卻是和村長槓上了。「有什麼事跟我說就成，我是大妮的三爺，她的事，我作得了主！」

村長無奈地看著崔景蕙，想讓她說句話，可是崔景蕙卻像是默認了三爺的話一樣，就是不冒頭，村長沒辦法，只能跟三爺攤了牌。

「大妮，現在村裡人的意思，是想讓妳暫時離開村子一段時間。等以後，這件事慢慢過去之後，妳要是願意的話，村長還是很願意妳回來的。」

村長說完話之後，便不敢看崔三爺的目光了。他也知道這事辦得有點不地道，可是最近村裡發生的事實在是太多了，這次死了十幾個，這要還有下次，大河村也就真沒活頭了。

三爺直接就氣得火冒三丈了，他一把揪住了村長的前襟，嘴裡不帶半句好話，掄起拳頭就要往村長身上揍。「你這是要趕大妮走！你個王八羔子，叫你一聲村長，你還真當自己有臉了？我今兒個非得揍翻你，讓你知道，這個村長也不是這麼好當的！」

三爺動手，其他的人也就看熱鬧的勁兒，畢竟都是三爺帶回來的人，又怎麼可能去勸架？

崔濟安苦著張臉，沒得法子，就算是心裡打鼓，怵得慌，也只能硬著頭皮上前去拉扯三爺。「三爺，別衝動！」

「老子就衝動了，你能怎麼著？滾一邊去，老子今天非得把這個王八羔子揍得他祖宗都認不出他來！」三爺直接一揚手，就把崔濟安甩一邊去了，甩手就往村長臉上揍去。

「三爺，算了，這個不怪村長。」

就在村長以為這拳頭自己挨定了的時候，崔景蕙終於開了腔。

崔濟安的話，崔三爺可以不聽，但崔景蕙的話，卻足以影響崔三爺的行動。拳頭在離村長不過毫米之間的距離停了下來，崔三爺怒氣不止，卻又強捺心緒地扭頭望向了崔景蕙。

「三爺，放開吧！」崔景蕙扯了扯嘴唇，臉上卻沒有半點愉悅的表情，她看著一臉豬肝色、心有餘悸的村長。「便是村長不提這個，我也打算離開村裡了。」

「大妮，妳真的決定了？」崔三爺頓時眼睛睜圓了，不敢置信地望著崔景蕙。他是知道崔景蕙想要在村裡守完孝的，畢竟一開始他也曾和崔景蕙提過，讓他們姊弟跟著自己一併去縣裡討生活，當時崔景蕙就是用這個理由拒絕的。

「為了團團，我想爹娘不會為了這事怪我的。」崔景蕙稍稍向崔三爺解釋了下，轉而望向了村長。「村長，這段時間給您添了不少麻煩，實在是抱歉。等周氏上山之後，您放心，到時候我一定會離開村子的。」

「周氏是妳阿嬤，妳送她自是理所當然的。」村長倒是鬆了一口氣，只要崔景蕙願意走，他也就能給村裡人一個交代了。

「我沒打算送她，我只是替我爹看著她入土而已。」崔景蕙才不想在這個時候博取這樣的同情。她不想以孫女的身分送周氏上山，但是她爹是周氏的兒子，這是不爭的事實，既然她爹做不到了，那便由自己來做。

村長頓時尷尬了，咳嗽一聲。「村裡現在忙得很，要是沒什麼事，我就回去主持大局去了。」

客氣的話，崔三爺和崔濟安這個時候只怕都不願意說，所以崔景蕙只能客套了一句。

「嗯，麻煩村長走一趟了。」

村長巴不得離開，所以這會兒頓時如釋重負，轉身便打算離開院子，只是走了幾步，忽然想起，崔景蕙可能還不知道齊家的事，不由得便頓了腳步，然後回頭對著崔景蕙說了一句。「大妮，齊家和妳有婚約的齊麟，這次也死了，我想妳應該過去看看。」

「什麼?!」崔景蕙下意識脫口而出，一時間心中五味翻騰。這是她自己許諾下的婚約，也是對她的束縛，在沒有遇見席哥哥的時候，她也曾想，就這樣嫁人算了，可是有些東西，或許冥冥之中自有天定，她再次遇見了席哥哥，卻因為身上的婚約，還不敢與其托出自己的秘密，這一直都讓她無比的煎熬。

她雖對齊家放下了狠話，可是齊家卻一直都沒有任何的表示，卻沒想到，在她都快要認命了的時候，齊麟居然就這樣去了。那麼，她與齊家之間的婚約，也就隨著齊麟的離世就此作罷了，她只要將等同於之前半根人參的聘禮銀子還回去，便是自由身了。

雖然說，這時候高興有點兒不地道，可是不自覺間，崔景蕙一直拉下的臉色竟然好了很多。「多謝村長告知，我會去的。」

村長點了點頭，這才轉身離去。

「哼，這都是齊家的報應！」崔三爺還是對齊家之前不願意退婚的事耿耿於懷。

「三爺，死者為大。」崔景蕙無奈地對崔三爺說了一句。這人都死了，再說什麼膈應的話，卻是不該了。

三爺癟嘴，卻是不置可否，反正他對村裡的這些人都沒什麼好印象。

「那個……三爺，我家裡還有事，要是您這兒沒事的話，那我就先回去了。」人都走了，三爺也回來了，也沒崔濟安什麼事了。

「走走走，我又沒攔你！」崔三爺本來就不待見崔濟安，哪裡還會留他？直接朝他甩甩手，讓他快走。

「大伯，讓您受累了！」崔景蕙卻是領受了崔濟安的幫助。

「都沒幫上什麼忙，大妮，妳自己去忙吧，不用管我。」崔濟安憨憨地笑了一下，然後拉著崔元生往回走去。

等崔濟安走了之後，崔景蕙看著院子裡的幾個漢子，歉意地笑了一下。「三爺，你們從縣裡趕回來，怕是餓了吧？我去給你們弄點吃的。」

「不用麻煩了，這都是我上工的伙伴，我領他們去鎮上隨便吃點就行了。」三爺心疼崔景蕙手上有傷，自然是不願意累著崔景蕙了。

「沒事，都累了一天，也別折騰了。三爺您把院子整一下，我去烙幾個餅，不費多久的時間。」這客人都上門了，自然沒有將人又趕出去吃的理。崔景蕙說完，便直接去了灶屋裡。

崔三爺見狀，只能狠狠地瞪了身後幾個伙伴一眼，然後不情願地將他們領到了自己屋裡。

# 第九十章　配了冥婚

一進屋子，便有人湊到崔三爺的跟前，擠眉弄眼地說道：「三爺，這是您孫女？」

「不然還是你孫女？肖小子，你可別打我這孫女的主意，不然老子削了你！」崔三爺直接瞪了那人一眼，一口就戳穿了那人的心思。

「嘿嘿，我可沒這膽子。」被喚作姓肖的小子，心虛地撓了撓後腦勺，笑了一下，目光卻是不自覺地往門口瞟了去。

「我這孫女，可是敢動刀子的主兒，你們這些個小子，還真配不上。」崔三爺說到崔景蕙的潑辣勁兒，那可是一臉的自豪。

而聽著的幾個，倒是對崔景蕙更加好奇了起來。

不過崔景蕙並沒有理會，煎了四大盤餅子，又弄了點鹹菜送到三爺屋裡，便回了自己房間。隨便吃了兩個餅子之後，崔景蕙換了身衣裳，想了想，又裝了五十兩銀子，和三爺說了一聲，便出了門。她打算去齊家弔唁一下，順便將自己的庚帖拿回來。

齊家的院子裡，除了嗚嗚咽咽的哭泣聲之外，就連個弔唁的人都沒有，而且整個屋子半點白布都無。崔景蕙推開院子，走了進去，只看到堂屋裡，一具蓋了棺的棺材立在牆壁邊上，半點燭火都不見。

「媳婦，齊齊已經死了，沒氣了，妳又何苦這麼折騰他呢？」

屋裡齊大山的聲音傳來，崔景蕙還沒走到窗戶邊上，便聽到齊嬸一聲尖銳的驚叫。

「不！我的齊齊沒有死！他沒有死，他只是睡著了！當家的，你看他睡得多香啊！」

「媳婦，妳就醒醒吧！這脖子上鋆大的傷口，身體上也都長斑了！媳婦，就當是我求妳了，讓齊齊入土為安吧！」

齊大山看著自家媳婦就好像是瘋了一樣地摟著齊麟的屍體不撒手，整個人都變得有些瘋瘋癲癲了。他哭喪著一張臉，無比頹廢地站在齊嬸的身側，不過是兩天的工夫，他就像是老了一輪一樣。

「別胡說！齊齊都還沒成親，還沒生崽子呢！他不能死了，他要是死了，咱們老齊家的根就沒了！他沒有死，他還有媳婦呢！齊齊乖，快點給娘醒來好不好？你醒來了，娘馬上給你娶媳婦，到時候讓你媳婦給娘生個大胖小子！」齊嬸這會兒其實已經癔症了，她根本就聽不見齊大山任何的話。

齊大山看著齊嬸這個模樣，用手抹了一把額頭，深深地嘆了一口氣，無力地跌坐在一旁的凳子上。

齊嬸原本是他堂妹，可是他們兩個卻彼此心生愛慕，家裡人自然是不願意他們在一起的，但齊嬸當時已經懷孕了，所以他們兩個便逃離了原來的村子，最後來到大河村，生下了齊齊。

只是沒想到，生下了沒有成為傻子的齊齊，卻因為他們的疏忽而高熱，最終還是沒能躲過這一劫。因為這件事，齊嬸愧疚了大半輩子，可如今，卻還是沒能留住齊齊。

「齊叔、齊嬸，我能進來嗎？」崔景蕙站在虛掩著的門口，往內看了看，並沒有推門而入。

「大妮，妳來了？快快進來，齊齊可是念叨妳好一陣子了！」齊大山抬頭望向崔景蕙，還沒來得及說話，一直抱著齊齊屍體的齊嬸抬頭看了崔景蕙一眼，頓時露出了一臉喜色。

「齊叔、齊嬸，還請節哀。」崔景蕙走進屋內，頓時一股屍體的惡臭味傳入鼻翼間，顯然是最近天氣太熱，這死人的屍體在屋裡擱了一天，又沒什麼防護措施所致。

「節什麼哀？齊齊還沒死呢！妳怎麼能咒齊齊呢？難不成妳想當寡婦？」一說到節哀，齊嬸臉上的喜色頓時褪盡，直接就青了一張臉。

齊嬸不高興，崔景蕙也不高興得很。這祁連有明文規定的，未婚夫妻之間，若是有一方在結婚前逝去，只需將聘禮還回，婚事便作罷，防的就是那個以節婦之名，讓未成親的女子守望門寡的守舊迂腐之人。

「這是抵之前你們齊家半根人參聘禮的五十兩銀子，我們崔家和你齊家的婚事，便就此作罷，還請齊叔將我的庚帖還回來。」崔景蕙也沒了好氣性，直接從懷裡掏出之前準備好的五十兩銀子，擱在了桌子上，然後望向齊大山。

「好，大妮，妳等一下，我這就去給妳拿庚帖。」這祁連的法已經延續了近百年，便是鄉野之人，哪有不知道的？齊大山也知道此事無法挽回，再加上崔景蕙願意拿出五十兩銀子來抵這聘禮，可以說是給足了齊家的情面，齊大山哪有不答應的理？

「這婚事不能退，我不許你把庚帖還給她！齊齊不能沒了媳婦，我還想要抱孫子呢！」齊大山這才剛起身，齊嬸便直接衝了過來，將齊大山攔住，歇斯底里地大叫了起來，就是不肯讓齊大山將庚帖還回去。

「淑嫻，妳鬧夠了沒？齊齊已經死了，死了！妳就清醒一點吧！」齊大山一臉心痛地看著自家媳婦，一把將歇斯底里的齊嬸攬進了懷中，死死地箍住，沙啞的聲音裡，是一個男人隱忍的痛。

「沒有！當家的，你騙我，齊齊沒有死！沒有死！」

一承認齊齊死了，那就意味著她斷了大山哥的根！大山哥是獨子，這要是到了地下，她還有什麼臉面去見齊家的列祖列宗？

「淑嫻，我不怪妳，真的！我從來都沒有怪妳，這不是妳的錯，這就是命。既然是命，咱們就得認著。齊齊的墓地我已經選好了，也挖好了，等將庚帖還給大妮，我就去和村長說，明兒個一早，咱們就送齊齊上山。」

齊大山等齊嬸情緒穩定了之後，將齊嬸扶著坐在了一旁的凳子上，然後走到裡屋，將崔景蕙的庚帖尋了出來，一臉複雜地看著這張小小的紙片。

這裡，原本承載著他們齊家綿延子嗣的希望，可是現在，一切都沒有了，一切都完了。

齊大山似留念般地撫了撫庚帖的毛邊，這才將庚帖送了出去。

「大妮，別怪妳嬸子，她也是疼齊齊。」

齊大山將庚帖送到崔景蕙的手裡，然後一臉歉意地對崔景蕙說了一句。

「齊叔，我懂，我不會怪齊嬸的，你們也節哀。有了這五十兩銀子，想必你們後半生也有所倚靠了，若是以後有什麼事需要我幫助的話，我定義不容辭。」崔景蕙看著手中那張庚帖，一時間百感交集，將銀子擱在了齊大山的手裡。

終於，她終於拿回來了，崔順安夫婦賦予她的生辰八字。

心事已了，崔景蕙和齊大山又客套了一句後，並沒有理會坐在一旁抱著齊麟、沈默無聲的齊嬸，轉身離開了屋子。

只是，她根本沒有想到，就在她走出門還沒兩步的時候，原本坐著的齊嬸卻猛的站了起來，然後一把抄起櫥櫃旁邊的擀麵杖，直接一棒子就往崔景蕙的後腦勺砸去！

「淑嫻！」

崔景蕙聽見身後的齊大山猛的大叫了一聲齊嬸的名字，然後只覺後腦勺一痛，眼前一黑，便什麼都不知道了。

「媳婦，妳這是做什麼呀！」齊大山不敢置信地望著萎靡在地上、不省人事的崔景蕙，然後猛的朝拿著擀麵杖、帶著一絲瘆人笑容的齊嬸大喊了一句。

「都是因為這個女人！齊齊活著的時候沒能娶上媳婦，如今齊齊死了，她想不認這門親事，沒門！我要她活著是我們齊家的媳婦，死也要是我齊家的媳婦！」

齊嬸忽然露出一臉溫柔的表情，回頭望了一眼齊麟的屍體，語氣雖然溫柔，但是齊大山卻感覺有一股寒意直衝腦門。

「淑嫻，妳懵了頭吧？這大妮沒死呢！而且妳要給兒子配冥婚，我也答應，但這、這……我絕不同意！」

「我自個兒定下的媳婦，我就要她給我兒子配冥婚！大山哥，我背井離鄉跟了你一輩子，就這麼點心願，你就應了我吧？」

齊嬸走到齊大山面前，那無比溫柔的語氣，讓齊大山一瞬間有了一絲恍惚。

曾幾何時，淑嫻也是如此溫柔過，只可惜，碰上了自己這個沒用的男人，這才被歲月搓磨成了如今的模樣。想到此，齊大山的語氣有了一絲的鬆動。「可是……這是犯法的呀！」

齊嬸聽到齊大山的語氣鬆動，頓時眼睛一亮，一把抓住齊大山的胳膊，急促地說道：「等我們把齊齊和大妮合葬了之後，立刻就走，連夜離開大河村！只要你不說，我不說，就不會有人發現的！」

「這……這……」大河村雖說不是他們的根，可是這裡他們也待了十幾年了，哪裡是這麼容易割捨得下的？

「咱們回齊家莊去！大山哥，我想我娘，想大伯了！」齊嬸滿心的戾氣，哪裡是齊大山一絲的猶豫能夠撼動的。

齊家莊！那是齊大山作夢都想回去的地方！他也想自己的爹娘了……他低頭看著滿是祈盼的齊嬸，終於一咬牙，應了下來。「好，這次聽妳的！」

「大山哥！」齊嬸頓時一喜，將手中的擀麵杖直接丟在了屋內，然後走到門口，就要動手將崔景蕙的身體拖進屋內。

「媳婦，我來。」齊大山忙上前，接過了齊嬸手中的崔景蕙，扠住她的腋下，將崔景蕙拖進了屋內。

齊嬸環顧了一圈屋子後，加快腳步，走到牆角邊上的一個舊木箱旁，將箱子裡面的衣服全部都抱了出來。

「當家的，先把人放這兒，免得被人發現了。」

「還是媳婦妳想得周到！」齊大山也是太緊張了，倒是沒有注意到這個，聽齊嬸這麼一說，忙將崔景蕙拖了過去，然後蜷著塞進了箱子裡。

齊嬸還不放心，又撕了一道布條，將崔景蕙的雙手綁在前面，然後又將崔景蕙的嘴巴封住，這才放心地蓋上箱子。

「當家的，你去看有人沒？我收拾一下東西，要是沒人的話，咱們就搬棺材。」

「行，那我先去看看！」第一次做壞事，齊大山此時心虛得很，自然是齊嬸說什麼，他便做什麼。

匆匆忙忙出了院子，齊大山便往墳山那一塊的方向去了，這自然是不能走三爺的那一條路了。另外一條路雖然遠了點，但是少有人走，這不怕一萬，就怕萬一，齊大山還是想穩穩心。

也是齊家的運氣，因為之前齊嬸不願承認齊麟已經死了的事實，轟走了幾波村裡想來弔唁的村民，所以村裡人都知道齊嬸癔症了，也就沒人過來了，這倒是替齊大山省了不少麻煩。

等確定沒人之後，齊大山便和齊嬸兩個抬著堂屋裡的薄棺材，直接往墳山去了。棺材是縣太爺帶過來的，不過是幾塊薄薄的木板釘好的，輕得很。齊大山和齊嬸兩個將棺材送進之前選好的墳址處，歇都沒歇上一次。

事情這麼順利，齊大山夫婦索性一合計，直接折返回去，齊大山揹著齊麟的屍體，齊嬸將崔景蕙直接塞麻袋裡，揹在背上，一鼓作氣地送到墳山裡。

將齊麟的屍體放在薄棺裡，然後將崔景蕙從麻袋裡弄了出來，側身挨著齊麟放下。齊大山又尋了些小樹枝，弄成兩寸長左右，將棺材蓋和棺材板都嵌合在一起，用石頭沿著棺材蓋敲了一圈，確定棺材蓋打不開了，這才放心地從墳坑裡爬了上來。

因為村裡一下去了十三個人，所以要挖的墳坑比較多，鋤頭、釘耙一類的根本就不用齊大山回去拿，不過走幾步遠，便在一個未挖好的墳坑邊上尋了兩把鋤頭。

齊大山和齊嬸兩個人直接將堆在旁邊的土堆填入坑裡，直至壘了一個小墳包，又將上面的泥巴給夯實了，這才將鋤頭放回去。

「齊齊，娘會回來看你的，你和你媳婦在陰曹地府好好過。」

這會兒天都黑了，齊大山和齊嬸二人摸黑回了自己院子，拿著之前收拾好的一些衣裳細軟，還有崔景蕙拿過來的銀子，直接就出了村子。

與此同時，在外婆家的安大亮一家，接到了村長的傳信，糾結了一番之後，在挨黑邊上，安大亮帶著春蓮回了村子。

春蓮還沒進屋，就直接跑到了三爺家，只是敲了敲崔景蕙所在的房間門，卻沒有得到任何回應。聽到三爺屋裡有動靜，春蓮便跑了過去。「三爺，您知道大妮哪兒去了嗎？」

這人只要一喝點酒，就什麼都忘了，崔三爺醉眼朦朧地望著扒在門框邊上的春蓮，認了好一會兒，這才認出她來。

「大妮？大妮沒在家嗎？」

春蓮聽三爺也不確定，頓時就慌了。「我剛去敲門了，裡面沒有人應。三爺，大妮是不是出門了？」

「三爺，你家妮子之前不是說出門找齊家的誰去了嗎，難道還沒回來？」之前有聽見崔景蕙打招呼的漢子，頓時插了一句嘴。

「上齊家？我去看看！」

春蓮雖然有些怕黑，可實在是擔心崔景蕙，得了崔景蕙的去處，半點也不耽擱地直接就往齊大山家裡跑去。

之前對崔景蕙上了點心思的肖姓小子，看春蓮那模樣，倒也是有點不放心了。「三爺，您要不要跟過去看看？我看這小姑娘急得很，且您家妮子這時候還沒回來，倒是有點奇怪了。」

「成！你們自便，我去看看。」崔三爺側頭看了一眼黑了的門外，也是有點不放心了，擱下酒杯，也追出了門。

等春蓮跑到齊大山家的時候，齊大山家早已是落了鎖，春蓮喊了幾嗓子，屋裡都沒有聽到任何人的回應。以為崔景蕙不在這兒了，春蓮又尋了鄰近的幾戶人家，卻都說沒有看到過崔景蕙。至於齊大山夫婦，春蓮問了四、五家之後，倒是有人看到齊大山夫婦出門了，至於上哪兒去，別人卻是不知道了。春蓮一時間倒是不知道該往哪裡去尋崔景蕙了。

恰好這時候，崔三爺也過來了，春蓮忙將自己打探過的消息說與了崔三爺。

崔三爺被酒水昏了的頭，頓時冷汗直冒。

招呼春蓮去找村長，發動村裡的兒郎來找崔景蕙後，崔三爺直接上了齊大山家的院子，拿了把斧頭，就將齊大山家鎖了的門給砸了——裡面空蕩蕩的，鬼影子都沒一個，更別提齊家的人了。崔三爺只覺得心一下子慌的，落不回原處了。

他沈了沈心，奔到堂屋裡，堂屋裡也是空空蕩蕩的，什麼都沒有。

沒了，都沒有了！

難道是齊家的懷恨在心，不願意退婚，將大妮給殺了，跑路了？崔三爺心中頓時湧上了最壞的打算。齊麟那小子已經死透了，堂屋裡沒有棺木，難道那兩口子將大妮給埋了？

崔三爺是一刻鐘也待不下去了，他直接衝出了齊大山家的院子，拔腿就往墳山那邊跑去。

# 第九十一章　險被活埋

崔景蕙是被屍臭給臭醒的，她迷迷糊糊地想要伸手捏住鼻子，可是手往上一動，崔景蕙就發現不對勁了，她猛的睜開眼睛，看見的便是齊麟那張青色帶著幾分浮腫的死人臉。

崔景蕙下意識想要往後退、尖叫，可是身後都是棺材板，能退到哪裡去呢？而且嘴巴被封住，尖叫出口後，剩下的便只有嚶嚶嚀嚀、含糊不清的聲音。

不過這樣一來，倒是讓崔景蕙有些認清了自己的處境。

她小心翼翼地將手伸到自己面前，看著上面的布條，眼中閃過一絲無奈。自己終究還是太大意了，竟然被人直接給活坑了。

不過，沒先把自己弄死，倒是不幸中的萬幸了。雖然現在離死也差不了多遠了，但至少還可以搶救一下。

崔景蕙用綁著的手，將封住嘴巴的布條拉了下來，喘了一口氣，然後將手慢慢地放了下去，摸索到懷裡的荷包時，亦是鬆了一口氣。荷包沒被動，那就說明庚帖在，她的刻刀也在。

崔景蕙勉強將刻刀從荷包裡拿出來，儘量放緩呼吸。棺材中的空氣有限，崔景蕙才不想就這麼被悶死在棺材裡，和齊麟做一對死後鴛鴦。

將束縛雙手的布條用刻刀割斷，崔景蕙這才有機會解放自己的雙手。伸手沿著棺材蓋和棺材板的接縫處摸了一圈，然後湊到鼻子邊上，並沒有聞到漿糊的味道，繃緊的弦又鬆了一根。

沒有漿糊味，那就說明棺材沒有被封死，沒有封死，那麼想要撬開棺材蓋，又容易了幾分。

崔景蕙用刻刀插進棺材蓋的縫隙之間，拉鋸似的，想要將連接棺材和棺材蓋之間的小樹枝拉斷。要是正常的情況，是會用削好的竹片作為榫栓子，但是很顯然這棺材是臨時封棺的，崔景蕙手中的刻刀不過是幾下的功夫，便將一個榫栓子給割斷了。

棺材裡面又悶又臭，不過這麼一會兒工夫，崔景蕙身上就跟汗洗過一樣，但現在可不是擦汗的時候。崔景蕙一連弄斷七、八個榫栓子，這才開始用腳踹棺材蓋，踹是踹動了一下，可是上面蓋的土太厚了，崔景蕙的力氣根本就不足以將棺材蓋和上面的泥巴一併踹開。

就在崔景蕙努力的同時，崔三爺也已經尋到了墳場來。

「大妮！大妮在嗎？」

墳山上，黑壓壓的，雖然有月光映照，但也是黑得很，崔三爺今兒個才回來，也不知道這挖的坑是誰家的。

「三爺，我在這兒！我被埋在棺材裡了，快來救我！」棺木中的崔景蕙隱隱約約聽到外面的人聲，頓時大喊了起來。

只是，聲音被埋在土地下，傳到地面的時候，原本聲嘶力竭的聲音頓時猶如蟲鳴一般，讓人聽不真切。

崔景蕙用力喊了幾嗓子，便感覺周圍的空氣都要凝固了，而鼻子也快要喘息不過來了，便是崔景蕙天不怕，地不怕，這會兒也是有些慌張了。

她還有很多事要做，她不能夠死在這裡！

崔景蕙一咬牙，用力地踹著棺材蓋。

「砰！」只聽見一聲細碎的破裂聲，崔景蕙便看見自己用腳踹著的地方碎裂開來，泥土簌簌的直接掉落進了棺材。

崔景蕙頓時一喜，腳上的動作也更麻利了起來。

而這番動靜，崔三爺自然也是聽到了，他圍著墳地轉了一圈，終於順著崔景蕙踹棺材蓋的聲音尋到了齊麟埋著的那個坑。

「大妮，妳在嗎？」

「三爺，我在棺材裡面！」

這次崔三爺終於聽見了，他心裡一緩的同時，又是一緊。棺材裡面，我的天啊，這簡直就是要讓大妮去死呀！

崔三爺尋了把鋤頭，回到齊麟的墳坑處，往手裡唾了口唾沫，便開始挖了起來。

「大妮，別怕，我這就來救妳！」

崔三爺的話，還有上面傳來的細微的挖土聲音，讓崔景蕙終於有了稍稍的安心。

「崔三爺，快住手！您這是幹什麼？」

等春蓮領著村長還有縣令一併尋到了墳山的時候，藉著火把和月光，清楚地看到崔三爺正站在墳地的中間挖著墳！

這掘人祖墳可是傷天理的事，村長哪能讓崔三爺當著縣令的面做這樣有損大河村顏面的事？忙出口想阻。可是崔三爺這會兒救人心切，又怎麼會理會村長的話？

村長見自己的話根本沒有半點作用，自然是又羞又惱，側頭看了縣令一眼，然後直接上前，想要阻止崔三爺的動作。

「三爺，別鬧了！縣令大人還在呢！」村長伸手就要去搶崔三爺手中的鋤頭。

「鬧什麼鬧？還不快點救人！大妮被齊家那兩個缺德的直接活埋在下面棺材裡了！」崔三爺手一擋，將村長搶鋤頭的手擋住。本來他是不想理會村長的，但是這會兒救人事大，要是不快點，還不知道大妮在下面憋成啥樣呢！

「什麼？大妮在下面？快，快救人啊！」春蓮遠遠地便聽到了崔三爺的聲音，頓時一驚，忙推搡起身邊的人來。

「去，快去幫忙！」跟著縣令一起來的衙役，自然是將目光看向了縣令大人，這個時候人命最大，縣令也不敢耽擱，忙下令道。

這人一多，動手也就快了，沒一會兒，便已經挖到棺材蓋，這個時候，不用崔三爺他們動手，崔景蕙已直接頂開棺材蓋。

這突然的動作，倒是讓之前還有些半信半疑的挖墳人嚇得後退了好幾步。

崔景蕙站在棺材裡面，深吸了幾口氣，混合著泥土味道的氣息傳入鼻翼間，讓崔景蕙頓時有種重新活過來的感覺。

「大妮！妳、妳沒事吧？」春蓮看到崔景蕙站在墳坑中間，只覺得瘆得慌，實在是沒膽子下去將崔景蕙拉上來。

「沒事，妳別過來，這裡臭得很。」崔景蕙作勢就要往上爬。

三爺見狀，忙將鋤頭把伸了過去，將崔景蕙帶了上來。

崔景蕙一上來，春蓮就要往崔景蕙身上撲，頓時驚得崔景蕙後退了幾步，伸手擋住了春蓮的動作。「別！我現在一身的死人味！」

「大妮，妳怎麼會在這兒？可把我嚇死了！」春蓮也是聽話的不上前了，只是依然怵得慌。

「先不說這個，把棺材蓋了，土填了吧！」崔景蕙這會兒也是從後怕中回過神來了，她看了一眼棺材中被暴露在空氣中的齊麟，倒是有閒情去同情別人了。不過這個地方，她實在是不想待了。「村長，這件事就麻煩您了。三爺、春蓮，咱們回去。」

「好好好，大妮妳快回去吧！」任誰被活埋了，只怕心裡都不好受，雖然崔景蕙面上沒表現出來，可是村長也知道，這個時候可不得再麻煩崔景蕙，反正都在一個村裡，便是要問話，也有的是時間。

既然村長已經應話了，崔景蕙直接就往回走，她現在身上臭得很，簡直一刻都不願意多待。

回到三爺的院子，崔景蕙直接用冷水沖了涼，換了身衣裳，這才覺得好過了些。等回到屋裡，春蓮已經迫不及待地迎了上去，直接拿著一塊乾淨的帕子搭在了崔景蕙的頭上。

「妳說說，這都是什麼事呀！大妮，妳沒嚇著吧？」

春蓮將崔景蕙拉到炕邊，自己脫了鞋子，跑到了炕上，幫著崔景蕙擦拭著滴水的長髮，一邊心有餘悸地抱怨著。

「沒多大的事。齊麟那小子不是死了嗎？我想這婚事也是就此作罷了，想去把庚帖拿回來，哪想到齊嬸想要我給她兒子陪葬，也是我命大，撿回條命。該說的都告訴妳了，妳也別問了。」崔景蕙還不瞭解春蓮，這事要是不說清，只怕今兒個她是別想睡覺了，倒不如自己全盤托出來。

「怎麼可以這樣啊！齊家嬸子看起來也不像是那樣的人，這次怎麼能做出這麼缺德的事？難怪我上他們家的時候，連個鬼影子都沒見著了。」春蓮幫著崔景蕙擦頭髮的同時，還不忘忿忿不平地為崔景蕙叫屈。

「又不是傻子，這還不跑，難道是想留下來被我報復呀？」齊大山一家跑路，這也是崔景蕙早就料到的事，所以聽到春蓮這麼說，崔景蕙並沒有太大的驚訝。

「那倒也是。大妮，妳庚帖拿回來了沒？」春蓮點了點頭，忽然想起了崔景蕙此行的目的。可別遭了一場罪，東西卻沒拿回來，那可就划不來了。

「妳放心好了，拿回來了。」這也算是對崔景蕙最大的安慰了。

「那就好、那就好！」春蓮也為崔景蕙高興得很，總算是擺脫了齊家的婚姻，雖說這代價是大了一點。

「對了，春兒，我明天要離開村子了。」崔景蕙忽然想起，自己打算去縣裡住的事還沒跟春蓮透底呢！

「我爹也說村裡最近不太平，還是不要留在村裡的好。大妮，妳要不和我一塊兒去婆婆家吧？那裡雖然山多了點，可是挺好玩的。」春蓮還沒能明白崔景蕙話裡的意思，以為崔景蕙只是單純的想出去住一段時間。

「我不是這個意思，如果沒有意外的話，我不打算再回村裡了。」崔景蕙伸出手，一把握住春蓮的手，然後抬頭回望春蓮。

「什麼？為什麼不回來了？這是妳的家、妳的根呀！不待這兒，妳打算待哪兒呀？」春蓮手上的動作頓時一滯，她三步併作兩步地躍下了炕頭，和崔景蕙面對面，一臉的急切。

「這裡已經沒有我的容身之處了。妳也別急，等妳家石頭考上了，手上的生意上了正道，到時候我給你們小夫妻倆在縣裡開個店鋪，我這先過去給你們探探路。」

崔景蕙倒是說得輕鬆，只是春蓮心裡卻還是堵得慌。「真的要走嗎？」

「非走不可了，我可不想團團生活在一個處處被人看不起的地方。」崔景蕙肯定地點了點頭，絲毫不給春蓮說情的機會。

「好吧，那也只能這樣了。」春蓮也看出來了，村裡出了這麼大的事，如今怕是全怪在崔景蕙和團子身上了，不然她今天找人去尋崔景蕙的時候，怎會一個個推三阻四的，避之唯恐不及？她就知道，崔景蕙怕是會受人非議了。所以當崔景蕙提出要離開村子時，春蓮雖然有些不捨，但也沒有多勸，就當此事這麼揭過去了。

崔景蕙今天受了這麼大的驚嚇，故春蓮也沒有太打擾崔景蕙，將崔景蕙的頭髮擦乾之後，便死皮賴臉地硬拖著崔景蕙在炕上歇下了。

崔景蕙也是累了，所以也就隨了春蓮的願。

崔景蕙多少還是受了點驚嚇，所以翌日清晨便睡不下去了。小心翼翼地跳過春蓮起了床，本想要出門透口氣，卻不想，門才一打開，便看到村長站在門口，也不知等了多長時間了。

「村長，您怎麼在這兒？」崔景蕙將門掩上，以免打擾到春蓮睡眠。走到院子裡，這才開口向村長問道。

「那個……我有點事想要和妳說……」村長有些尷尬地看了崔景蕙一眼，不好意思地笑了一下。昨天從墳山那地回來之後，縣令大人便大為震怒，畢竟將人活埋的事，不管擱在哪裡，都是駭人聽聞的，而且還發生在自己身旁，焉能有不管的道理？所以縣令大人話裡話外的意思，都是不願意姑息齊家的人。可這事要是真追究起來的話，那他們大河村的小夥子以後找媳婦可就困難了！他思來想去地想了一夜，實在是睡不著了，這才尋到崔景蕙這兒來了。

俗話說得好，解鈴還需繫鈴人，這件事的源頭在崔景蕙這兒，只要崔景蕙答應不再追究，縣令大人那裡，他也好有說辭。

「行，就按村長的意思辦吧！這件事就這麼算了，反正我人也沒事。」

村長苦著張臉，將這件事說與崔景蕙，希望崔景蕙高抬貴手的時候，卻完全沒有預料到崔景蕙竟想都沒想便應了下來，倒是讓村長愣了好一會兒。

「大妮，妳真答應不追究了？」

「嗯，我畢竟是大河村的人，齊嬸也是傷心過度才會做出這麼愚蠢的事，念在咱們之前的姻親關係上，我也沒想追究。」崔景蕙從一開始就沒打算要追究齊家的事，能退了婚，她便已感到萬幸了。

而且這件事說來說去，她也有一定的責任，想必齊家兩口子以後也不會出現在自己的視線範圍內了，自己又何必死揪著不放呢？

「太好了！大妮，我替大河村的村民謝謝妳的深明大義！」村長一拍手掌，臉上也露出了幾分喜色來。

「那倒不必了，只要別在我背後問候我的祖宗，我便已經心滿意足了。」崔景蕙擺了擺手，現在這時期，她有沒有被村民在背後扎小人都不知道呢，還謝謝？這種不誠心的感謝，她可不稀罕。「村長，要是沒什麼事的話，那我先回去了。」崔景蕙看沒什麼事了，轉身就要往屋裡去，卻被村長再度叫住。等她一回頭，便看見村長從懷裡掏出一張折好的紙，送到了面前。

「還等一下，這個口頭上說的事，報到縣令大人那裡也作不得數，這個……叔寫了個文書，上面寫著妳自願不追究齊大山兩口子活埋妳的事。那個……大妮，妳在上面按個手印，這樣到時候縣令大人問起來，我也好有個交代。」說著，村長又掏出了一盒印泥打開，送到了崔景蕙的面前。

崔景蕙看了看文書的內容，確實是和村長說的差不多，所以她也沒再多問，直接沾了點印泥，印在了文書上。「村長，這樣行了嗎？」

「好好好，可以了！」村長滿意地收了東西，這揪了一個晚上的心，終於落回了原處。和崔景蕙又客套了幾句，便轉身告辭了。

崔景蕙看著村長遠去的背影，搖了搖頭，轉身回了屋子。

她要準備東西了，等周氏一上山，她就該離開了。

# 第九十二章　現代衣櫃

崔景蕙並沒有等上太長的時間，上午的時候，一口薄棺抬著周氏，便進了墳山。崔景蕙也是如她自己所言那般，站在院子裡，一路目送著周氏的棺材過到墳山裡去，算是替爹娘完成了對周氏最後的孝道。

中午的時候，崔三爺便領著自己帶回來的人，還有崔景蕙，在春蓮依依不捨的告別中踏上了去縣裡的路。

進了縣城之後，崔景蕙並沒有跟著三爺過去他上工的地方，而是先去了橋嬸那兒，看了團團，這才轉到慶雲客棧，暫時歇下腳來。

也是多虧了德文、德武兩兄弟，他們在縣裡待的時間長，一聽崔景蕙要在縣裡落腳，便託相熟的人，在自家院子不遠處的地方，幫著崔景蕙租下了一套三進的院子。如此，崔景蕙總算是在縣裡安置了下來。

至於團團，崔景蕙自然接了回來，畢竟算算日子，桂娥姊的月份也是越來越大，她自然不能再麻煩橋嬸了，便託了牙人，尋了個婆子，幫她帶團團。

說來也是湊巧，那牙人領來的人，竟是之前有過一面之緣的沈嬤嬤。崔景蕙也沒有問她為何被主家發賣了出去，便將人給買了下來，畢竟她對沈嬤嬤的印象還不錯。

三爺見崔景蕙安頓下來，過來看了幾次，才算安下心來。

只是，崔景蕙沒有想到的是，三爺竟然將春蓮也給接了過來。

「大妮，可想死我了！」春蓮一看到崔景蕙，便一臉興奮地撲了過去，只是這還沒撲到崔景蕙跟前，便被沈嬤嬤伸手給攔住了。

「安姑娘，小心點，小姐手裡還抱著小少爺！」

春蓮才不吃這一套，她撥開沈嬤嬤的手，直接連著團團，將崔景蕙一起抱住，然後用臉蹭了蹭團團的小臉蛋，惹得團團發出「格格」的脆笑聲。

「肉團子，想姊姊了沒？」

「春兒，妳怎麼過來了？」崔景蕙任由春蓮逗弄了一會兒，這才讓沈嬤嬤抱著團團下去，自己拉了春蓮坐在正屋的榻上，詢問了起來。

「剛叔領我過來的。說是三爺怕妳一個人在這裡沒個照應，讓我過來給妳作個伴兒，我爹應了，我便過來了。大妮，租這麼大座院子，得不少錢吧？」春蓮東瞅瞅、西摸摸，一副好奇寶寶的模樣。

「還好，也不是很貴。」這是租借的，又不是買房子，自然是貴不到哪裡的。

「這縣裡的房子，看著就舒服得很。等石頭賺了錢，咱們也上縣裡買一處，到時候，咱們就挨著住，想想這日子就美得很！」春蓮有時會跟著姑婆到縣裡來接生，這個念想已是存了很久了。

「這親都沒訂呢，就惦記上房子的事了？要是石頭達不到妳娘的要求，看妳到時候上哪兒哭去！」崔景蕙倒是沒想到春蓮心還大著呢，看她一副嚮往的神情，忍不住打趣了兩句。

「我這可是對妳有信心！」春蓮一把摟住了崔景蕙的脖子，半點都沒害羞的樣子。「瞧我這記性，看到妳一高興，倒是把這事給忘了！」忽然，春蓮像是想起什麼似的，有些懊惱地拍了拍自己的腦袋，轉而向崔景蕙說道：「大妮，石頭讓我告訴妳一聲，他尋了個路子，得了以前科考的卷稿，所以他便自作主張，先去弄這個了，說是打算在科考前賺上一筆。大妮，妳可別怪石頭啊！」

崔景蕙倒是沒想到石頭竟有這般的頭腦，心裡替春蓮高興還來不及，哪裡還會生出責怪的念頭？「這樣看來，我倒是要提前給妳準備好嫁妝了，免得到時候妳急著出嫁。」

聽到崔景蕙提到嫁妝，春蓮還是局促了一下，一把將崔景蕙從榻上拉了起來，就往後院裡扯。「說什麼呢！我都坐了半天車了，骨頭都快顛散架了，可累得慌了。不和妳說了，走，咱們歇著去！」

「行行行，都依妳。」崔景蕙也是見好就收，順著春蓮的意，領著她去了臥房。

春蓮的話，倒是給崔景蕙提了醒，蘭姊和春蓮的婚期只怕都在明年，是時候給她們兩個準備嫁妝了。

所以第二天一早，崔景蕙便和剛叔說了這事，託剛叔帶了幾兩銀子回去給石頭，畢竟這紙墨都是要錢的，又順便讓剛叔將三爺地窖裡的木頭載到縣裡來，她給了剛叔鑰匙，自己便不回去了，畢竟現在村裡也不歡迎自己的出現。

剛叔也是個索利的人，他回到鎮上，又請了幾個相熟的趕車人，將三爺地窖的木頭全堆了出來。送到縣裡崔景蕙的院子，那已經是第三天下午的事了。

和剛叔結算了工錢之後，崔景蕙又特意多數了一兩銀子給剛叔，畢竟剛叔是為了自己的事，這才折騰了這麼久。

接下來的事，便好辦得多了，只需畫了圖紙、想好款式，便可以動工了。

春蓮對這木工活兒，那自然是半點興趣都沒有的，但是看了崔景蕙畫的圖稿之後，卻是扯著崔景蕙幫自己畫了幾張花樣子。

因為離得近，橋嬸偶爾也會來串門子，而大伯一家，剛叔帶了訊過來，說是因為家裡的稻子馬上就要熟了，所以來縣城生活的打算暫且擱置。

而之前屠殺了大河村好幾口人的匪徒，在不斷升壓的民憤中，知縣衙門終於作出應對，將三名匪徒直接懸掛城門七日，最終暴屍而亡。至於其來歷，衙門卻是一再含糊其詞。不過不消縣衙解釋，崔景蕙也知曉，那些匪徒該是之前在大別山尋寶的人，怕是記恨先前姜尚率人進山而心懷憤恨，這才進村屠殺村民，用以洩憤。

一晃眼，便是十月，團團已經會喊好幾個詞，扶著也能走幾步了。這日崔景蕙正窩在自己做木匠活的地兒，一個雙門的衣櫃已經大致做好了，崔景蕙正在雕琢著四隻櫃腿。因為是當作嫁妝用的，所以崔景蕙將四個支撐櫃身的柱腿設計成了松鼠托著松子的模樣。松子，送子，正是多子多福的寓意。

「小姐，三爺來了！」

崔景蕙正忙活得起勁，忽然聽到門口處沈嬤嬤的聲音。崔景蕙也沒在意，畢竟這門是開著的，倒不急於這一會兒。

三爺是和老吳頭一塊兒來的，來的時候，還搬了個梳妝檯以及幾個衣箱子過來，只是沒看到崔景蕙，這才尋到了這兒。

沒想到，這一到地兒，便看到了崔景蕙身側的大傢伙。都是幹木工活的，這衣櫃卻是第一次見，三爺和老吳頭自然是好奇得很。

也不驚擾崔景蕙，兩人圍著另一個還未組裝好的衣櫃繞了一圈，便開始琢磨起這東西的用途來。

等到崔景蕙發現三爺的時候，已經過了大半個時辰了，她直起身，揉了揉痠痛不已的後頸。「三爺、吳爺，你們怎麼來了？來了怎麼也不喚一聲？等了老長時間了吧？嬤嬤，去給三爺、吳爺倒杯水，再看看灶房那邊有什麼吃的，也端點過來。」

「是，小姐。」沈嬤嬤應聲，便出了房間。

「妮子，這麼大的箱子，是幹什麼用的？跟咱們說道說道。」老吳頭早就等不及了，崔景蕙話剛一落音，便趕緊地問了起來。

「吳爺，這是衣櫃，用來放衣服的。您看，這上面有根梁，我做了些撐衣服的架子，將衣服這樣掛在架子上，然後用勾子的這頭掛上面，便可以了。下面這層是活動的木板，推開便可以放些暫時不用的衣物，或是被褥，最下面的是兩個抽屜，可以用來放些衣服的配飾，或者襪褲一類。」

崔景蕙完全沒有藏著掖著的意思，將三爺和老吳頭領到已經裝好的一個櫃子前，然後打開，取下衣櫃內掛在橫梁上的一個木製衣架，順手拿起擱置在一旁的外衣，給三爺和老吳頭示範了怎麼把衣服撐好，然後掛上衣櫃的橫梁。接著又將櫃面下方的木板移開，露出了裡面的空間，還有被崔景蕙同樣雕琢成捧著松子的松鼠模樣的抽屜把手，將整個衣櫃展現給三爺和老吳頭看。

聽完崔景蕙的介紹，三爺和老吳頭對視了一下，都看到彼此眼中的光芒，三爺亦是一副激動模樣地看著崔景蕙。「這……這是妳想出來的？」

「嗯，閒來沒事，便試了試。」在現代社會，衣櫃比比皆是，各種款式都有，崔景蕙也沒好意思說是自己開的頭，只好含糊過去。

「妳這妮子要是男娃，定會名滿天下的！可惜！可惜了！」老吳頭眼神複雜地用手摸了摸櫃面，不由得感嘆了一句。

這話三爺可就不認同了，他瞪了老吳頭一眼，辯駁了句。「女娃子怎麼了？女娃子照樣也能名滿天下！」

「行行行，我不跟你爭。妮子，這叫衣櫃的東西，能不能借我們？」老吳頭是祖傳的木匠，所以他一眼便看中了其中的商機，這個時候，哪裡還有心思和崔三爺爭辯？他極力壓制內心的激動，有些迫不及待地朝崔景蕙開了口。

「吳爺，冒昧地問一下，您是想自己幹，還是讓你們東家幹？」崔景蕙從一開始製作衣櫃的時候，便想到了其中的商機，所以老吳頭一問，她便明白他的打算了。她遲疑了一下，沒有先回答老吳頭的問題，而是問了老吳頭一個問題。

「妮子，吳爺也不瞞妳，這東西一出現在市面的話，鐵定是賺錢的。吳爺我幹了一輩子，也是有私心的，我想單幹。」

這拿著別人的東西賺自己的錢，老吳頭也沒缺德到想要背著崔景蕙幹。雖然他只是看了個大概，但依著他的經驗，可以仿得八九不離十出來，只是這樣一來，只怕他和三怪的情分可就要斷了。

「老吳頭，你說什麼呢？東家可是待咱們不薄，咱們不能幹這事！」就算三爺再遲鈍，也聽清楚了老吳頭話裡的意思，當下就急了。

老吳頭怎麼會不明白三爺的意思？只是他家孫子今年已經六歲了，早到了可以開蒙的時候，這孩子聰慧得很，可是家裡卻一直沒能供這孩子上私學。畢竟他還有兩個孫子都快五歲了，送了這個，不送那個，家裡小輩肯定不滿意；但要是都送的話，家裡又實在供不起。

最近這段時間，他頭髮都要愁白了，老吳頭也是沒有別的辦法了。「三怪，東家是對咱們不薄，但那也是因為咱們的手藝對得起東家的禮待。三怪，我都這把年紀了，一家子九口人還窩在那旮旯裡。這是個機會，我不想錯過。三怪，你跟我一起幹吧！」

「這……」崔三爺倒是有些猶豫了起來，畢竟他在幹活的地兒，也就和老吳頭最熟，所以他們家的情況，崔三爺也是瞭解得很。老吳頭一家九口人，住在一個不過二進的屋子裡，確實擠得慌，而且老吳頭的大孫子他也是見過的，還未上私學便已經能讀《三字經》、《千字文》了。

「三爺、吳爺，你們也別急，咱們再好好想想，總會想出個兩全其美的辦法來的！」崔景蕙看三爺和吳爺一下子就沈默了，倒是勸了一句。「吳爺，這衣櫃還沒弄好，所以我希望還是先不要搬動的好，若是吳爺有興趣的話，我家的院門隨時都給吳爺您敞開著。」

「欸，是我太急了！妮子，我最近也是被一團子事攪和得急瘋頭了。」老吳頭對著崔景蕙苦笑了一下。他剛剛也是醒過神來了，這事哪裡是三言兩句就能說得清的。

「沒事，這一早過來，又等了這麼久，想是餓了吧？三爺、吳爺，你們先吃點東西，到時候我們再好好合計一下。」崔景蕙看到沈嬤嬤端了些吃食過來，忙起身將不遠處她放工具的一個木桌收拾了一下，招呼三爺和吳爺坐下。吃著東西，崔景蕙忽然想起了一件事，有些不好意思地對三爺說道：「三爺，我把大河村那屋裡的木頭全部都給搬這裡來了，沒有告訴您一聲，是我欠考慮了。」

三爺一進屋子，便看到這些木頭有點眼熟，聽崔景蕙這麼一說，瞬間便通透了。「我就說，妳這小妮子從哪兒弄這麼多好木材，原來都是從我那兒撬來的！不妨事，反正以後這要傳也是傳給妳的。不過大妮，妳這做的打算給誰呀？」看崔景蕙這一屋子切割好的木材量，怕不是只做一、兩個而已，所以三爺便多了一句嘴。

「蘭姊和春兒想是明年都該出嫁了，所以我就先給她們預備著。」這個倒是沒什麼好隱瞞的，崔景蕙在村裡也就跟崔景蘭和春蓮處得不錯。

既然她們兩個在自己最遭人非議的時候也沒有遠離自己，所以，崔景蕙自然將她們當親姊妹對待。

「蘭子和春丫頭確實不錯。大妮，妳明年也及笄了吧？別光想著別人，也該是要給自己準備了。」崔景蕙重情，崔三爺也是感到欣慰得很，只是沒爹沒娘的孩子，也得多考慮考慮自己。

「三爺，您放心好了，我給自己也備了一份。」

崔景蕙說到自己的嫁妝，端的是落落大方，倒是讓三爺倍感欣慰。

「三爺、吳爺，既然都來了，今兒個晌午就留在這裡吃飯吧！家裡備了您最愛的稻花香，就等著您和吳爺呢！」崔景蕙撿了兩塊點心吃了，看看日頭，顯然是不早了，既然三爺和吳爺來了，自然也沒這個時候就走的理。

「行，就喝一盅！對了，我和老吳頭給妳送了一些家具過來，等一下妳看看，該放哪兒？」說到稻花香，三爺也是有些嘴饞了，和老吳頭對視了一眼。反正下午的時候也沒事，便應了下來。

崔景蕙扭頭看了沈嬤嬤一眼。

沈嬤嬤頓時會意，轉身離去。家裡的事都是沈嬤嬤在管的，所以有沒有稻花香這酒，沈嬤嬤是最清楚不過的。既然崔景蕙這麼說了，即便是沒有，等到吃飯的時候，桌面上也定然是要有的。

「三爺，走，咱們看看家具去！」崔景蕙提議道。

「成！去看看三爺的手藝，合不合妳的心意？」三爺端起手邊的茶杯，一飲而盡，起身便往前院那邊走去。

三人過了前院，便看到擱在院子裡的梳妝檯，還有極大口的箱子，上面還雕琢著一些紋理，顯然老吳頭也動了手。

「三爺，謝謝您，我很喜歡。」崔景蕙伸手撫摸過梳妝檯的紋理，上面感覺不到一絲倒刺，顯然三爺是下了功夫的。

崔景蕙說喜歡，崔三爺面上也是露出了一絲笑意。「喜歡就行！怎麼我來了這麼久，都沒有看到春蓮那丫頭？肉團子呢？」

崔景蕙喚來婆子，讓她們將衣箱等歸置到自己房間裡，聽到三爺的問題，回了一句。

「春蓮領著團團上街去了，應該也快要回來了。」

「大妮！大妮，妳知道我今天上街看到誰了嗎？」

正說到春蓮，沒承想轉眼便聽到春蓮的聲音從門口傳了過來。

崔景蕙還沒答話，春蓮便已經看見了院子裡多出來的兩人，她將團團從小推車裡抱了出來，小跑著便到了崔景蕙的跟前。「三爺、吳爺！你們怎麼來了？」

「怎麼？不歡迎我這老頭子？」老吳頭伸手捏了團團的小臉蛋一下，笑著調侃了句。

春蓮趕忙反駁道：「我不是這個意思。只是我都在大妮這兒住了快兩個月了，都沒見三爺、吳爺你們過來，我還以為你們把我和大妮都忘記了呢！」

「還真是伶牙俐嘴的！要不要吳爺給妳介紹個小夥子相看相看？」吳爺笑咪咪地看著春蓮那張圓臉，越看越喜歡。

「吳爺，您就別開春兒玩笑了，她可是有主的人了。」崔景蕙忙給春蓮解了圍，想起剛春蓮喊的話，又問了一嘴。「春兒，妳剛碰到誰了？」

春蓮頓時露出一副感嘆模樣，湊到崔景蕙跟前。「就是咱們村得了靈芝的賴子強！我聽人說，他賣了靈芝後，就整日在賭場裡混著。這賭嘛是十賭九輸，所以賴子強輸了個精光，最後還欠了一屁股帳，被賭場的人打折了腿。我剛碰見賴子強的時候，他正跟人討飯吃呢！」春蓮說著，面上還不由自主地露出了一絲鄙夷的表情，這種人，不敬親娘，就算是死了都活該！

崔景蕙聽到賴子強的下場這麼慘，倒也沒什麼感覺，不過聽春蓮這口氣，怕是尋人問過了，因此有些擔心地多了一句嘴。「這種人是死是活，都跟咱們沒什麼關係，春兒，妳可別讓他給賴上了。」

「大妮，妳就放心吧，我沒讓賴子強瞧見。」春蓮倒是沒有將崔景蕙的話放在心上。

崔景蕙看春蓮這樣，倒也沒再多說，伸手接過團團，眼角的餘光看到沈嬤嬤出現，並朝自己點了點頭，崔景蕙會意，遂朝三爺和吳爺說道：「三爺、吳爺，飯好了，咱們去吃飯吧！」

聽到有飯吃了，春蓮頓時誇張地揉了揉肚子，率先就朝屋裡走去。「有飯吃了！逛了一上午，可把我餓著了！」

吃過飯之後，三爺和吳爺又待了一會兒，這才向崔景蕙告辭。

# 第九十三章　恐有亂事

團團午睡去了，崔景蕙忙了一上午也是有些累了，倒是春蓮逛了一上午，這會兒卻是興致勃勃地擺弄著她上午買回來的繡線，有一搭、沒一搭地和崔景蕙聊著天。

「大妮，妳說奇怪不奇怪，我最近上外面街上逛街的時候，發現咱們縣的乞丐多了好多呢！這明明才剛收了糧食，怎麼就開始有人餓肚子了？」

「春兒，妳沒看錯？」崔景蕙搖扇子的動作一頓，從榻上直起身來，臉上的表情也是有些嚴肅。

「怎麼可能看錯？大妮妳要是不信的話，直接上街上看看去！」春蓮倒是沒注意到崔景蕙表情的變化，只是面對崔景蕙的質疑，春蓮下意識裡爭辯了一句。

崔景蕙沈思了片刻，轉而望向身側的沈嬤嬤。「嬤嬤，妳這幾天上街買菜，可是發現了街上有什麼不一樣？」

「這幾日，除了米價漲了十文錢一斤之外，老奴倒是沒察覺到有什麼不一樣的地方。」沈嬤嬤想了想，倒是沒想透這有什麼不一樣的地方，不過既然崔景蕙這麼問了，沈嬤嬤還是多了一句嘴。「若是小姐不放心的話，老奴倒是可以出去找人問問。孫家有人在漢洲府當差，若是有什麼風聲的話，孫家應該會知道。」

「那就有勞嬤嬤跑一趟了！」既然沈嬤嬤這麼說了，崔景蕙也是順水推舟地謝過。雖然這事不大，可是不知道為什麼，崔景蕙心裡卻總是覺得不穩當。

沈嬤嬤見崔景蕙面帶急色，也不敢耽擱，直接出了院子，上孫家找相熟的人打聽消息去了。

崔景蕙一時之間也是坐不住了，在房間裡左右徘徊。

她這模樣倒是讓春蓮放下了手中的繡線，一臉疑惑地問了句。

「大妮，不就是多了幾個乞丐、漲了幾個銅板兒的米錢而已，有什麼好擔心的？」

「可才剛收了稻子，現在這會兒應該是米價最低的時候才對，這不跌反漲，怎麼看都透著蹊蹺，而且……唉，有些事一時半會兒也跟妳說不清楚。」

之前那些在大別山尋寶的人是順王的人，他們已經將藏有鐵礦的寶藏拿到了手裡，而且現在正是一年之間糧食最豐富的時候。她記得當今皇帝的年歲應該不小了，上一輩子，她最後一次進京的時候，正是新皇登基不久，而那時和現在，也不過只是近兩年的時間。

她上輩子雖然一直跟封不山隱居在山野之中，可是對於新皇登基前的內亂也是有所耳聞，畢竟席哥哥一家也是由此一戰，而再度被朝廷起復的。

但是內亂什麼時候開始，她卻是不清楚的。難道大別山的寶藏，便是開啟這場內亂的源頭？如果真是這樣的話，只怕安鄉縣也不會安全。她見識過寶藏的分量，很清楚地知道，就之前大別山的那些人，根本不可能一次就將鐵礦全部帶走。

既然這樣，一旦順王要謀逆的話，那麼安鄉縣便會是順王最想要拿下的地方。拿下了安鄉縣，那麼兵器的問題便可以解決，甚至她隱藏起來的寶藏，也有可能會被人再度發現。

崔景蕙越想越覺得嚴重，哪裡還待得下去？直接便站起身來，將手中的扇子一擱。「春兒，我出去一趟，要是團團醒了，妳就先陪著他玩一會兒。」

「大妮，妳這……是怎麼了？」等春蓮回過神來，崔景蕙早已跑出了老遠，只怕她喊的話，崔景蕙是一句都沒能聽進去吧！

崔景蕙一路出了院子，上到街上，卻發現，自己連個打探消息的地方都沒有，她站在街上想了一下，便往慶雲客棧的方向小跑過去。

客棧是人流最複雜的地方，若是有什麼蹊蹺的話，想來客棧那裡會有些蛛絲馬跡。

等到了客棧，崔景蕙直接找了德文哥，向他打探了最近其他地方可有異動，德文哥卻是搖了搖頭，崔景蕙只能讓他幫自己留意北邊的消息。

出了客棧後，崔景蕙倒是冷靜了下來。姜家的人，有在京裡當值的，若是朝局有變化的話，想來安鄉姜家應該會收到消息。

雖說和姜家不對盤，可是這會兒事態緊急，崔景蕙也只能暫時撇開偏見，想要見上姜尚一面。

姜家乃是安鄉縣的大戶，所以崔景蕙隨便問了幾個人，就尋到了姜府。只是還沒走近，便看見一隊長長的車隊停在姜府的門口，崔景蕙遠遠看著，數十女眷被攙扶進馬車，還有未及冠的少年跨馬而上。不多時，車隊便朝這邊過來，而姜尚則在車隊最前面。

崔景蕙沒有隱藏身形，所以姜尚自然也是看到了崔景蕙。他愣了一下，和旁邊的人招呼一聲，便脫離了車隊，翻身下馬，走到了崔景蕙的跟前。

「小妮子，妳這是專門來送我的嗎？」

「我倒是沒想到，姜公子你居然會是這麼自作多情的人。」對於姜尚，崔景蕙不懟他幾句，總覺得心裡過意不去。

姜尚早就被崔景蕙懟慣了，所以也不生氣，畢竟能在離開安鄉之前再見崔景蕙一面，給這小妮子提個醒，也是好的。

「我聽安叔說，妳現在也住在縣裡了？」

「大河村早已沒了我的容身之處，我怎麼好意思還死皮賴臉地待在村裡？姜公子，你們姜家這般興師動眾的，是要上哪兒呀？」崔景蕙可沒這個閒心思和姜尚扯下去，隨口解釋了一句，隨即話鋒一轉，便轉到了她最想要知道的事情上去了。

姜尚順著崔景蕙的目光，看著自家的車隊，訕訕地笑了一下，這才開口說道：「我一個姑母過壽，祖父讓我們這些小輩都過京裡去給姑母祝壽。」

「真的？」崔景蕙扭頭，意味深長地看了一眼不斷躲閃自己目光的姜尚。

姜尚不說話，崔景蕙也不著急，只是盯著姜尚看，直至姜家的車隊過了他們身側之後，姜尚忽然猛的湊到崔景蕙身側，驚得崔景蕙下意識裡就想要後退，可是卻被姜尚一把抓住手臂，不讓她有後退的可能。

「安鄉最近不怎麼太平，妮子，我勸妳還是早點離開安鄉比較好。」姜尚語速飛快地將話說完，然後便鬆開了崔景蕙的手，後退了幾步，直接翻身上馬，揚鞭追向前面的車隊。自始至終，都不曾回頭。

崔景蕙這會兒也顧不得姜尚的反應了，雖說姜尚的話含糊不清、沒頭沒尾，可是崔景蕙卻知道，自己之前預料到的最壞打算就要成真了！這一刻，崔景蕙的心頓時沈到了谷底。

一路回去的時候，崔景蕙整個人都是懵的，就連春蓮和自己打招呼都沒聽見，還是沈嬤嬤回來之後喚了她好幾聲，她才清醒了過來。

「沈嬤嬤，妳打聽到了什麼嗎？」崔景蕙一看到沈嬤嬤，便什麼都顧不得了，直接抓住了沈嬤嬤的手就問了起來。

「小姐，這安鄉怕是要不安生了！孫宅現在只剩些粗使下人守著宅院，得用的丫鬟、小廝都不見了，據說是上了汴京。老奴還上了與孫家相熟的幾家問過了，安鄉縣內的望族，很大一部分要不是上了汴京，要不就是去了南邊。」

沈嬤嬤的臉上也頓添了一絲愁容，她是在大戶人家待過的嬤嬤，若不是因為之前在夫人身邊時得罪了孫老爺，也不至於被發賣出去。孫家乃是大戶，沈嬤嬤自然不是沒有見識之輩，如今縣裡這種風向，明顯就是說明安鄉縣近期之內只怕是有大事要發生了。

「嗯，辛苦嬤嬤了。時候也不早了，嬤嬤妳先下去吧，這事我得好好想想才行。」外面的天已經沾染了灰黑色，這個時候，便是想做什麼也做不了，還不如好好想想退路才是。
「老奴先下去了。」沈嬤嬤見崔景蕙一副興致寡淡的模樣，也是識趣地告退了。
崔景蕙一夜無眠，想了一夜，翌日天一亮，她便去了剛叔家。
剛叔看到崔景蕙這麼早過來，愣了一下。
不過崔景蕙也不欲解釋過多，讓剛叔拉來驢車，便往大河村的方向而去。
因為啟程得甚早，崔景蕙和剛叔上午邊上便回到了大河村裡。農忙已過，大河村這會兒稀稀疏疏的也沒多少人，崔景蕙下了驢車，便直接去到了崔老漢家的院子，看到大伯一家子都在，崔景蕙倒是鬆了一口氣。
經了這許多事之後，伯娘張氏如今對崔景蕙的態度也是有所不同了，一見崔景蕙，這又是遞茶，又是端瓜果的，那是熱情得很。
不過，崔景蕙這會兒也沒心思吃喝這個，她等伯娘人一離開屋子，便迫不及待地問道：「伯父，家裡收的糧食都賣了沒？」
「還沒呢！村長說最近糧食價格見長，所以讓我們先存著，等再漲高一些再賣。大妮，妳回來得正好，我特意給妳留了兩大袋子好米，等一下妳回去的時候記得帶上。」崔濟安看到崔景蕙，高興得很，雖然不知道崔景蕙為什麼會問這個，但還是如實地回答了她的問題。
崔景蕙聽到崔濟安沒賣，倒是鬆了一口氣。「沒賣就好。伯父，這糧食今年別賣了，都收著吧！」

「不賣？大妮，這是怎麼了？」崔濟安頓時愣了一下，這一年到頭，可就指著這些稻米換個好價錢過活呢！要是不賣，他們這一家子吃啥、用啥？

「伯父，我得到消息，怕是馬上要打仗了，就是之前到咱們大別山的那一夥人。我怕到時候咱們安鄉縣是躲不過了，這糧食真要賣的話，您就趁早，囤些米麵放家裡，不然我怕戰亂一起，到時候就算是有錢，只怕也買不到東西了。」崔景蕙壓低了聲音，對著崔濟安說了現在的情況。

崔濟安臉上的神情頓時變得緊張了起來，他瞪大著眼睛，一臉不敢置信地看著崔景蕙半晌，連話都忘了說。「這……這是真的嗎？」

「伯父，這是真的。現在縣裡那些當官的，都把家眷撤往汴京去了，這事怕是作不得假了。伯父，若是可以的話，這個時候離開大河村、離開安鄉，是最好的選擇。只要您願意，我可以給您一筆銀子，您帶著一家子去南邊，等這事了了之後，再回來。」

「這……」崔景蕙說得急切，可是一聽到要背井離鄉，崔濟安卻遲疑了。畢竟，這還是沒影的事便讓他們離開家鄉，這事擱誰身上，只怕也會猶豫不決、心存僥倖。

「伯父，這件事您和伯母商量一下，也不用急著馬上回覆我，我今天會一直待在村裡。等您想好了，是走還是留，告訴我一聲就可以了。」崔景蕙看著崔濟安滿臉的糾結，也沒有催著崔濟安馬上給自己答案。

「那好，等我想好了，我就去找妳。」崔濟安聽崔景蕙這麼說，也是鬆了一口氣。

崔景蕙謝絕了張氏想要她留在崔家吃晌食的打算，和蘭姊打了聲招呼之後，便出了崔家院子，徑直朝石頭家去了。石頭是春蓮掛心的人，如今大難臨頭，崔景蕙自然有這個必要將事情告知石頭。

等崔景蕙去到石頭家的時候，石頭正在房間裡印著成書，崔景蕙也不打擾，等石頭複印完一本書冊之後，這才出了聲。「石頭，我能和你談談嗎？」

「大妮?!妳怎麼回來了？」石頭這會兒才注意到崔景蕙的到來，倒是有些意外，畢竟之前崔景蕙走得決絕，他還以為崔景蕙再也沒打算回到村裡來了。

「這就是你說的那些卷子？」崔景蕙順手拿起一張印好的書紙，看著滿紙的「之乎者也」，信口問了一句。

「嗯！大妮，不好意思，這事沒有和妳商量，我便自作主張了。」石頭說到這個，倒是有點不好意思了。這活字印刷本來就是崔景蕙的東西，他本該親自和崔景蕙說的。

崔景蕙搖了搖頭，表示自己並沒有放在心上。「縣考什麼時候？你打算何時上縣裡來？」

「十六便是縣考的日子，如今也只有八日了，我已經復習得差不多了，這考卷也已備好。我打算明天便和虎子、榔頭一道上縣裡，去晚了的話，我怕尋不到客棧。」這不是什麼隱秘的事，石頭自然沒有隱瞞的意思。

「住的地方，我在縣裡租了個房子，你可以先過去我那兒，然後再找住處。剛叔和我今日會在村裡待上一日，你們明日出發的話，一道兒去縣裡便可，也省得你再掏一次路費了。」崔景蕙倒是沒有邀請石頭長住她那兒，畢竟她那院子雖然說清雅些，可是裡面都是些女眷，這學子考試之前有些必要的交際，若是住在她那兒，怕是有所不便。

「這樣，那就麻煩大妮了。」石頭也不推辭，直接便應了下來。

「我這都是為了春蓮，以後不管你身居何位，只要別做對不起春蓮的事就行了。」崔景蕙別有深意地說了一句。

石頭露出了一絲苦笑。「大妮，妳何必打趣我呢！」

崔景蕙也是說到那話題上，隨口問了一句而已，既然有石頭這句話，她也便就此揭過了，轉而說到今天來找石頭的目的。「我今兒個來找你，主要是有正事要與你相商。」

「有什麼事的話，大妮妳儘管說，只要我能幫上忙，我一定幫。」說到正事，石頭也是臉上一整，認真了起來。

「我從姜家那邊得了消息，只怕最近安鄉縣要不太平了。我來主要是想要問一下你，等考完縣試之後，是打算留在大河村，還是遠走避難？」如今消息還未傳過來，所以崔景蕙也沒有說具體的事由，以免驚擾了石頭的心思。

「可有說具體的事？」石頭面色一沈，追問了起來。

崔景蕙搖了搖頭。「具體的，我也不太清楚，但是姜家大部分人已經離開安鄉縣。我讓下人去安鄉的其他大戶人家看了，大部分明裡暗裡都有撤離安鄉的跡象，怕是安鄉縣不妥當了。」

「這……怕真是出事了！」石頭沈吟了片刻。他是聰明的，大河村最近出了這麼多事，他也是知道的，而且也見過縣令大人，或多或少知道大別山裡有蹊蹺的事，再一聯想到崔景蕙的話，石頭心中也有了不祥的預感。

「嗯，我也是這樣覺得。你先考慮一下，若是考完之後打算避難的話，就將劉嬸也帶上。還有活字，若是你想要留在大河村的話，那活字最好先找個地方藏起來；若是走的話，活字最好帶上。這事你好好想想，我還要去安叔家，跟安叔說一下。」

讓石頭現在作決定，實在是有點困難，所以崔景蕙也給了石頭時間，讓他好好想想。謝過了劉嬸留她吃飯的好意，崔景蕙接著便尋到了安大亮家。

安大亮家門掛著鎖，崔景蕙只能尋了剛叔，駕著驢車去了安大亮的岳父家。

「大妮，妳這火急火燎的，是咋了？要是有事的話說出來，叔能幫得上忙，一定幫妳！」一路上，剛叔看崔景蕙攢著個眉頭，一副苦大仇深的模樣，不禁問了一句。

崔景蕙原本想等回了縣裡再將這件事告訴剛叔一家子，可現在既然剛叔問了，崔景蕙便乾脆將安鄉縣最近不太安穩的事給剛叔說了，同時也將兩個選擇交給了剛叔。

這麼大的事，而且剛叔最近也在縣裡，卻是半點風聲都沒察覺，剛叔自然是不信。

崔景蕙也不急，畢竟現在剛叔一家子都在縣裡，若是想走的話，不管什麼時候都可以走，比起待在大河村的村民，卻是安全得多。

剛叔領著崔景蕙在下河村尋到了安大亮一家子。

安大亮看到崔景蕙到來，也是愣了一下，隨即便喚了剛叔和崔景蕙在他岳丈家吃了飯。

吳嬸看到崔景蕙，自然是拉著崔景蕙問了一通春蓮的事，得了崔景蕙的保證，這才安下心來。

飯後，崔景蕙也和安大亮說了安鄉縣的事，留了時間讓安大亮考慮一下，並告訴他自己明日回縣裡的時間，讓安大亮好好想想，而後謝絕了吳嬸的挽留，和剛叔回了大河村。

# 第九十四章　早做安排

崔景蕙回到三爺的院子，若是她所料不差的話，到時候這一大堆人倘使真要離開安鄉縣，避走他鄉，這銀錢定然是少不了的。

所以，崔景蕙一回到屋子，便上了三爺的屋裡，進入地窖之內，確定了位置，用鋤頭將之前被她封死了、存著黃金的子地窖挖開。

她費了好大的功夫，挖開了一個能讓自己爬進去的洞口，崔景蕙進到裡面，打開了其中的一個箱子，想了想，用舊衣服裹了一包銀子，拿出子地窖，暫且擱在了炕上。

從池塘裡提了水，又在院角裡挖了些泥巴，攪和上，將之前刨開的子窖洞口再度糊上。

等做完這一切，這下午便已經過了大半，崔景蕙更是出了一身的汗。正想沖個涼，便聽見門外敲門聲起。

崔景蕙以為是大伯崔濟安來了，卻沒想到，率先來找自己的，竟然會是石頭。

「想好了嗎？是走，還是留在大河村裡？」

「大妮，我可以問一下，如果要走的話，妳打算讓我們往哪裡走？」從崔景蕙走後，石頭便想了很多，既然來找崔景蕙了，表示心中這會兒也有了主意。

「我的想法是，直接上汴京。那裡是天子腳下，若是真有亂事的話，那裡也是最不可能被波及的地方。」

汴京是崔景蕙本就打算要去的地方，也是自己除了大河村外最熟悉的地方。雖然這樣的安排，崔景蕙有一定的私心在，但若是戰亂起的話，汴京確實是最安全的地方。一個國家若是連自己的都城都守不住的話，只怕離滅國也是不遠了。

而且，最重要的是，她重生之前，雖說一直僻居在山野，可是後來再入汴京的時候，她那便宜爹依然身居高位，而且她也沒有聽到任何改國號的消息，所以，只要去了汴京，那定是無礙的。

「這不行！」

崔景蕙沒有想到，自己的打算才一出口，石頭便持反對意見。

「為什麼？」

「大妮，這不切實際。僅僅是一句不安穩的話，根本就不足以讓人背井離鄉，而且還是去到天子腳下。我們這些人，都是和田地打了一輩子交道的莊稼人，這棄了田地、棄了故居到汴京去討生活，妳不管去問哪一個莊稼人，這都是不可能的事。」

石頭知道要讓崔景蕙信服，必須拿出一個足夠大的理由來，不然的話，依著大妮的性子，只怕根本不會將自己的反對聽在耳裡。

「可是，這如今面臨的可是生死攸關的大事。」崔景蕙雖然沒有經歷過戰爭，但她讀過歷史，不管哪一個朝代、哪一場戰爭，最終受苦的也只有老百姓，得利的，永遠都是那些身居高位的人。

普通的百姓，在戰爭面前就如同螻蟻一般，根本就沒有任何還手的餘力。

崔景蕙只是不想讓自己在意的人輕易被他人踐踏在腳下而已，這有錯嗎？

石頭苦笑了一下，世人皆是如此，事不到臨頭，永遠便不會著急。「沒用的，除非這災難馬上就發生，不然沒有人會相信的。」

崔景蕙沈默了，因為石頭所說，確實是事實。她活得比石頭久，所以不需要石頭再多說什麼，她就能明白了。事不到自己，大多數人都是在看笑話而已，或是嗤之以鼻，甚至唾罵幾句活該，永遠也不會想到，也許這事下一秒便會波及到自己身上。

所以，如今縣裡還未有半點消息傳出，便是她扯開了嗓子，大喊著有人要造反了，只怕也會被人當成瘋子一樣對待。

不知為何，崔景蕙的腦子裡，這一刻閃現的卻是衛席儒的身影。若是席哥哥在的話，自己應該就不用這樣勞心費力，卻又毫無辦法了吧？

可是，這一刻，她所有的問題、所有的無助，都只能問向石頭。

「那你說，我們該怎麼辦？」

聽崔景蕙這麼問，石頭倒是鬆了一口氣。他來之前，怕的就是崔景蕙什麼意見都聽不進去。

「我覺得我們可以先去平都城，那裡消息靈通一些。若是安鄉縣真有變故的話，到時候我們再決定是否進京；若是沒有的話，到時候我們也好再度返回縣裡。妳覺得如何？」石頭將自己之前做好的打算，說與了崔景蕙。

安鄉縣乃是平都城所轄十三縣中的一個縣城。若是崔景蕙沒記錯的話，平都城該是在西邊，而順王的屬地則是在北邊，若是真打起來，順王想要占領平都的話，必須先經過其所轄的六縣，其中便包括安鄉縣。

「好，大致上就按你說的辦，其他的到時候再盤算。」雖然說不知道等安鄉被占領的消息傳到平都，平都還會不會讓人出城，但就現在而言，這已經算是比較不錯的辦法了。崔景蕙想了一下，便應下了。

說服了崔景蕙，石頭倒是鬆了一口氣，只是臉上又露出了一絲尷尬的表情。「大妮，很抱歉，明天我不能和妳一道去縣裡了。」

崔景蕙並沒有問石頭，而是微微挑了下眉尖。

「事出突然，我想我需要一定的時間來說服其他人。」每個人都有自己在意的人，所以在天災人禍面前，有的不僅僅是自保，而是盡自己的力量，保全下更多自己所在意的人。

「我明白。等來了縣裡，你就去育新路尋我。那些活字需要我先帶去縣裡嗎？」因為在乎，崔景蕙回來了，所以石頭的心思很好理解。崔景蕙若是強硬的讓石頭不管其他人，那就是她胡攪蠻纏了。

「嗯，那就麻煩大妮了！」活字的意義，石頭作為讀書人，自然明白得很，無論是他，還是崔景蕙，都不願意在亂事中將其拋開。

「不妨事，既然你已經都想好了，那也就沒什麼可多說的話，我也不留你了。」得到了自己滿意的答案，崔景蕙便直接下了逐客令。

石頭也怕誤了崔景蕙的名聲，該說的都說完了，便跟崔景蕙告了辭。

崔景蕙怕崔濟安過來，所以又等了一會兒，可惜卻沒有等到崔濟安的身影，這身上又黏得慌，索性燒了水，煮了一鍋子精米粥，然後洗了個澡。

等粥好了之後，崔景蕙尋了一個瓦罐，裝了半瓦罐，送去了剛叔家。許是崔景蕙之前說與剛叔的話，讓剛叔太過於震撼，所以崔景蕙去到剛叔家時，剛叔正坐在後院的驢篷前發呆，看到崔景蕙的時候還驚了一下。

「大妮，妳之前說的都是真的嗎？」收下崔景蕙送過來的熱粥，剛叔卻是沒了食慾。他忽然嘆了一口氣，這一刻，眼中的滄桑藏都藏不住。

「剛叔，你們一家子幫了我很多，所以這種事我不會瞞您。等明兒回了縣裡，您隨便上哪個大戶人家看看，如今只怕縣裡的大戶已經去了十之八九了。」

雖然事實很殘忍，但這確是事實。作為小老百姓，不管什麼事，永遠都是最後知道的。

剛叔愣愣地看著崔景蕙，臉上忽然露出一個比哭還要難看的笑容，他抬了抬手，卻又不知所措的放下，渾黃的眼睛裡透著無助。「這可怎麼辦啊！」

「剛叔，咱們能提前知道這事，也是一種福氣，至少咱們有了準備的機會。等回了縣裡，咱們準備一下，便先去平都城，那裡消息靈通，若是沒事，咱們就當是在平都散散心，然後再回來。」看到剛叔這個樣子，崔景蕙也只能盡力安慰了。

崔景蕙說得簡單，可剛叔也不是小孩子，他自然明白，這勞師動眾的離開安鄉縣去到平都城，不管是討生活，還是衣食住行，對於他們這種初入大地方的人來說，都不是一件簡單的事。「大妮，妳跟剛叔說實話，咱們要是不走，就留在安鄉的話，是不是就沒指望了？」

崔景蕙不得不避開剛叔滿是期望的目光。「之前大別山裡的那些匪人，是順王的人，他們是來大別山裡尋找前朝寶藏的，因為被撞見了，這才想著要殺人滅口。如今想來，他們應該已經尋到了前朝寶藏，只是被撞破了，所以不得不撤離這裡。」

這消息，根本就不是剛叔一個泥腿子能夠理解的，他聽了崔景蕙的話後，這會兒腦袋裡全是懵的。「順王？那不是皇帝他老人家的兄弟嗎？還有前朝寶藏，這究竟是怎麼回事？大妮，妳怎麼知道的？」

「俗話說得好，神仙打架，凡人遭殃。這普通人家的兄弟，為了爭家產，也有搶得你死我活的；現在的陛下，年紀大了，身體也不好了，這下面的兄弟自然就起了心思。至於寶藏，據說那是前朝滅國之後，那些個不死心的餘孽藏起來，以備之後東山再起用的，本來也作不得真，但現在看來，倒是真的了。」寶藏的事不是剛叔能夠碰觸的，所以崔景蕙說得也是含含糊糊，一筆帶過去了。「既然他們之前沒能拿走寶藏，若是順王造反了，那麼他第一個想要拿下的就是咱們大別山。所以剛叔您說得沒錯，若是留下的話，真的就沒指望了。」

這才是崔景蕙執意讓大家夥兒都離開安鄉縣的原因。想要拿下大別山，就必須打下安鄉縣，不管怎麼想，安鄉縣都是最不安全的地方。

崔景蕙的話，將剛叔心中最後的一絲希望打破，這個辛苦了一輩子的男人，這一瞬間的不知所措、茫然恍惚，讓崔景蕙不由得生出了一絲自己是否太過殘忍的疑問。

「這……老天爺，這不是要絕了活路了！」

看著佝僂著背、坐在磨盤上的剛叔，崔景蕙想說些什麼，可是話到嘴邊，卻又不知道該說什麼了。不管是哪個男人，只怕都不願意讓別人看到自己無助、脆弱的模樣，所以到最後她也只是搖了搖頭，離開了剛叔家。

等回到院子的時候，卻看到崔濟安已經在院子裡坐著了，也不知道來了多久。「大伯，您來了！」

「嗯，來了！」崔濟安倒是有些不好意思地看了崔景蕙一眼。

那一副手腳無處立放、目光微閃、似乎在躲自己視線的模樣，頓時讓崔景蕙心裡一沈，對於崔濟安的決定，已經有了幾分成算。「大伯，您不準備走了嗎？」

「那個……妳伯娘說不願意離開大河村，而且妳蘭姊明年就要成親了，所以我們合計了一下，就不離開村子了。」崔濟安說到後面，卻是直接低了頭。雖說他對崔景蕙說的紛亂有點兒不以為真，可不管怎麼說，崔景蕙也是一番好意，如今這般一說，不就是明擺著不相信崔景蕙的話？作為崔景蕙的大伯，不管怎麼說，崔濟安都感覺有點羞愧。

說不失望，自然是假的，崔景蕙盯著崔濟安看了好一會兒，忽然說了一句。「便是要打仗了，大伯您也不願意離開村子嗎？」

崔濟安頓時一愣，看了崔景蕙一眼，卻發現她臉上完全沒有半點開玩笑的意思，遲疑了一下，用略顯輕鬆的語氣說道，似乎想要打破這一刻的尷尬。「怎麼可能？咱們這地方，窮鄉僻壤的，就算是打仗，也打不到咱們這兒來吧！」

只是，崔景蕙根本就不理會崔濟安這一刻的玩笑。「要是就真的打到了呢？」

崔濟安終於覺察到了崔景蕙情緒的不對勁，可是對於崔景蕙的問題，崔濟安自始至終都沒有當真過，他訕訕地笑了一下，強自辯駁道：「這不還沒打到嘛！大妮，妳想什麼呢？這日子太平著，怎麼可能會打仗呢？」

「我知道了。若不去汴京，只去平都，大伯您願意去嗎？」崔景蕙還想再挽留一下，畢竟她想幫爹守住崔家。

「這個……我到時候問問妳伯母，要是她想的話，我再告訴妳。」都說到這分上，崔濟安也不想在這個問題上過多的糾結，所以含糊了一句，便打算回去了。「大妮，要沒什麼事的話，我就先回去了。」

崔景蕙知道，自己再怎麼堅持，只怕也是改變不了崔濟安的決定，既然大伯一家不願意離開大河村，那麼她也只能做最後的努力，給大伯留下最後的退路。

「等一下！大伯，這個您拿著。」崔景蕙轉身從炕上蓋著的包袱裡拿出來兩錠十兩的銀子，然後送到了崔濟安的手裡。

崔濟安愣愣地看著手中的銀錠子，不敢相信崔景蕙一下子能拿出這麼多錢。「大妮，妳這錢哪來的？」

「我掙的。這錢大伯您收著，趁著這會兒還安寧，您拿這錢去買些吃的、用的，三爺那屋的衣箱下面有個地窖，地兒寬敞，要真有什麼事，您可以到這邊來避避。不要捨不得花錢，錢花完了，我還有。」崔景蕙囑咐了幾句，又將三爺那屋的鑰匙給崔濟安留了一把。

墳場那邊的密道關係重大，她實在是不敢讓大伯知道。

「嗯，大伯記住了。大妮，妳自己也小心點。」崔濟安這會兒終於意識到事情只怕是不簡單了，不然這麼大筆的錢財，崔景蕙怎麼會說給就給了？那可是二十兩銀子，夠他們好幾年的花銷了！

「我會小心的。」崔景蕙點了點頭，送了崔濟安離去。回到屋裡，就著鹹菜，將已經涼了的粥喝完，滿腦紛雜地想了好一會兒，終於在疲憊中睡了過去。

# 第九十五章　說清道明

第二日一早，等崔景蕙提著五個包袱上到大道時，剛叔已經牽著驢車等在那裡了。

「走了嗎？」待崔景蕙上車之後，剛叔問道。

「走吧。」

「駕！」剛叔一揚鞭子打在驢屁股上，驢車晃晃悠悠地往村口駕去。秋日霜重，不多時，驢車便被白霜隱藏了蹤跡，只餘下偶爾的吆喝聲，在一片白茫茫中迴蕩。

回程中，因各自有了不同的複雜心緒，無論是剛叔還是崔景蕙，都失了聊天的心情，以至於一路無話。

「剛叔，您回去好好想想吧！等縣試一過，我便打算去平都了，我希望到時候，你們一家可以和我一起走。」一路送到崔宅，崔景蕙下了驢車，看著一夜之間頭髮白了很多的剛叔，猶豫了一下，還是說出了自己的期望。

「嗯，大妮，叔回去會好好想想的，妳快進去吧！」剛叔勉強笑了一下，算是應了崔景蕙的話，下了驢車，幫崔景蕙提了包袱，走到門口。

崔景蕙自然也是明白，多的話，再說也沒什麼意義了。叩了門，讓守門婆子接了剛叔手中的包袱，崔景蕙沒有立刻進屋，而是看著剛叔離去，這才折身進了門。

崔景蕙將東西都歸置回自己臥房之後，這才發現沒看到團團。

「團團呢？怎麼不見他？」崔景蕙抓住春蓮，忙問道。

「三爺抱出去玩了！」春蓮不明所以地看著崔景蕙，不知道她在緊張什麼？

「三爺來過了？有說什麼事嗎？」

「三爺和吳爺一道來的，看小姐您不在，便帶著團團出去了，說是等會兒便回來。」這次是沈嬤嬤接的話。

「嗯，我知道了。嬤嬤，妳下午的時候去車行雇輛馬車，我打算明兒個去趟平都。然後再去買件男款的成衣，就按我的尺寸稍大點買，到時候回來改改，我要穿。」

「是，小姐，老奴這就去辦。」

「大妮，妳要去平都幹什麼？我也要去！」春蓮待沈嬤嬤出去之後，立刻滿臉祈盼地望著崔景蕙，她長這麼大，還沒去過平都呢！

「石頭過兩天就要過縣裡來準備參加縣考，我還準備讓妳給石頭安排住宿呢！怎麼，妳不願意？」崔景蕙伸手止住春蓮撒嬌的動作，為春蓮解釋了為什麼自己沒打算帶她去平都的原因。

「石頭要過來？什麼時候？」說到石頭，春蓮的眼睛簡直都要發光了。

「這個我也說不準了。妳明兒個一早去慶雲客棧那邊問問還有沒有客房，要是沒有的話，就找德文哥，讓他幫妳看看，還有什麼清靜一點兒的地方。明天走以前，我會給妳留點銀子，需要什麼就儘管買，別省著。」

崔景蕙也說不準石頭到底什麼時候過來，可是縣考之前，石頭一定會過來的。

「那好吧。但是下次，下次妳可一定要帶我去！」

「妳就放心好了，等石頭考完，我就把你們都帶過去，到時候，妳想怎麼玩都可以。但是在我回來之前，這家可就要由妳當著了，而且，團團妳可給我看好了。」

「嗯，妳放心好了。大妮，我一定會幫妳守好房子的！」崔景蕙說得這麼慎重，春蓮這會兒也是認真了起來。

「我相信妳。好了，我餓了，管家婆，家裡有吃的沒？」從大河村到縣裡這麼長的工夫，崔景蕙什麼東西都沒吃，如今該做的都做完了，自然也就感覺到餓了。

「灶房裡熱著呢！妳等著，馬上就好。」春蓮點了點頭，端了碗麵到崔景蕙的跟前。

「大妮，妳先吃著，這晌食還要一會兒，妳先吃碗麵墊墊肚子。」

「哇啊、哇啊——」

正吃著，崔景蕙忽然聽到一陣哭泣聲，由遠及近而來，崔景蕙一下子就聽出了是團團的聲音，手中的筷子一擱，便要起身往外走。

「大妮，妳別管，我去。」春蓮阻了一下崔景蕙，也不等崔景蕙答話，便小跑著出去了。

不過幾個呼吸間，春蓮便抱著哭紅了臉的團團進來了，而她身後跟著的，是一臉尷尬的崔三爺，還有皺著眉頭的老吳頭。

「大妮，團團鬧睡了，我去哄他睡。」春蓮顛著團團，和崔景蕙說了一聲，便去後院了。平常這個時候，團團都會小睡一會兒，想來也是玩累了。

崔景蕙點了點頭，幾筷子將碗中的麵吃完，然後推到一邊，擦了擦嘴，望向了崔三爺和老吳頭。

「三爺、吳爺，你們坐。」崔景蕙又倒了兩杯茶送到三爺、吳爺手裡，這才開口問道：「三爺、吳爺，特意過來，可是有事尋我？」

「其他也沒什麼事，就之前問妳那衣櫃的事。妮子，妳想得怎麼樣了？」崔景蕙的話剛落音，老吳頭已經趕忙的接了下來，一張老臉上掛著訕訕的笑。活了大半輩子，老吳頭也是第一次腆著張老臉，向個小輩低聲下氣的，這多少有點兒不自在。

「吳爺，咱們先不說這個，我這裡得了點消息，正想和你們說道說道。」崔景蕙並沒有直接回答吳爺的問題，而是打算將現在的處境說與二位長輩，看他們的決定再處理衣櫃的事。

「大妮，什麼事？我聽說妳昨兒個回大河村了，這又是咋地了？」三爺看崔景蕙說得凝重，頓時詫異地挑了挑眉。他今兒個是陪吳爺來的，吳爺這事他也想幫忙，可畢竟這是大妮自己想出來的，他可作不了主，最多也就勸上幾句。可是這一聽，崔景蕙也有事，他頓時就上心了。

「我前兒個在姜家得了個消息，說是咱們安鄉縣最近要不太平了，我特意遣沈嬤嬤去查看了一下縣裡的大戶，發現他們都偷偷地離開了安鄉縣，所以這心裡總覺得不安穩，想找三爺你們說說。」

「這是哪兒的事？我怎麼就沒聽說！」三爺一驚，下意識裡反駁了句，目光望向了老吳頭。

而老吳頭則是驚得連手中的杯子都端不住，直接掉地上去了。可這會兒，他哪裡還顧得上杯子碎沒碎，直接站起身來，一臉震驚地喊道：「妮子，妳這消息準不準？」

「我認得姜家的姜尚公子，就是他跟我說的，當時他正帶著姜家的女眷離開安鄉，打算去往汴京。」

崔景蕙的話，無疑就像是一個重錘錘在了老吳頭的心頭，讓他原本就烏雲密布的心，瞬間雷電交加。

「難怪，難怪我家老婆子最近抱怨縣裡陌生人多了，這米價也漲了，原來是這樣呀！」

原本忽視的種種細節，頓時縈繞於心，老吳頭瞬間便通透了。

他就說，明明這段時間本該是他們木匠最忙的時候，可今年接下的活兒卻是清閒得很，就連東家，他們也大半月未曾見過了。

「那……這可怎麼辦呀？」三爺看老吳頭這麼大反應，頓時也著急上火了。

「三爺，您別急。不管有什麼事，現在縣裡都還沒有任何風聲傳出來，所以這事，便是要到咱們縣，只怕也不是這一、兩天的事。我剛剛已經想好了，我明兒個便去平都，在那裡尋一處房子，那邊是城裡，消息靈通些，而且四通八達的，到時候咱們便都過去那邊，要真有什麼事，咱們到時候再合計著，看要往哪邊去。」

崔景蕙也怕三爺急過了頭，趕忙將自己想好的對策說了出來。

聽崔景蕙這麼一說，三爺倒也覺得有些道理，不過這要讓崔景蕙一個女孩子家家的獨身去平都，三爺可是一點都不放心。「大妮，妳什麼時候去？我陪妳一道過去。」

「明兒個一早去，三爺您肯去的話，那自然是極好的。」這個時候，崔景蕙當然不會讓三爺再來擔心自己，而且有三爺陪同，也省得到時候被人當成軟柿子捏。

「行，那我等一下回去和管事說一聲，晚上的時候就過來。」三爺點了點頭，既然決定了要陪崔景蕙走，便一刻都待不住了，和崔景蕙又說了幾句，便拉著心不在焉的老吳頭直接離開了，就連衣櫃的事，也是忘了再問。

三爺原本是打算喚老吳頭跟自己一道去平都的，可是這會兒知道了這麼大一個消息，老吳頭哪裡還有心思，所以便拒絕了三爺的要求，打算回去和兒子好生合計一下，接下來該怎麼辦了。

三爺傍晚邊上來了崔景蕙這裡，在客房裡睡了一覺。

第二日一早，崔景蕙便穿著沈嬤嬤連夜改好的男裝，和沈嬤嬤以及三爺，坐著租來的馬車，向平都駕去。

平都城離安鄉縣有近二百里的路程，雖說一早便出發，可到了平都城時，天邊已被染成了一片橘黃，若是再晚一點，只怕連城門都進不了。

崔景蕙和三爺都未曾來過平都，幸好沈嬤嬤之前在孫家的時候陪著老夫人來過幾次，所以由著沈嬤嬤的指點，車夫順利的在天黑之前尋到了合適的客棧。

點了兩間客房，崔景蕙和沈嬤嬤一屋，三爺和趕馬的車夫一屋，在馬車上顛簸了一天的崔景蕙，已經累得連手指頭都不想動，隨意吃了兩口飯，便歇下了。

翌日一早，崔景蕙和三爺他們就早早的起了身，畢竟這要做的事還真不少。先是尋了牙人，租了三處相鄰的院子，這便花費了大半日的工夫，接著三爺和沈嬤嬤去購買一些糧油米麵，以備日常所需，而崔景蕙則是返回客棧，準備退房。

收拾好行李，站在櫃檯前，正打算結帳的時候，不知為何，崔景蕙福至心靈，往門外瞟了一眼，就看到門口處，一群錦衣綢緞的男子在門前走過。

雖然只是一晃眼的工夫，可崔景蕙卻還是一眼便瞧見了那一群人中，一身青色長衫的衛席儒。

席哥哥！他怎麼會在這兒？

「掌櫃的，不用找了！」崔景蕙是半點也不想耽擱，隨手丟了一顆碎銀子到櫃檯上，便匆匆地追了上去。

崔景蕙原本是想直接追上去的，轉念一想，又怕壞了衛席儒的事，所以就一路遠遠地在他們後面跟著。

可是，崔景蕙沒有想到，便是她一再小心，卻還是被前面的人給發現了，直接被兩個彪形大漢提溜著到了一夥人跟前。

「你是什麼人？跟著我們，有何意圖？」

「各位大人，你們別誤會，我什麼意圖都沒有，就是看到諸位大人中有一個人眼熟得很，特像我一親戚，所以才跟了上來的。」崔景蕙心中叫苦不已，可是面上卻也只能堆著笑，一臉順服的表情，不敢惹怒了這一班人。

「喔？親戚？那給我說說，是哪個？」明顯就是打頭的一人，挑眉上下打量了崔景蕙一眼，明顯就是一副不相信崔景蕙的模樣。

「你是席哥嗎？我是崔景呀！按輩分，你是我表哥，咱們小時候還見過呢！」崔景蕙這會兒也只能找衛席儒了。

幸好，衛席儒也認出了崔景蕙，所以聽到崔景蕙的話雖然愣了一下，待眾人的目光望向他的時候，他即刻作出了一副恍然大悟的模樣。「原來是小景呀！你怎麼會在這兒？」

「我姊這不是馬上就要成親了嗎？這夫家的聘禮厚，咱家的陪嫁也不能少，所以就讓我上平都來買套院子，給我姊當陪嫁。剛巧在州府門外瞅見你了，這都多少年沒見了，我這心裡也沒底，所以就想追過來看看，哪承想卻被你們當賊給抓了。」崔景蕙苦笑了一下，說得那是有模有樣的。

若不是衛席儒知道崔景蕙是個女的，只怕還真就信了。但該做的面子功夫還是要做的，衛席儒一臉抱歉地望著為首之人，雙手抱拳，行了一禮。「秦大人，此人確實是衛某表弟，這小子一時魯莽，驚擾了秦大人，還望秦大人見諒。」

既然衛席儒都這麼說了，秦奇也不好再行追究，一揚手，讓鎖住崔景蕙雙臂的侍衛手鬆開，此事就算這樣揭過了。

「既然是一場誤會，本官自然是不會放在心上。不過小兄弟這莽撞的性子可得改改，不然下次可就沒這麼好運氣了。」

侍衛一鬆開崔景蕙的手，崔景蕙便幾步跨到衛席儒的身後，手拽著衛席儒的袖子，一副做錯了事、受了驚嚇的模樣。

當著眾人的面，衛席儒自然不會表現得和崔景蕙疏離，一臉無奈地側頭看了崔景蕙一眼，一本正經地向秦奇說道：「是是是，衛某定會好好訓誡表弟。」

秦奇也是識趣之人，既然話已經說到了這個分上，他也算是賣了衛席儒一個好，畢竟這衛席儒現在可以說是順王面前的紅人，一旦順王舉事成功，這衛席儒的前程定然是一片大好。

「既然衛先生有客人來訪，那本官也就不遠送了。至於和衛兄所說之事，還望衛兄代為轉告，一旦事起，本官定效犬馬之勞。」

說到正事，衛席儒臉上表情一嚴，然後朝北邊抱了下拳。「此事，我定會一字不漏地轉給順王。」

「有勞衛先生了，告辭。」秦奇虛虛地對衛席儒抱了下拳，然後朝衛席儒身側的人點了點頭，便領著自己的人離去了。

「你們先回客棧，我和小景敘敘舊，等會兒便回去。」衛席儒目送秦奇離開之後，轉身朝身後的幾人吩咐了句。

身後幾人對視了一眼，其中一人輕輕點了下頭，幾人這才同聲應道：「是，先生。」幾人走得飛快，不多時，便消失在衛席儒的視線範圍內。

衛席儒這才伸手，將自己的衣袖從崔景蕙手裡扯了出來。「崔……公子，這邊走。」衛席儒直接領著崔景蕙上了最近的客棧，要了一個包廂，等崔景蕙一進門，衛席儒便飛快地將門掩上，一臉肅然地望著崔景蕙。

「崔姑娘，妳究竟是什麼人？與汴京張家有何關係？」

那日，衛席儒離開大河村後，便直接去了汴京，借著外祖家的人脈，終於發現了一些不尋常之事。

據調查發現，當年他們離開汴京的第一個元宵，囡囡便差點被拍花子給抓走，待救回來時，對外說是受了驚嚇，自此有近乎五年的時間未曾出現在人前；而且原本他娘留在囡囡身邊伺候的人，也盡數被處理掉，完全尋覓不到任何蹤跡。

這還不是讓衛席儒最起疑的地方，他將在汴京看到的那個囡囡，和眼前這崔姓姑娘的畫像一併送到他娘面前，他娘卻一口認定，這崔姑娘才是張景蕙！

而往大河村一打聽之下，這才發現，被他一直喚作大妮的姑娘，和與他有婚約的張景蕙，僅是姓氏不同。而且當年囡囡出事之後不久，崔順安夫婦回鄉時便帶回了一個孩子，據他們所說，這景蕙的名字，回村時便有的，就連其堂姊崔景蘭也是後來才隨了景蕙的排字。

但這並不是讓他懷疑的最重要原因，他之所以如此疑惑，是因為他娘給予的一幅畫，一幅張家景蕙三歲時的畫像。他拿著那幅畫像問了好些村裡人，村裡人皆是一口篤定，那畫像中人，正是崔景蕙年幼時的模樣。

這一而再、再而三的巧合，讓他不得不心生懷疑。

「汴京張家……席哥哥，山有木兮木有枝，相思樹底說相思。」崔景蕙見衛席儒神思凝重地望著自己，遂咽下心中的五味雜陳，努力擠出一絲笑容望著衛席儒。

席哥哥！還有他們之間的暗號！對，只有他的囡囡才會這樣喚他「席哥哥」，而不是疏遠有禮的道一聲「衛公子」，無視於他們曾經的約定。他怎麼就這麼笨，怎麼一直都沒發現！

只是，現在不是懊惱這個的時候，他還有許多的疑惑未曾得到解釋。「妳是景蕙，妳才是張家景蕙對不對？當年到底發生了什麼事？為什麼妳會出現在安鄉縣？這究竟是怎麼回事？」

「此事說來話長。席哥哥應該已經知道，我幼時在汴京差點出了事，其實不是差點，而是我真的被拍花子給帶走了，只是我運氣好，僥倖逃脫罷了。我不敢回去，便想著去尋你，但車夫欺我年幼，於大雪之時將我遺棄，幸好我爹娘路過，我才得以撿回一條性命。」崔景蕙苦笑了兩聲，將前情一一說與了衛席儒。當年她實在年幼，且是上一世才粗略聽過，只知席哥哥一家大致的住處，而不知具體位置，後又入了爹娘的戶籍，這才斷了尋覓的心思，想等著以後年歲大些再去尋找。

「為何妳上次不說？囡囡，妳瞞得我好苦啊！」竟是如此！衛席儒一想到當年不過三、四歲光景的囡囡，獨身一人，無所倚靠，只覺心中隱隱抽痛，心疼不已。可他還是不明白，既然崔景蕙從一開始便認出了自己，那又為何不與自己相認呢？

「席哥哥，對不起，那時候我身上還背負著另外的婚約，我不想讓你看輕了我。如今沒有了顧慮，我這才……」崔景蕙苦笑了一下，那時她和齊麟的婚約猶在，她怎麼敢和席哥哥相認？

「傻瓜，妳若早點告知於我，又何須受那麼些苦楚。」衛席儒聽到崔景蕙這般顧慮，再想到之前打探到的消息，一想到崔景蕙所受的苦楚，再也顧不上許多，伸手一撈，便將崔景蕙攬進了懷中。

這一瞬間，崔景蕙的腦袋都是懵的。她無比僵硬地站在那裡，這陌生卻又溫暖的懷抱，猶如一個港灣一樣，將自己環住，那麼真實，那麼的可靠，讓崔景蕙一瞬間有種恍然若夢的感覺。可這就算是夢，崔景蕙也願意相信。

從崔順安出事，再到娘難產，一切的責難都壓在了自己的身上，鋪天蓋地的控訴都必須由自己撐著，她不能軟弱，因為她沒有依仗。

但現在，被衛席儒環在懷裡，那些委屈、難受、不安，一下子從身體各個部位冒了出來，激得崔景蕙的眼淚不受控制地往外直冒。

# 第九十六章　再度盤算

衛席儒低頭看著哭得隱忍的崔景蕙，眼中透著心疼，他伸手順了順崔景蕙的背部，一如幼童時期景蕙哭泣時一般。「囡囡，別怕，有席哥哥在。」

崔景蕙哭了一會兒後，有些不好意思了起來，後退幾步，掙出衛席儒的懷抱，伸出袖子，拭了拭臉上的淚水。她倒是有些慶幸，自己臉上沒有半點妝容的修飾，不然的話，這大哭一通，怕是不用見人了。

衛席儒待崔景蕙情緒穩定了下來之後，倒了一杯茶，遞到崔景蕙的手裡。

「囡……大……我還是喚妳囡囡可行？」這突然的轉變，倒是讓衛席儒不知該如何喚崔景蕙了。

「嗯，席哥哥私下這般叫便是；若是在明面上，還是喚我大妮。我怕會引起有心人的探查。」崔景蕙喝了一口茶，這會兒理智也是回來了。

囡囡是她曾經的小名，雖說叫著也不妨事，可是自己將封不山給殺了，這事只要一傳到汴京，安顏自然會追查到底，而她的資料，定然也會攤在安顏的面前。她雖然改了姓，可是名沒變，那女人本來就是個多疑的，若是再查到自己和席哥哥相交過密，保不准會做出什麼無法預料的事來。

敵在暗，自己卻在明處，這樣的處境實在太過被動，所以現在還是謹慎些為好。

「好！囡囡，我在順王那裡得到消息，他們得到了寶藏，妳知道這究竟是怎麼一回事嗎？難道那寶藏已經洩漏了？」衛席儒不知道崔景蕙的考量，但既然崔景蕙這麼說了，他也就應了下來。喚聲囡囡，倒是消弭了彼此間十一年未曾相見的陌生感。

「順王確實是得到了寶藏，不過席哥哥你放心，他並沒有得到全部的寶藏。」這件事，若說誰最清楚，那就只能是崔景蕙了，所以衛席儒還真是問對了人。

這事事關重大，崔景蕙自然不會對衛席儒有所隱瞞。

「不是全部的寶藏？此話怎講？」衛席儒愣了一下，他如今在順王手下，自然也看到了被士卒抬回來的鐵石，滿滿的四、五十個箱子。據前去尋寶的士卒說，這拿到手的還不過是五分之一罷了，可想而知，這鐵石數量該有多多。

而崔景蕙卻說，這還不是全部，如此說來，前朝所留下的寶藏該是何等的驚人！衛席儒雖身處亂局，卻也不得不生出幾絲僥倖。

僥倖這寶藏是被今朝之人所得，而不是前朝叛逆所獲。

「據我推測，前朝的寶藏，應該是存有三處：黃金珠寶、書籍古畫，以及被順王發現用以製作兵器的鐵石。席哥哥，你放心，另外兩處寶藏，我已經將寶藏入口全部封死，還有通往大別山的幾處密道口也已經封住，想來便是順王的人再去，也難尋到地方。」

這個時候，崔景蕙自然是將自己所做的安排全盤托出，以便安穩衛席儒的心思。她不管衛席儒究竟是懷著何等目的到了順王旗下，在她心裡，她永遠都是站在席哥哥身側的。

衛席儒是讀書人，自然知道戰亂時，黃金以及書籍能發揮多大的作用，所以聽到崔景蕙的話，他是由衷地鬆了一口氣。這些東西，若是全讓順王得到的話，只怕後果不堪設想。

「囡囡，妳確定此事除了妳以外，無人知曉？」

「席哥哥，你放心，我都是晚上過去大別山裡面活動的，除了我自己以外，沒有人知道另外兩處寶藏的位置。」她封死大別山的出口時，還去看過了，藏著書籍那一處寶藏外面的石頭，早已長滿了厚重的青苔，根本就發現不了那裡別有洞天。

至於密道裡面那一處寶藏，崔景蕙連著那突出的石頭都直接用稀泥巴糊住，如今泥巴早已乾透，和周圍的泥壁已是一個顏色。

「席哥哥，我在縣裡聽姜尚說，安鄉不穩定了，是不是順王打算謀反了？」如今衛席儒顯然在順王旗下，這件事問衛席儒，自然是最適合不過了。

衛席儒對著崔景蕙打了一個噤聲的動作，然後才向崔景蕙解釋道：「順王已經舉事，不消半月時間，便可攻打到安鄉。大河村裡的寶藏一日未取，順王自然不會安心。囡囡，如今安鄉還算太平，但妳最好還是早點離開那裡，朝廷對這事是封鎖的，我怕再耽擱下去，屆時妳就出不了安鄉了。」

崔景蕙恍然，隨即想到了之前秦奇作別時對衛席儒說的話。「果然如此！席哥哥，剛剛擒了我的那人，可是知州？」

衛席儒點了點頭，確認了崔景蕙的猜測。「此次順王派我來，便是勸服秦奇，投靠順王這邊，如今看來，這秦奇顯然是順王這邊的人。」

「如此說來，平都便是安全的了。」崔景蕙想到這裡，倒是明顯鬆了一口氣。雖說戰亂之際，不戰而降是極其恥辱的事，但對於百姓而言，這卻是最安全的。

「嗯，確是如此，不過一旦朝廷的軍隊到了，就不好說了。」衛席儒在京時，憑藉自身才學，投了太子陣營，如今不過是應太子之命，潛入順王旗下，取得順王信任，為以後平叛作準備。所以他堅信，順王這次挑起內亂，最終亦不過是跳梁小丑，譁眾取寵，自取滅亡罷了。

聽了衛席儒的一席話，崔景蕙心中已然有了盤算，而原本的各種不安以及惶恐，在確定了事實之後，也安穩了下來。她朝衛席儒點了點頭，然後將自己在平都租下的宅院位置告知了衛席儒。「我知道了。我在橋雲巷租了宅子，若是席哥哥有事來尋的話，可以上那裡去找我。」

「囡囡，妳要走了嗎？」衛席儒聽出了崔景蕙話語中告別的意思。

「相聚不必在此一時，席哥哥現在身上背負著重要的事，切不能因為我的關係而使順王生疑。席哥哥待的時間已經夠長了，是該回去了。」崔景蕙的眼中雖有不捨，可是在這種大是大非前，崔景蕙還是認得清的。

「倒是我糊塗了！」衛席儒臉上不由得顯現出一絲懊惱的表情。見到囡囡的喜悅，還有被寶藏的消息一震，他竟然忘了這個。「那咱們就此別過。」
「嗯。」
崔景蕙收拾了一下自己，這才和衛席儒相攜著離開客棧。
就在要各自分道揚鑣的時候，衛席儒忽然開口。「囡囡，妳放心，總有一天，我定然讓妳堂堂正正地回到張家。」
「我相信席哥哥，我也信我自己。等到回汴京的那一天，我定會將我曾經失去的東西，原原本本的全都拿回來。」
崔景蕙此時一臉自信的模樣，對著衛席儒揚唇一笑。對於這件事，她從來就沒有動搖過，該是她的東西，任何人都別想從她手裡奪過去。上輩子不能，這輩子更是不能。
衛席儒一愣，他見過崔景蕙這麼多次，還是第一次看到崔景蕙笑得這麼張揚，就好像一朵含苞欲放的牡丹忽然綻放時，那種奪目的光彩，不自覺地便吸引了別人的注意力。
「等我。」
「我一直，一直都會等你。」崔景蕙一臉的肯定，絲毫沒有覺得自己說的話有多煽情。
衛席儒臉上卻不自覺地染上了一絲酡紅。不過，他轉身轉得太快，崔景蕙並沒能發現衛席儒此刻的異樣。
站在客棧門口，看著衛席儒的背影在自己視線之中越行越遠，直至消失不見，崔景蕙這才轉身離去。

回到新租的院子，等到三爺和沈嬤嬤回來時，早已是日落黃昏。三人將新買的東西歸置好，簡單休息了一下，崔景蕙便說出自己的打算——將沈嬤嬤繼續留在這平都之內整理宅院，她和三爺則明日一早便返回安鄉。

沈嬤嬤和三爺自然是無異議。

休整了一夜之後，崔景蕙和三爺馬不停蹄地回了安鄉，等崔景蕙和三爺回了宅子，卻發現，不過是離開三天時間，宅子裡卻是多了兩個人。

安大娘和崔景蘭此時正坐在正屋裡和春蓮說著話呢！

「大妮！怎麼這個時候才回來？嬤嬤呢？怎麼沒看到她跟你們一道回來？」春蓮看到崔景蕙回來，自然是高興得很，忙上前迎了崔景蕙，順帶抱怨了一句，卻發現跟著崔景蕙一道去的沈嬤嬤並沒有在崔景蕙身後，不禁問了起來。

「我讓她在平都那邊處理一些事，到時候咱們過去的時候就能見了。」崔景蕙稍稍解釋了一下，便轉而望向蘭姊和安大娘她們。

「蘭姊、大娘，妳們什麼時候過來的？可還住得慣？」

「昨兒個來的，住得慣。我們這麼多人，倒是要麻煩妳了。」安大娘笑了一下，若不是有崔景蕙這個地兒，她們到縣裡根本就不可能這麼安逸。

而崔景蘭看著崔景蕙沒有說話，但臉上卻可以看見紅了一下。

「大妮、三爺，餓了吧？我去讓桂花嫂給你們做點吃的。」春蓮知道崔景蕙是從平都同來的，所以也知道崔景蕙肯定沒好好吃飯，不過說了一句，便拉著崔景蕙到桌邊坐下，自己率先出去喚人。

「蘭姊，元元過來了嗎？」雖然沒看到崔元生，可是既然大伯將蘭姊送過來了，崔元生應該也會來的，畢竟，崔元生可是崔家的長孫。

「來了，春元也過來了。他們和石頭哥，春蓮給另外租了個屋子，離這兒也不遠。」因為這邊宅子裡都是女眷，春元不願意住在這邊，元生自然跟著春元走。這好幾個人，要是住客棧，那花銷定是不少，所以春蓮乾脆又租了個院子，讓石頭他們暫時在那邊落腳了。

「石頭也過來了？還有其他的人嗎？」崔景蕙又問了一句，畢竟之前聽石頭說了，虎子和榔頭也會跟他一塊兒的。

「嗯，虎子哥和榔頭叔也過來了。」崔景蘭點了點頭。他們是一道過來的，所以她也清楚這事。「大妮，我爹說，讓我什麼事都聽妳的安排。這是出了什麼事嗎？」

崔景蘭一問，安大娘的目光也落在了崔景蕙的身上。當初大亮在送他們過來的時候，也說了這樣的話，讓自己和春元都聽崔景蕙的安排。

「是有些事，不過妳們不用擔心，我都會處理好的。」崔景蕙並沒有說是要打仗了，畢竟蘭姊及安大娘和自己不一樣，怕是承受不了這麼大的消息。

既然崔景蕙不願意說，安大娘也沒有再追問。「嗯，若是有困難的話，跟大娘說，大娘能幫上忙的一定幫。」

「安大娘放心好了，我自己有分寸。」崔景蕙點了點頭。這是自然，畢竟她也有一些沒辦法做到的事。

正說著，便聽到春蓮的聲音在門外傳了過來——

「三爺，您怎麼不進去呀？我給您和大妮端了麵來，三爺您進來吃啊！」

「不用了，我在這吃就成了，妳給大妮端進去。」

崔景蕙一回頭，便看到三爺拒絕了春蓮的提議，然後徑直端了一碗麵，坐在門檻上就大吃了起來。

崔景蕙本來是想要叫三爺過來，但是回頭看了一眼崔景蘭和安大娘，便歇了心思，三爺這是在避嫌吧！

「時間也不早了，大妮妳忙活著，我和蘭子就先進去歇著了。」安大娘也是看出了其中的端倪，臉上閃過一絲局促，拉著一旁的崔景蘭站起身，就往後院裡走。

崔景蕙也沒有阻止，任由安大娘和蘭姊離開。

春蓮又勸了三爺幾句，見三爺依舊不為所動，也只能無奈地放棄，走進屋裡，將剩下的麵端給崔景蕙。

「對了，大妮，石頭拿了一個大袋子過來，也不讓我知道是什麼東西，我給妳擱臥房裡了。」

說到這個，春蓮便忍不住撇了撇嘴。石頭拿東西過來的時候，可是千叮萬囑，讓自己不要打開；自己雖然心癢得很，可是怕石頭生自己的氣，糾結了好久，最後還是沒有打開。

「嗯，我知道了。春兒，等三爺吃完之後，叫人領三爺去石頭那邊睡。」崔景蕙點了點頭，表示自己知道了，拿起筷子，看了一眼門口的三爺，現在這個情況，只怕三爺也不會願意在自己這裡住吧！

「行，我到時候讓招弟嬸領三爺過去。」春蓮雖然不知道為什麼，但既然崔景蕙這麼說了，她定然是信服的。

三爺吃得很快，果不其然，一吃完之後，便來向崔景蕙告辭了。

還是崔景蕙說，讓三爺過去石頭那邊歇一夜，他這才算妥協了。

「對了，三爺，吳爺今天過來找您，我跟他說您還沒回來，他讓您回來了之後，就去他家找他。」將三爺送到門口的時候，春蓮忽然想起了這件事來。

「春丫頭，我知道了。別送我，我知道地方。」三爺愣了一下，朝春蓮點了點頭，表示自己知道了這事。

送走了三爺之後，崔景蕙吃完麵，洗了個澡，又被春蓮拉著說了一會兒話，還來不及去看石頭送過來的東西，便躺在床上，沈沈睡下了。

# 第九十七章　安鄉淪陷

「姊姊、姊姊……」

孩童稚嫩的聲音，讓崔景蕙原本迷迷糊糊的神志猛然清醒了，她睜開眼睛，便看到一隻肉嘟嘟的小手伸了過來。

「姊姊、姊姊！」

「團團，你會說話了?!」

「早就會說了，只是大妮妳沒注意而已，而且團團會走路了！」坐在床邊的春蓮一把將團團抱起，然後放在了地上，牽著團團的小手，果然看見團團踉踉蹌蹌地走了起來。

崔景蕙看著團團蹣跚學步的樣子，這才有些恍然，一轉眼團團已經快要一歲了，而爹娘也已經走了快一年了。「要是爹娘看到團團長這麼大，肯定會很高興的。」

「娘娘、娘娘！」團團手舞足蹈，口齒不清地叫了起來。

聽著團團稚聲稚氣的話語，崔景蕙一瞬間紅了眼眶。

春蓮也看到崔景蕙情緒有些不對，這個時候，她也不知道該如何安慰崔景蕙，索性抱著團團離開臥房，留下空間，讓崔景蕙好好靜靜。

崔景蕙傷懷了一陣，便振作了起來。她下了床，洗漱好之後，正要出門，卻看到了屋內角落裡放著的大袋子，雖然心中早有猜測，崔景蕙還是打開了大袋子看了一眼。

果然，裡面放著的，是石頭這一段時間裡雕好的所有活字。將袋子重新綁好，崔景蕙出了房門，便看到春蓮在外面徘徊，而團團已經不在她旁邊了。

「大妮，石頭過來了，說是找妳有事，大妮妳現在方便嗎？」春蓮看到崔景蕙，頓時眼前一亮，「噌噌」幾步跑到崔景蕙的面前，一副糾結模樣地望著崔景蕙。

「我這就過去……算了，妳讓他來偏廳找我。」崔景蕙想了一下，石頭來找自己，肯定是說這次戰亂的事，此事不宜聲張，還是小心為妙。

「好，我這就去告訴石頭！」春蓮頓時一喜，絲毫沒有半點「崔景蕙要私見自己喜歡的人」的那種猜疑感，和崔景蕙招呼了一聲，直接蹦蹦跳跳的便朝前院去了。

崔景蕙也不耽擱，上了偏廳，去等石頭過來。

「聽春蓮說，妳上平都了？」石頭並不慢，崔景蕙到了沒多久，他便已經來了，都是熟人，也就少了那些寒暄，石頭開門見山的就問了起來。

「嗯，我上平都先租了幾套院子，等咱們過去的話，也有地方住。」這也不是什麼值得隱瞞的事，所以崔景蕙便直接說與了石頭聽。

「我讓虎子去打聽了，咱們縣裡的大戶確實走了不少，但奇怪的是，我並沒有在縣裡得到任何消息，這實在太不對勁了。大妮，妳這邊可有什麼進展？」

從昨天一來，石頭便動用了各種方法，想要去查探崔景蕙所說的事，可卻沒有任何進展。

「朝廷已經對此封鎖了消息，你去查自然是尋不到任何破綻。我在平都也得了個消息，順王已經正式造反，不消半月便有可能打到咱們安鄉來。所以，我已經想好了，只等你一考完，咱們就走。」石頭是個男人，是男人就要背負起責任，所以崔景蕙自然不會和對春蓮、蘭姊她們一概而論。

她在衛席儒那邊得到了消息，直接便說與了石頭聽，雖有部分隱瞞，但對石頭而言，卻已是足夠了。

崔景蕙這次的消息，比之於之前說的，更讓石頭震撼。且不論崔景蕙從何得知的消息，但石頭既然選擇了相信崔景蕙，那便沒有其他的異議。

「既然如此，這縣考還有必要嗎？」石頭苦笑了一下。縣考還有四天，而謀逆之軍馬上就要打到安鄉縣了，這縣考只怕也就是走個過場了吧！

「不考的話，你拿什麼去娶春蓮？而且也不過是幾天的時間，我等得起，春蓮也等得起，你急什麼？」崔景蕙執意要等到石頭考完之後再走，便是早就想過了這個問題。若是不考的話，無論是她，還是石頭，到時候有何顏面去面對春蓮？「春蓮現在還什麼都不知道，你不能讓她失望，我也不想讓她失望，你懂嗎？在離開安鄉之前，我不想讓她察覺到任何異樣。」

「我明白了！」石頭雖然知道崔景蕙和春蓮之間有著情同姊妹般的情誼，可是如今看來，崔景蕙對春蓮的情誼，比他想像的還要深得多。而恰好，石頭亦是有同樣的心情。為了春蓮，任何苦難他都願意承擔，所以在這件事上，石頭和崔景蕙的立場是一致的。

只是……「大妮，若真起亂了，平都安全嗎？」

「暫時來說應該是安全的，平都知州是順王的人。這件事，你一人知道便行，切不可外透，明白了嗎？」

崔景蕙這話一出，石頭便已經想清楚了其中的關聯所在，心中的不安疑惑倒是稍稍有了一絲緩解，他向崔景蕙道了謝之後，便轉身而去。既然要走，那有些事，便要提上日程了。

下午的時候，吳爺再次過來，崔景蕙才知道吳爺打算舉家遷往平邑的事，說是平邑那邊有家木材行請吳爺過去。

崔景蕙自然是為吳爺高興，這次也不消吳爺再提，便將早已準備好的衣櫃圖紙給了吳爺。這東西如今放在自己手裡，也發揮不了大的用處，倒不如給了吳爺，算是全了吳爺和三爺的情分。

吳爺拿到衣櫃的圖紙，自然是歡喜得很，崔景蕙也不打擾他，畢竟吳爺馬上就要走了，讓吳爺和三爺敘敘舊也好。

崔景蕙出了院子，便徑直上了剛叔家，和剛叔說了想讓他們一家去平都的事，卻被剛叔拒絕了。崔景蕙不理解，又勸了幾次，卻還是沒能改變剛叔的想法，也只能暫且將這事放下。

崔景蕙在自己臥房角落裡，挖了一個一公尺寬的洞口，然後撒上石灰，將石頭拿過來的活字都放進了裡面，然後掩好土，將地面夯實了，偽裝好，確定看不出端倪，這才算是鬆了一口氣。這東西雖然不起眼、不值錢，可一旦入了讀書人的眼，只怕會引起軒然大波來，所以在不確定安全之前，崔景蕙不能讓人將活字這個秘密拿了去。

崔景蕙又請人在偏院裡打了個地窖，存了不少的糧食進去。剛叔不願意走，崔景蕙只能想出這樣的法子，給剛叔留一條退路。

所有安排的事，都在緊鑼密鼓地進行著，只是讓崔景蕙沒想到的是，就在石頭科考的前夕，崔景蕙竟然遇到了賴子強。

「大妮！妳是大妮！大妮，我是賴子強呀！我是大河村的賴子強！」賴子強看到崔景蕙，渾濁的眼睛頓時一亮，從地上一骨碌地爬了起來，然後直接朝崔景蕙衝了過去，攔住了崔景蕙的去路。

「賴子強，別擋路，讓開！」崔景蕙看著站在自己面前、渾身散發著一股作嘔味道，也不知道多久沒有清洗過、拖著一條斷腿的賴子強，頓時臉上一沈，沒好氣地說道。

「我就知道妳認得我！大妮，看在咱們是一個村的分上，妳幫幫我，幫幫我好嗎？」聽到崔景蕙喊出自己的名字，賴子強的表情更加激動了，他沒有絲毫骨氣地撲倒在地上，然後朝著崔景蕙低頭便拜。

崔景蕙看到賴子強這模樣，頓時後退了幾步，免得他的汙手沾染到自己身上。她皺了皺眉頭，然後扯了扯身側三爺的衣袖。「三爺，咱們繞過去。」

三爺其實也認出了賴子強，他雖然不常在大河村裡住，可是賴子強也算是他看著長大的，如今看到賴子強落到這種地步，他不敢相信，亦是唏噓不已。

不過，大妮做得對，這種人根本就沾染不得，就該遠遠地避開才對。

「大妮，別走，求求妳！如果妳不救我，我就只有死路一條了！大妮，妳不能見死不救啊！」賴子強看到崔景蕙要走，頓時就急了，伸出烏黑的手指就要去抓崔景蕙的裙子。

三爺直接將崔景蕙往後一扯，然後抬腳一腳踹在了賴子強的胸口，將賴子強直接踹翻在地上。

「你這都是活該，都是報應！大妮，我們走！」崔三爺直接朝賴子強唾了一口，然後護著崔景蕙便準備往旁邊離開。

只是這次，還不等賴子強再哀求，幾個二流子模樣的漢子便圍了上來，擋住了崔景蕙和三爺的去路。

「這位老爺子、小姐好，我是常發賭場的頭兒，人稱發哥。敢問二位，你們可認識這小子？」發哥一臉痞痞的，直接一腳踏在了賴子強的胸口，滿是橫肉的臉上即便堆滿了笑容，那也是一副兇悍的模樣。

「不認識。麻煩你們讓開。」崔景蕙沒有半點猶豫地說道。她是有錢，但她的錢可不是給賴子強這種無賴用的。

「大妮，妳不能這樣啊！他們會殺了我的！求求妳，給我一個機會，我不想死啊！」被發哥用腳踩著的賴子強，連掙扎都不敢，他哭得一把鼻涕、一把眼淚，可憐巴巴地望著崔景蕙。

「這位小姐，這傢伙在我們賭場賭錢，欠了咱賭場四百五十三兩銀子，妳要是不認識這傢伙的話，那這傢伙的死期可就到了！」發哥臉上是對著崔景蕙笑，可是踩在賴子強胸口的腿卻是在暗自使勁，踩得賴子強嗷嗷直叫。

「這種人渣，簡直就不配活在這世上。你若是肯殺了他，我定擺上一桌席面，感謝諸位大哥除了這禍害！」崔景蕙冷笑一聲。一個把自家妹妹賣進窯子，活活餓死自家親娘的畜生，根本就不配活著，就該下十八層地獄，永世不得超生！

發哥倒是愣了一下，他聽著崔景蕙明顯帶著厭惡的語氣，腳下恨不得踩死賴子強。好不容易等來個認識的，還以為能將賴子強欠的錢討回來，哪承想，這小姑娘一副恨得牙癢癢的模樣，還巴不得這賴子強去死，這明顯是不會幫賴子強還帳了。

既然沒有希望，發哥也不是胡攪蠻纏的人，朝身側的手下頭一偏。「倒是打擾小姐了！你們都讓開，別擋著道兒，讓這位小姐過去！」

這頭兒都發話了，圍著崔景蕙和三爺的幾個大漢頓時便讓開了道。

三爺趕緊護住崔景蕙快走幾步，離得發哥他們一行人遠遠的。

「大妮，我知道錯了！我真的知道錯了！求求妳，他們真的會把我殺了的！我不想死，我要死了，我娘可怎麼辦啊！」賴子強一臉絕望地看著崔景蕙越走越遠，哀求的聲音儼然已帶上了哭腔。

不過，賴子強本來就是個沒種的人，這種哀求根本就不能撼動崔景蕙的半點同情心，她原是不打算再搭理賴子強的，可是聽賴子強提到他娘，崔景蕙忍不住頓下腳步。

崔景蕙腳步一停，賴子強彷彿瞬間看到了希望，臉上的表情也變得更加可憐，淒苦了起來，以為只要再向崔景蕙扮慘幾下，崔景蕙便會心軟了，拉自己一把。

只是他沒有想到，崔景蕙接下來的話，瞬間將他打入地獄，翻身不得。

「忘了告訴你了，你娘早就已經死了，在你離開村裡之後，就被你活活餓死了。你要是覺得自己沒有盡到孝道的話，我勸你還是自行了斷，到了地下，你再好好贖罪吧！」

崔景蕙說完之後，再也沒有搭理賴子強，任由其鬼哭狼嚎的聲音在自己背後越來越遠，直至不可聞見。

賴子強的事，並沒有給崔景蕙帶來任何的影響，在石頭進入考場之後，她便讓三爺和榔頭護送其他人去了平都，讓虎子去接劉嬸，而崔景蕙還是不死心的再次去尋了剛叔。

剛叔這才鬆了口，讓崔景蕙將他的幾個孫子給帶上，至於自己，便是崔景蕙說破了嘴皮子，剛叔都不肯離開。崔景蕙沒得法子，只能提出最後的請求，讓剛叔一家子住到自己這邊來，畢竟她這邊有個地窖，便是有什麼事，到時候也好躲藏一二。

剛叔雖不想麻煩崔景蕙，可在崔景蕙的懇切請求下，還是應承了下來。崔景蕙鬆了一口氣，向剛叔詳細交代了地窖的位置，和其中的隱藏處，這才稍稍放心。

待三日考期一到，石頭從考場裡一出來，便被早已等在外面的虎子和春蓮給接了回來，然後休息了一夜，第二天一早，崔景蕙領著一幫人上了馬車，直上平都。

在平都不過待了十天左右，安鄉便出事了，順王果然如衛席儒所說那般舉事，從其封地一路打了過來，打得朝廷軍隊節節敗退。就在崔景蕙他們得到消息的兩日前，安鄉已被攻陷，一時間人心惶惶然。

被崔景蕙一路瞞著的眾人，自是擔心大河村的家人，只是如今局勢不明，不敢折返回安鄉，只能讓他們幾人輪流出外打探消息。

不過是幾日光景，逃往平都城內的百姓是越來越多了，據石頭帶回來的消息，如今糧店門口已成哄搶之勢，怕是平都也不安全了。

還不等大夥兒確定是走是留，平都城的局勢越加惡劣，不到十天的時間裡，街道上，到處都是各縣湧上來的難民，情況已經到了連門都出不了的地步。

便是不出門，不管是白日還是黑夜，崔家的宅院外面總能聽到叩門的聲音，弄得裡面一干大大小小人心惶惶，幾個女眷更是以可見的速度消瘦了起來。

崔景蕙這會兒也顧不得男女大防了，讓原本分散住的眾人都集中到了一個院子裡。也不管是有用還是沒用，和三爺兩個忙活了幾天，將每個緊挨著街道的門處添了一道門，再加上七、八根長栓子；至於外牆，雖然有近兩公尺高，但是這人要是落到絕境了，怕是什麼事情都做得出來，所以崔景蕙只能讓石頭幾個每日巡防著，抓到人了，便打上一頓，然後再丟出去。這也不是崔景蕙狠心，畢竟這世道誰都不容易，院子裡有七、八個婦孺在，若是有人不軌，遭殃的還是自己。而且，這若是毫髮無損地將人送出去，只怕下次再來的便不是一個兩個，而是幾十個了。

石頭他們一開始對崔景蕙這樣的做法不能釋懷，直到旁的院子裡的一戶人家，因為一時好心，給一個災民送了一碗粥，那天下午，他們家便被難民給端了，主人家更是被趕了出去，鳩占雀巢，還肆意嬉笑，這讓原本還心存不忍的眾人，頓時不再對崔景蕙的話有異議。

這樣的騷亂一直持續了大半個月的時間，初冬的氣候越來越冷，眾人的心思也是越來越沈。忽然有一天，外面一直持續著的哀嚎聲，就這麼沒了。

然後便是靜默。靜默。

崔景蕙讓人搭了長梯，趴在外牆上往街道看，街道上偶爾有幾個稀稀落落的行人，也是行色匆匆，崔景蕙一連看了好幾日，終於看出了蹊蹺的地兒。

便是有行人，皆不過是白髮佝僂的老者，無論是青壯，還是婦孺，崔景蕙便是一個都未曾瞧見，就連之前那些逃難而來的難民，也是不曾在街道上瞧見，就好像這些人，一下子全部消失了一樣。

崔景蕙心中越想越疑惑，可是卻又尋不出到底是哪裡不對。

一宅子的人窩在屋裡，大半個月沒出門了，大夥兒也都越來越焦躁。

# 第九十八章　被抓壯丁

終於，在十一月中旬的一個傍晚，崔景蕙再也忍不住了，換了身男裝，偷偷地從一個偏門走了出去。她倒要看看，這究竟是出了什麼事。

只是，這次崔景蕙的運氣並沒有很好，她不過是轉了一條巷子，便看到一列揣著武器的士卒往這邊過來。

崔景蕙下意識裡往回一縮，想要避開對面的人，卻還是晚了一步。就在她退回去的同時，對面一個略顯耳熟的聲音響起。

「十夫長，那裡有人！」

「追！」

只聽得腳步聲起，崔景蕙一咬牙，便往回跑去。只是，她終究不過是一個女流之輩，不過才跑出三百公尺餘，便被後面一人直接撲到了後背，將她壓在地上。

緊接著，崔景蕙還來不及反抗，一隻手就從她後肩膀處伸了過來，然後捏住她的下巴抬了過去。「十夫長，抓到了，是個男丁！」

「你跑啊！你不是很能嗎？還不是落在我手裡？丁三，帶回營裡去，今天的任務完成了。」

這會兒，落在後面的其他士卒也追了上來，被稱之為十夫長的男人，臉上帶著一道刀疤，他得意地看著被丁三壓在身下的崔景蕙，直接朝後面的人一招手，崔景蕙便看到，遠遠地，一個人手裡拽著條長繩，繩子上還綁著七、八個垂頭喪氣、一臉沮喪的男丁。

「是，十夫長！」

跟著十夫長的士卒頓時精神一振，而崔景蕙也被那個叫丁三的男人一把從地上拽了起來，拖扯著拉到麻繩那兒，直接就拴住手腕，繫在了繩子上，被列隊的士卒放在中間，由最前面的一個士卒拉扯著往前帶。

崔景蕙被帶著踉蹌地往前走，眼觀四面，卻發現逃跑的可能性為零，她耳中聽著一旁士卒相互打著黃腔，一時間心急如焚。

等到了城門口，崔景蕙這才發現，平都城內，並不是只有自己這一隊被抓的人。等一路走到差不多一里以外的駐紮地時，崔景蕙更是驚呆了。

密密麻麻、大大小小，一眼望去，根本看不到盡頭的帳篷擺在那裡；一堆堆篝火旁，一隊隊穿著鎧甲或是布衣的人，在帳篷前穿梭著，嘈雜熱鬧不已。

崔景蕙一失神，腳步自然也就慢了下來。

「快點走！」一隻手極其粗魯地在崔景蕙身後推了一把，險些將崔景蕙推得踉蹌倒地，不過這倒是讓崔景蕙回了神，趕緊地快走幾步。

「剛頭，你領這些人過去。」十夫長在進了營地之後，對揣著繩子的剛頭吩咐了一句，而後便喊上其他人，直接融進了最近一處篝火旁的士卒堆裡。

「不要，求求你不要！救救我！救救我——」

被帶著在營地帳篷裡穿梭的時候，崔景蕙忽然聽到一個帳篷內傳來女子絕望的求助聲，緊接著，那個帳篷的門簾被掀開，一個髮絲凌亂、衣裳敞開，半露肩膀、滿面恐慌的妙齡女子從帳篷裡面跌跌撞撞地跑了出來。

而不遠處，頓時傳來一絲鬨笑聲。

「老龔，連個女人都搞不定，你丟不丟臉啊！」

緊接著，還未合了回去的門簾再度被掀開，一個只穿著褲子、裸露上半身的彪形漢子露了出來，他直接伸出一隻手，箍住了逃跑女子的腰部，將女子拖了回去。

「放過我，求求你！啊……」

隨著搖晃的門簾，崔景蕙只看見那彪形漢子一把扯掉了女子身上的衣裳，然後便壓了下去。

而那女子開始還有幾聲求饒，可是隨著一聲尖銳刺耳的尖叫後，便再無聲音傳來。

崔景蕙下意識裡伸手摸了摸裹平了的胸部，一股寒意從腳尖升起，直衝頭頂。

那個叫剛頭的士卒，將他們領到一個有士卒把守著的大帳篷外，解了眾人手上的繩子，直接將一杆子人全部給推進了帳篷裡。

一進帳篷，一股濃厚的餿味便傳到了崔景蕙的鼻子裡，耳邊更是傳來罵罵咧咧的聲音，放眼望去，黑壓壓的上百人擠在一個帳篷裡，這帳篷雖大，可是進來後，也就只剩一個踩腳的地方了。

所以，崔景蕙的目光自然而然地落在帳篷右下處一塊還算寬裕的位置上，那地方約有兩公尺長寬左右，可也就四個人坐在那裡，而旁的人寧願擠作一團，也不願意靠近半分。

崔景蕙看到了，其他跟她一道兒進來的人自然也看到了，當下便有人想要越過眾人去到那塊地兒。

原本被踩到還抱怨幾分的人，看到這傻大膽自己去找死，皆是露出幸災樂禍的表情。若不是崔景蕙能視黑夜如白日一般，只怕還看不出這其中的蹊蹺之處。

「哥兒們，麻煩讓讓，給我挪個地兒吧？」那走上前的漢子，隨意地伸手拍了拍離自己最近一人的肩膀。

下一秒，崔景蕙只感覺自己眼前一花，那漢子便直接被摔到了地上，「哎呀、哎呀」地痛呼了起來，而被拍了肩膀的人，依舊保持著之前的動作。

「讓你去惹老大，你個不知好歹的東西！」帳篷雖然擠，可眾人還是挪出了一點地兒，由著被摔的漢子躺在那裡，而一個猥瑣的人此時擠到了前頭，直接對著倒地的漢子踩了幾腳，嘴裡還說著阿諛奉承的話。

是賴子強，他怎麼也在這兒？

崔景蕙愣了一下，卻是一眼認出了火上澆油的人，便是之前在安鄉見過的賴子強。一想到他知道自己是個女兒身，崔景蕙便不由自主地往後退了幾步，一直退到帳簾旁邊，這才蜷縮著蹲在了地上；將臉搭在膝蓋處，而手卻縮進了袖子裡，一手握住了被自己綁在手臂上的匕首手把，另一隻手揣著把刻刀柄。

帳篷內的鬧騰，慢慢也是安靜了下來，又再進來了幾批人後，夜已經徹底黑了。

蜷在角落處的崔景蕙，忽然感覺有一隻手在扯自己的腰帶，她下意識裡抽出了揣著刻刀的手，然後就往自己被扯動的腰帶處扎去。

「哎喲！」一個原本看崔景蕙穿得不錯，想要撈上一些好處的漢子，直接被崔景蕙的刻刀扎進了手背上。

「叫什麼叫？沒看到大哥們都歇下了嗎？」別人還沒出聲，賴子強便已經開始狐假虎威了起來。

「再靠過來，我就殺了你！」崔景蕙一把抽出自己的刻刀，側頭看著哀呼不斷的漢子，壓著聲音說了一句。

頓時，崔景蕙便感覺原本緊靠著自己的幾個人，稍稍往旁邊挪了一下。

「大人，有人要殺我！我的手！」都是淪落人，那人又怎麼會服氣被崔景蕙威脅？當下便站起身來，掀開帳簾就向守帳的士卒告起狀來。

「沒用的東西！」

崔景蕙只聽見門外的士卒不屑地說了這麼一句，緊接著便看到一桿纓槍直接將那人穿了個透心涼。

那人只怕到死也不會明白，自己明明是告狀的那一方，為什麼死的卻是自己？

纓槍被抽出，溫熱的血從那人的後背灑進了帳篷裡，亦是落在了崔景蕙的身上、手上。

那人連落地都沒有，便被守門的士卒拖了出去，一時間，帳篷內鴉雀無聲。

崔景蕙只覺得周身有些發冷，她手裡死死地揣著猶在滴血的刻刀，第一次升起了一股茫然無措之感。

「出來，都出來！」

也不知道是什麼時候睡過去的，待一陣喝斥聲將崔景蕙驚醒時，帳簾已經掀開，清晨微薄的日光穿過簾子，落在帳內擠作一團的漢子身上。

有待在門口起身慢了的，直接就被過來喊人的士卒踹了兩腳，崔景蕙不敢磨蹭，跟著前面的人出了帳篷。

帳篷外已經熄滅的篝火此時還有縷縷白煙飄出，而同樣被抓來關押的其他百姓，亦是被趕豬一樣地趕了出來。

等到了一大塊空地上，數十張桌子擺在前面，桌子後面坐著一身鎧甲的士卒，而其身後，擺放著一堆雜亂無章的兵器。

和崔景蕙一起過來的百姓們，被士卒驅趕著排成了長隊，排在桌子前面。

「多大？會什麼？」

因為崔景蕙之前出帳篷的時候，離帳簾不是很遠，排隊的時候自然也就排在了前頭，所以沒一會兒就輪到了她。

「十四，木匠。」崔景蕙聽到問題，只是稍稍猶豫了一下，便回了那人。

那人抬頭看了崔景蕙一眼，看到崔景蕙一副細胳膊細腿的模樣，不由得皺了皺，然後指了指右邊。「你，先去右邊等著。」

崔景蕙雖然不明白他這樣的安排是什麼意思，但是現在可不是抬槓的時候，所以，崔景蕙沒有任何異議地走到了右邊。

等崔景蕙站到了右邊時，發現那地兒除了自己，也就寥寥幾個人罷了，這倒是在一班人中間格外打眼。崔景蕙也是知道這個，所以下意識裡往自己之前的隊伍一瞅，便和賴子強對上了視線。

賴子強自然也是認出了崔景蕙，他先是愣了一下，隨即一臉挑釁地對著崔景蕙做了個抹脖子的動作。

崔景蕙頓時心裡一沈，可這會兒卻拿賴子強沒有辦法。不過崔景蕙慌了一下，便定下了心來，這時候著急也沒用，還是再等等吧。

因為站在隊伍外面，崔景蕙這會兒倒是看清了，坐在桌子後面的那人對每一個人的問題都是一樣的，但不同的是，若是遇到看起來極其強壯的，便直接領了兵器，去了左邊；而其他一些參差不齊的，得了考察士卒的一根籤，便去了中間；唯有那些看起來單薄的、或是身體有所缺陷的，便會被指到他們這裡。

這般認知，倒是讓崔景蕙心中一沈，有了一絲不祥的預感，就連對賴子強的不安感也被撇到一邊。

雖然擺了很多桌子，可是這人數實在太多了，這一等，便等到了午時，這才算清點完排隊的人。

賴子強因為斷了腿，所以沒有任何意外的，也被分到了崔景蕙這一塊兒，而拿了兵刃和籤子的兩隊，在士卒的帶領下離開了這裡，往營地的位置去了，只留下和崔景蕙一樣被分到右邊的近百人。

「你們，往這邊來。」只見昨日擒了崔景蕙那一隊的十夫長，指了指崔景蕙這一班人，然後便率先往另一處而去。

等到了地兒，崔景蕙便看到幾處士卒扭成一圈，正在較量武藝，顯然這應該是軍營的校武場。

「你們這些小兔崽子，先給我滾一邊去！」十夫長一臉不耐煩地將正在比試的士卒趕了下去，而被趕的人不但不生氣，反而嬉笑著擠到一邊，一副看熱鬧的模樣。

「……有好戲……見血……」

因為隔得遠，他們說話的聲音也小，所以崔景蕙只含含糊糊聽了幾個詞而已。

「你、你，你們兩個上來！」十夫長將士卒都趕了下去之後，隨後在崔景蕙這一隊裡指出兩個人，然後勾了勾手指，示意那兩人到自己身旁來。

那兩人不明所以，一頭霧水，卻又不敢反抗，磨蹭著走到十夫長的面前，崔景蕙便看見有兩個士卒主動上前，一人塞了一把砍刀進那兩人的手裡。

「你們都給我聽好了，按咱們的規矩，你們這細胳膊細腿的，是不能進咱們軍營的，這不能進的，都是要被處理掉的。但今天我就給你們一個機會，只要能殺死你對面的這個人，我就給留下來的人一條活路，讓他能留在軍營裡！聽明白了沒？」

十夫長這話一出，崔景蕙便看到身側的這近百人，大半都露出了驚恐的表情，而這樣的害怕反應，卻是取悅了看熱鬧的那些人，就連之前竊竊私語的嘲諷聲都大了一些。

崔景蕙下意識裡看了不遠處的賴子強一眼，卻發現對方也正在看著自己，待注意到自己的視線之後，賴子強還咧著牙齒，對自己毛骨悚然地笑了一下，顯然這會兒正打著什麼不好的主意。

「大人，我求求您，放過我吧！我真不敢殺人，真不敢！我家裡還有老母，我不能死啊！我死了，誰給我娘送終呀？大人，您就發發慈悲心吧，讓我回去！」

人群中，有一個衣著襤褸的中年漢子直接就撐不住了，「撲通」一聲便跪在了地上，然後倒頭就拜，臉上一把鼻涕、一把眼淚，混合著泥巴，實在是狼狽至極。

「你，把他給我拖上來！」十夫長咧著牙齒對著中年漢子的方向笑了一下，隨後一指中年漢子旁邊的一個人。

那人頓時哆嗦了一下，眼中的猶豫一閃而過，然後一咬牙，雙手從中年男子的後腋下穿過，吃力地將那已經嚇得渾身疲軟的中年漢子拖到了十夫長的前面。

十夫長看了一眼那黑瘦小子，不懷好意地笑了一下，然後從身側抖得如篩糠一樣的一人手中抽出長刀，直接塞進了黑瘦小子的手裡。

「殺了他！殺了他，我就讓你活著！不然的話，我就殺了你，讓他活著！」

「不！大人，求求你，放過我、放過我！」那原本就嚇得只會哆嗦的中年漢子，「噌噌噌」地爬到了十夫長的腳前，強烈的求生慾迫使他抱住十夫長的腿，撕心裂肺地哀求了起來。

可是，他卻低估了一個人心狠的程度。

十夫長只垂頭看了他一眼，然後抬腳，直接一腳踹在了中年漢子的心窩上，踹得中年漢子在地上翻了滾兒，這才癱在了校場的邊上，爬都爬不起來了。

「我數三下，若是他沒死的話，你就去死吧！」十夫長扭頭看向黑瘦小子，然後伸出了手指頭。「一……二……」

這人，誰想自己去死呀？黑瘦小子握刀的手直哆嗦，一臉的驚慌失措，卻還是拖著步子，朝中年漢子走了過去。

「兄弟，求求你，不要殺我！」

「……我不想死，對不起！」黑瘦小子雙手握住刀柄，然後閉上眼睛，哆嗦著直接將刀插進了中年漢子的身體裡。

那中年漢子的眼睛瞬間瞪大，然後身體不由自主地哆嗦了幾下，嘴巴費力地張合，留下幾個含糊不清的字眼，便泯熄了呼吸。「我……不想……」

「嘔！」黑瘦小子緩緩地睜開眼睛，對上了中年漢子那雙死不瞑目的眼睛，還有猶如涓涓細流一般從中年漢子身下蜿蜒而出的紅色，讓黑瘦小子瞬間只覺得胸腔內一陣翻滾，然後便伏下身嘔起來，可能是久未進食的原因，嘔了半天也不過是乾嘔罷了。

不過這會兒十夫長已經完全不在意他的存在了，他一招手，兩個士卒便走了過來，將中年漢子的屍體拖到一邊，地上頓時出現了一條血色拖痕，觸目驚心。

跟崔景蕙站在一塊兒的人，幾個心裡接受能力差點的，更是面如土色，用手摀著嘴乾嘔了起來。

可是十夫長根本就不給任何人緩衝的機會，一個個地數數，帶走的便是一條條鮮活的生命。

堆砌屍體那一塊地的血，已經將沙土直接染成了大紅色，而和崔景蕙站在一塊兒的人，隨著時間的流逝，也是越來越少。

# 第九十九章　你死我活

「你，給我出來！」

當十夫長指到賴子強的時候，還不等十夫長指出對手，賴子強已經一臉諂媚地率先開了口。「大人，我能自己選擇對手嗎？」

「倒是個膽大的，那就遂了你的意，給你這次機會。」十夫長挑了挑眉，看了賴子強一眼，眼中閃過一絲玩味，卻是應了下來。

崔景蕙心裡頓時升出一絲不祥的預感，接著便看到賴子強走到自己的面前。

「妳，出來送死吧！」賴子強一臉得意地看著崔景蕙，心中已然打定了主意，要是他贏了，便沒什麼；但若他要是輸了的話，那他就爆出崔景蕙是個女人的事實。這樣一來，不管怎麼看，他的命都保住了。

「你會後悔的。」崔景蕙淡淡地看了賴子強一眼，然後從他身邊走過，率先上了校場，撿起一把染血的長刀，指了指賴子強。

「廢話少說，來吧！」賴子強同樣獰笑了一下，一瘸一拐地走到崔景蕙的面前，撿起了長刀。

崔景蕙的眼睛瞟到十夫長一退開，手中的長刀直接就向賴子強砍去。

賴子強猝不及防之下，慌忙舉刀相抗，卻還是被崔景蕙在胳膊上劃了一道口子。

「妳耍詐！」賴子強後退了好幾步，拉開了與崔景蕙的距離，一臉憤慨，眼睛的餘光卻是瞟向了十夫長。

「蠢貨！」崔景蕙注意到賴子強的動作，頓時冷笑一下。這要是戰場上，誰還管誰使了什麼手段？只要殺了別人，活了自己，那就是最正確的事。

現在是，不是你死就是我活的場面，所以，崔景蕙根本不給賴子強任何喘息的機會，直接舉起刀子就往賴子強砍去。

兵法裡不是有這麼一句話，最強的防禦，便是進攻。對於崔景蕙和賴子強而言，崔景蕙是殺過人的，怎麼著也該比賴子強好點，所以在崔景蕙不顧一切的攻擊之下，賴子強完全就只有招架的餘地，根本騰不出手來攻擊崔景蕙。

這樣不行！賴子強一連被崔景蕙劃了幾道口子，也不由得著急了起來。

「妳就不怕我說出妳的秘密嗎？」在又一次兵刃相接的時候，賴子強咬著牙，鼓著眼睛對崔景蕙小聲威脅了起來。

崔景蕙才不上賴子強的當呢！在這場二選一的較量之中，沒有輸贏，只有生死，所以崔景蕙早就打定了主意。「左右都是個死，倒不如讓我先除了你這個禍害。」

「好，算妳狠，那就別怪我不客氣了！」賴子強咬牙放出了一句狠話，然後就要後退。

可是都到了這個時候，崔景蕙哪裡還會給賴子強半點機會？直接朝賴子強衝去。

賴子強慌忙抵擋，崔景蕙卻是洞門大開，以至於賴子強直接一刀劃在了崔景蕙的肩膀上，賴子強心中頓時一陣竊喜。

可下一秒，他卻被崔景蕙撞得身形不穩，直接就往地上跌去，而崔景蕙一路撞下，卻是棄了手中的長刀，掏出綁在手臂上的匕首，一把直接扎在了賴子強的胸口上。

賴子強重重跌在地上，感覺胸口一痛，下意識裡一抬頭，便看到扎在了自己胸前的匕首，下一秒他便對崔景蕙扯出一絲僵硬的笑容，然後目光瞟向一旁的十夫長。「大人，她是……女……」

既然崔景蕙讓他死，那他也絕不能讓崔景蕙好過！

他這想法雖好，可就是這麼巧，之前他一刀傷在崔景蕙肩膀的時候，突然有一行人出現在校場附近，守在校場旁邊的十夫長眼前一亮，忙朝那行人迎了過去，就連圍在校場看熱鬧的士卒們，這會兒注意力也從校場上挪開了。

所以，根本就沒人注意到賴子強嘴裡在喊什麼，且就在其喊出「女」字的同時，崔景蕙一把抽出賴子強胸口的匕首，橫臂一刀，直接便割開了賴子強的脖子。

滋溜鮮血瞬間飆射而出，濺了崔景蕙滿身滿臉，可崔景蕙這會兒哪裡還顧得了這個，看到賴子強最後的字眼在喉嚨裡化為咕嚕聲，她總算是鬆了一口氣。

崔景蕙一屁股坐在了地上，這才有閒工夫看自己被賴子強劃傷的肩頭，血已經浸過外裳，向胸前蔓延開來。崔景蕙一手捂住了肩膀，掙扎著站起身來，這才注意到了不遠處突然出現的一行人。

而她的視線，第一眼便落在一堆穿著鎧甲武夫中唯一一個穿著文士袍的衛席儒。

「席哥！」崔景蕙頓時心中一喜，直接朝衛席儒喊了出聲。

正在與身旁趙將軍交流軍務的衛席儒聽到這喊聲，先是一愣，然後循著聲音望了過去，一眼便看到站在校場內，滿身血汙的崔景蕙，頓時臉上一變，來不及向身側人說明什麼，一撩文士袍，快跑著跑到校場內，一臉緊張地望著崔景蕙，不顧崔景蕙滿身血汙，便直接扶住了她。

「小景，妳受傷了！」雖然心中焦急萬分，但至少衛席儒還沒有亂了分寸，沒有喚出崔景蕙的女子身分。

「席哥，我疼！」崔景蕙靠在衛席儒的胸口，低聲說了一句，之前所有的恐懼不安，在見到衛席儒的這一刻，全部化為委屈和軟弱。

「別怕，我這就帶妳去找大夫！」衛席儒這會兒也注意到了崔景蕙肩頭衣服斷裂處不斷流出來的鮮血，半摟著崔景蕙就走。

「衛兄，這是何人？」之前與衛席儒說話的將軍見狀，幾步走到衛席儒的面前，一臉詫異的模樣。

「趙將軍，恕衛某失禮。這是衛某表弟，本該在平都城內，卻不知為何在此，如今更是受了傷，衛某只能先行退去，為表弟處理一下傷口，待此事過後，衛某再到將軍帳內商議剛才之事，還望將軍見諒。」衛席儒苦笑了一聲，喚崔景蕙為表弟，臉上更是一臉無奈的表情。

趙將軍見衛席儒都這麼說了，再看崔景蕙簡直被血糊住了上半身，也不好再問，忙讓開了道兒。

「衛兄，你先送令表弟去營帳，我這就讓人去喚軍醫過來！」

「那就有勞將軍了！」衛席儒這個時候也沒了心思和趙將軍周旋，謝過之後，直接攙著崔景蕙就向自己的營帳位置而去。

「這是怎麼回事？怎麼沒聽衛兄說過平都有個表弟？」趙將軍目送衛席儒離去之後，這才鐵青了臉，轉而望向了身側之人。

「這個屬下知道，之前屬下與衛先生過去平都，正好與這位小兄弟有過一面之緣。咱們進入平都之後，衛先生還與屬下打了招呼，讓手下的士卒不要去打擾這位小兄弟，卻不知為何會如此！」

趙將軍身後一人，曾在平都見過崔景蕙的，立即如實稟告了起來。

「孫十長，你給本將軍好好說說，這人是怎麼回事？」

「這個、那個……屬下不知，還請將軍責罰！」十夫長這會兒也是心中叫苦不已。不就是個毛都沒長齊的黃豆芽嘛，怎麼還有這身分來著？不過這時候，再多的解釋也挽救不了既成的事實，所以十夫長當下撩起戰袍，便跪在了地上。

「自己去領十棍，然後去找衛先生，將這事擔下來，明白了嗎？」衛席儒現在雖無功名在身，可卻是順王極其看中的人，而且他們之所以能這麼快進入平都，其中便有衛席儒的一份功勞，所以趙將軍可不願因此而和衛席儒生了嫌隙。

「屬下領罰！」既然將軍都發話了，十夫長只有領罰，將事攬在自己身上了。

「還有你，通知下去，讓手下的士兵切不可再去騷擾衛先生的表弟一家。」

「是，屬下領命！」

一番交代下來，趙將軍也失了巡查的心思，轉而領著眾人返回營帳去了。

十夫長將手中的事兒交給另一相熟的士卒，然後步履沈重的去受罰了。校場上，賴子強被割了喉嚨的屍體躺在那裡，被人提著一隻腳，直接拖到了一旁的屍體堆上，已經失去神采的眼睛，再也看不進這一番人事。

只怕他作夢也想不到，崔景蕙下手會那般決絕，絲毫不給自己留下半點機會，以至於到現在落得死不瞑目、葬無歸處的地步。

「囡囡，妳感覺怎麼樣？」衛席儒將崔景蕙領到自己的營地，揮退了伺候的士卒，將崔景蕙扶在炕頭坐下，趕緊拿了一條乾淨的帕子壓在了崔景蕙的肩頭。

「還行。席哥哥，我這樣會不會連累到你？」崔景蕙搖了搖頭，雖然傷口很痛，但對崔景蕙而言，卻不過是毛毛細雨一般，畢竟她曾承受的痛楚，比這痛上十倍、百倍的，她都曾忍受過。

「都這個時候了，還說這種話！妳且在這稍等一下，我去看看軍醫過來了沒？」衛席儒看崔景蕙按著傷口的帕子沒幾下便被血浸染過去，臉上的焦急表情頓時又重了幾分。

「席哥哥，那軍醫是否會看出我的身分？」見衛席儒要走，崔景蕙急忙用未受傷的那隻手抓住衛席儒的衣襬。

衛席儒臉上頓時出現了一絲懊惱的神情，他也是擔心過頭了，竟然忘了這一茬。

「那……該怎麼辦？」崔景蕙傷得這麼深，若是不處理的話，定會留疤的。在衛席儒的記憶中，世家小姐便是不小心劃破了點皮都會在意很久，而現在條件雖然簡陋，他也想讓崔景蕙好過一些。

「衛先生，軍醫已經請過來，可能讓他進去？」

正在糾結時，門外已經傳來了聲音，衛席儒和崔景蕙對視了一眼，這才向營帳口回應道：「進來吧。」

緊接著，一個揹著醫藥箱的白鬍子老者便走了進來，他先是將藥箱擱在了桌子上，然後向衛席儒行了一禮，這才望向崔景蕙。只一看，軍醫的目光瞬間一縮，微微側頭向衛席儒瞟了一眼，嘴角往上一挑，然後便轉過身來，既沒打算診脈，也沒打算替崔景蕙查看傷口，逕自走到桌邊，挑了幾個藥包，送到了衛席儒手裡。

「這一包藥粉以茶送服，一次半包；這一包藥粉，乃是止血所用。若無他事，老夫就先行告退了。」

衛席儒一聽，便知崔景蕙的女子身分被看破，無奈之下，只能委下身段，向錢軍醫討個保證。

「有勞錢大夫了。此事事關女子聲譽，還請錢大夫務必保密。」

「衛先生放心、放心，老夫懂得、懂得！」錢軍醫一臉曖昧地瞅了瞅崔景蕙，又瞅了瞅衛席儒，而後撫了撫自己的長鬚，意味深長地笑了一下，這才揹起藥箱子，出了營帳。

「這老頭看來手下還有點真功夫！」俗話說得好，醫者望聞問切，男女骨相不同，自然是能輕易看出性別之差。

「嗯，錢軍醫為人還不錯，囡囡暫且可放心。」衛席儒又解釋了一句，以便讓崔景蕙放心，不過看到手中的藥包，卻是不自覺地臉上一紅。「這藥……妳這傷需要處理一下，我……妳……那個……」

「那就有勞席哥哥了。」崔景蕙看衛席儒一臉窘迫的模樣，倒是大方的淺笑一下，然後側過身去，將衣帶解開，然後將肩頭裸露了出來。

因為生受了賴子強一刀，所以這會兒崔景蕙肩頭的傷口皮肉裂開，血糊作一團，看起來恐怖得很，也讓衛席儒心中那點旖旎的心思徹底褪去。

「囡囡，妳且忍著點！」衛席儒先將崔景蕙傷口處的鮮血清理乾淨，然後撒上藥粉，一邊注意著崔景蕙臉上的表情，用以確認自己的動作是否太重了。

只是，這點痛對崔景蕙而言根本就算不了什麼，所以直到衛席儒將傷口處的血止住，也沒見崔景蕙的臉上有任何的表情變化。

這讓衛席儒看了，心中不由得升起一絲憐惜。他的囡囡，之前被護在手心裡都怕化了的囡囡，這些年來到底是遭受了多少的苦難，這才有了如今的堅強模樣？

可是，這還不是讓衛席儒最心疼的，就在衛席儒正要給崔景蕙包紮傷口的時候，崔景蕙為了配合衛席儒的動作，後背的衣服再往下滑落，露出了崔景蕙背上已經好了、卻留下傷疤的幾處刀痕。

「這……這是如何傷的？」衛席儒包紮傷口的動作一滯，另一隻手不自覺地撫上崔景蕙背上的一處傷痕。

崔景蕙的身體不由自主地僵了一下，隨即又放鬆了下來。

「席哥哥，都過去了，已經好了，沒事了。」崔景蕙側頭看了一眼衛席儒，這種苦難的事，本來就不值得有半點留念。

「對不起，都是席哥哥未能保護妳！」衛席儒在這一刻，卻是下定了決心，過去的十一年，他未能好好守護在囡囡的身邊，以後的一輩子，他定然不會讓囡囡再受半點傷害。

「不關席哥哥的事。」崔景蕙轉過身去，伸手抓住了衛席儒的手，想要撫平他心中的愧疚。

「等這場亂事結束之後，一切都會好起來的。」

「嗯！」衛席儒感受著手中的軟滑，目光不自覺地撇到了一邊，輕咳了一聲。「囡囡，我先替妳處理好傷口。」

崔景蕙乖乖地鬆開了手，讓衛席儒給自己包紮好傷口，然後服了藥粉。

「囡囡，妳流了這麼多血，先躺著歇會兒，我讓人去給妳準備點吃的。」衛席儒扶著崔景蕙躺下，替她掖好了被角，然後轉身打算出去。

只是，衛席儒才剛轉身，崔景蕙便已經抓住了衛席儒的手，她仰著頭，臉上露出了一絲懇切。「席哥哥，陪我，陪陪我！」

「好，我不走，我在這兒陪妳！」衛席儒愣了一下，猶豫了片刻，卻還是選擇重新坐回炕邊，然後順手撿起一本書看了起來。

衛席儒看著書，而崔景蕙卻看著衛席儒，此時的場景，就好像一幅畫一樣，只覺歲月靜好。

只是，崔景蕙終究是累了，所以沒過多久，便撐不住睡了過去。

衛席儒這才小心翼翼地鬆開被崔景蕙一直握著的手，輕手輕腳地走出了營帳。

交代親兵守好帳篷，不要進去打擾崔景蕙，他這才轉身離開。之前和趙將軍說的事還沒有說完，而且還有一堆的軍務正等著他處理呢！

因著崔景蕙與衛席儒的特殊關係，崔景蕙便暫且在衛席儒的營帳內住下了，再聽到平都城內她家住著的人皆無恙之後，崔景蕙總算鬆了一口氣。

本來她想著借此機會，讓三爺他們幾個能出城，然後去往汴京，畢竟如今這平都被順王占領著，朝廷的人遲早會到此平叛，到時候兩兵相交，定有損傷，所以崔景蕙也是不放心得很。可是，她將自己的打算說與了衛席儒之後，卻被衛席儒直接開口否決了。衛席儒向她解釋了之後，崔景蕙這才明白，如今留在平都的三爺他們，已成了順王挾制衛席儒的籌碼。

崔景蕙是又氣又憤，可是卻又無可奈何，只能讓衛席儒傳了信過去，告訴他們不要輕舉妄動，以及自己無恙的消息。

# 第一百章　混淆視聽

錢軍醫的藥確實不錯，不過幾天時間，崔景蕙肩頭的傷已經結痂，也可起床行動了。這日下午，衛席儒正陪著崔景蕙在營帳外散步，只見一個士卒匆匆趕了過來，走到衛席儒身側，看了崔景蕙一眼，然後湊到衛席儒的身邊，說了一個消息。

「真的？我這就過去！」衛席儒臉上的表情頓時一變。「景弟，妳先回營帳，為兄現在有要事要處理。」

衛席儒只朝崔景蕙留下一句話，便匆匆隨著那士卒而去。

崔景蕙一頭霧水，卻又沒有辦法，只能折身返回營帳，等候衛席儒的消息。只是，才回了營帳沒一會兒，便見一個偷偷摸摸的身影摸進了營帳之內。

「是你！你想幹什麼？」崔景蕙一眼就望見了進來這人便是當日在平都城內拿了自己的丁三。

「噓！」丁三也沒想到，一進門撞見的便是他，忙對他作了一個噤聲手勢。「你別怕，我是衛公子的人。」為了防止他大聲驚叫，驚擾了營帳的人，丁三無奈之下，只能表明自己的身分。

崔景蕙一臉狐疑地看著丁三，卻是越看越覺得有些眼熟。之前在平都的時候，崔景蕙就覺得丁三的聲音有點耳熟，如今細看，竟與記憶中的一個身影重疊了起來。「你……你是致遠哥？」

「你、你怎麼認識我？」丁三聽到他一口便叫出了自己的本名，心中一駭，眼睛狐疑地打量起他來。

之前營地裡就傳出二公子營帳裡收留了一個表弟，作為自小便在衛家伺候的人，沒有人比他更清楚，公子並無表弟，只有表兄，而表兄都遠在汴京，且年齡盡皆已過及冠之齡。

所以，他還以為不過是二公子心善，這才救下一人，可如今看來，卻和自己料想的有所不同。只是，不管他如何打量眼前人，都未能將之和記憶中的人對上號來。

「我是景蕙呀！我小的時候，你還抱過我，對了，你還把我放樹上，害我哭了好久呢！」崔景蕙也沒有讓丁三再猜，而是直接告訴了他，自己的身分。

「妳、妳是蕙小姐?!妳不是在汴京，怎麼會在這兒？」丁三乍聽這一消息，眼珠子都瞪圓了，也是這會兒才注意到，崔景蕙雖然穿著男裝，可是面容卻俊秀得很。

「還說呢！還不是託了致遠哥你的福，我這才到了這裡的！」崔景蕙沒好氣地白了丁三一眼。要不是他在平都將自己擒了，自己怎麼可能在這兒吃了個這麼大的虧？若非有席哥哥在，她這條小命都不知道保不保得住呢！

「這個……妳是……對不起，蕙小姐，我當時真不知道是妳，要知道是妳的話，我鐵定只當沒看見！」被崔景蕙這麼一說，丁三也記起之前自己在平都城的踰越之舉了，頓時看著崔景蕙，手腳都不知道該怎麼放了！

這說到讓人尷尬的事了，崔景蕙也是識趣，話鋒一轉，便岔開了話題。「算了，若不是這樣的話，我還尋不到席哥哥呢！致遠哥，剛剛來了人，將席哥哥喚過去了，怕是有什麼事發生了，你要有要緊事的話，可以先告訴我，等席哥哥一回來，我便轉達給他。」

「這樣……也行！」丁三遲疑了一下，扭頭看了一眼營帳口的位置，這才點了點頭。他出來的時間已經挺長的了，再不回去，只怕會引起懷疑。「太子傳來訊息，朝廷的軍隊已經在五日前開拔，不用半月便可抵達平都，請二公子做好準備。」丁三向崔景蕙說明了此次要傳遞的訊息之後，便直接從來的原路返回而去。

崔景蕙有些不放心地撥開帳簾查看了一番，發現丁三的到來並沒有引起守帳士卒的注意，這才鬆了一口氣。

崔景蕙這一等，便一直等到太陽快要落山的時候，才等到衛席儒回來。

「囡囡，大事不好了，大河村的密道被發現了！」衛席儒一回來，便拉著崔景蕙到了炕邊，小聲地說著剛剛從趙將軍營帳內得到的消息。

「怎麼會發現的？不可能啊！那我大伯還有安叔他們，豈不是危險了？」崔景蕙心下一沈。大河村密道被發現，不管是從哪一方面而言，對他們這一邊都是大大的不利。

衛席儒搖了搖頭，因為事情太過重要，所以那邊的密道一發現，便使人傳信過來，很多具體的細節他也並沒有得到詳細的消息。「詳情還不清楚，囡囡妳也先別急，我已經和趙將軍說了，明日一早我便到大河村那邊去，妳若是不放心的話，也可以跟我去看個究竟，畢竟大河村的事，沒有人比妳更清楚的，但是妳身上的傷——」

崔景蕙忙打斷了衛席儒的話，將具體的情況說與衛席儒。

「我身上的傷不打緊。大河村的密道，我不曾和任何人說過，席哥哥你也不要太過擔心，發現了密道，並不代表就一定能發現寶藏。而且我跟過去的話，到時候也好掩護寶藏的真實地點。」

崔景蕙說的是實情，所以衛席儒這個時候也不可能感情用事，置國家於危險而不顧。

「那這樣的話，只能煩勞囡囡妳了。」

崔景蕙伸手握住衛席儒的手，然後輕聲將之前丁三到來的事說與了衛席儒。「不麻煩。對了，剛才丁三來了，說是朝廷那邊來訊了，軍隊已經開拔，不消月餘便可抵達此地，讓你做好準備。」

「這實在是太好了，只希望這亂事早些結束。」衛席儒眉目間的愁雲頓時消散了一些，看著崔景蕙的目光也多了一絲喜悅。

「嗯，我也想快點見到靜姨，十多年未見，也不知道她還記不記得我？」崔景蕙也是點了點頭，眼中升起一絲祈盼來。

第二日一早，天還未亮，一輛馬車、數百士卒，便已悄然離開營帳，趕往大河村去。

因著有士卒的緣故，所以這一去，便直到月上梢頭，才趕到大河村村內。車上顛簸，便是衛席儒一路小心護著崔景蕙，可崔景蕙肩頭的傷勢還是裂開了些許。

等下了馬車，只見大河村隨處可見的火把，將這一番夜色映照得格外通透。

「衛先生，你來了！」一個帶刀校尉看到衛席儒，忙迎了上去。

「嗯。唐校尉，安排一下兄弟，你與我現在便過去密道看看。」衛席儒和校尉打了聲招呼，便提出了自己的要求。

「是，衛先生，我這就領你過去。」唐校尉招來手下的人，領著馬車後面的數百士卒前去安置，然後對衛席儒做了個「請」的手勢。

「席哥，我也想去。」崔景蕙見此，忙開口說道。

「景弟，妳且先去歇息，明日再過去也不遲。」衛席儒看崔景蕙臉色蒼白，猶豫了一下，拒絕了崔景蕙的提議。「唐校尉，衛某記得，這大河村內有一江姓大夫，如今可還在？」

「在的，那大夫還住在其藥廬之內。這位小兄弟可是身上有所不適？我這就喚人領他過去。」雖然不知衛席儒如何知道得這麼清楚，可唐校尉聽崔景蕙和衛席儒以兄弟相稱，自然存了討好之意，忙開口攬下此事。

「那就有勞唐校尉了！」衛席儒將崔景蕙推了過去。

崔景蕙也是瞬間回過神來，他們剛回這裡，諸事不明，若是尋了江伯，還能探出緣由來，所以她也不再堅持著要過去密道那邊了。

任由人引領著去了江伯的藥廬，藥廬依舊是她離開村裡之前的模樣，只不過不大的院子裡，卻是把守著五、六個士卒，屋內一片漆黑，顯然江伯已經睡下。

等領頭的人和士卒說明了來意，便見一個士卒走到門口處，伸手用力拍打著門戶。

「江老頭，起來看病了！」

「來了、來了！」

只聽到屋內傳來一陣窸窸窣窣的聲音，不多時，緊閉的門戶便被打開。

「是誰傷了？進來吧！」江大夫披散著頭髮，搭著外衣，微瞇著眼睛，手裡拿著盞燈，睡眼朦朧地站在門口，沒注意到門口的崔景蕙。

「小公子，這老頭醫術不錯，你進去吧！我和守門的兄弟都說好了，你要有什麼事，就和他們說一聲，我先去忙了。」領頭的人看江大夫出來了，他的任務也是完成了，和崔景蕙又囑咐了一句，便轉身走了。

崔景蕙見此，也不出聲，直接便進了房門內，然後順手將門掩上。

「你，大……妳怎麼回來了？這裡太危險了，妳趕緊地走！」等崔景蕙進了屋，江大夫這才看清楚了一身男裝打扮的崔景蕙，一瞬間，原本的那點睡意全沒了，下意識裡瞅了一眼門口的位置，然後一臉擔驚受怕地將崔景蕙扯到了屋後，這才小聲地和崔景蕙說道。

「江伯，村裡的人還好吧？我大伯還有安叔他們是怎麼回事，您知道嗎？」崔景蕙也是放低了聲音，臉帶焦急地直接問道。這一路走過來，大河村顯得陰沈沈的，隨處可見的士卒倒是讓崔景蕙心中的不安越發多了起來。

「還能怎麼樣？逃的逃，死的死，剩下的，這會兒全被抓到大別山裡找什麼寶藏去了。妳大伯和安叔現在都還活著，我聽外面守門的兵蛋子說，他們的長官以為妳大伯知道寶藏的消息，所以一直好生關押在妳那屋裡，就等著上面的下來問個究竟。」江大夫苦笑了一下，將村裡的近況說與了崔景蕙聽。

「這事怎麼會牽扯上大伯他們？」崔景蕙愕然，她可是半點也不曾透露風聲，怎麼還會牽涉上大伯一家人呢？

「也是瞎貓撞上死耗子，那據說藏著寶藏的密道被崔根生尋了出來，然後就賴上妳大伯家了！是哪裡傷著了？老夫給妳看看。」江大夫也是知無不言、言無不盡，邊說著，邊將藥箱拿了過來。

崔景蕙聽到此，倒是鬆了一口氣。「之前被人劃了一刀，今天坐了一天馬車，顛開了。江伯，您給我拿點止血的藥粉就成。」這傷在肩頭位置，總不好露出來給江伯看，所以崔景蕙便自己說了情況。

「成，妳且等著！」江大夫也是瞬間了然，打開藥箱，從最底層拿了一個小小的瓷瓶出來。「這還是之前妳給我的藥方子，我照著配的，藥效倒是好得很，也多虧了它，老夫這才能無恙。」江大夫將藥瓶遞給崔景蕙，不免感嘆了一句。

崔景蕙稍稍彎了下唇角。這是封不山特製的藥方，效果怎麼可能會不好呢？不過既然江伯說到這事，倒是給崔景蕙提了個醒，看來等這事結束之後，她還得去不封山走一趟。

江伯避開之後，崔景蕙便自行上了藥，又和江伯說了一些話，便在江伯的藥廬裡歇下了。

一直到第二日上午，崔景蕙才見到一夜未眠的衛席儒。

衛席儒雖滿臉倦容，可見到崔景蕙還是不忘問一句她肩上的傷勢。

崔景蕙表示自己無恙之後，給衛席儒倒了一杯涼水，這才問起了昨日衛席儒去密道的事。

「他們還沒發現寶藏的位置，可是依我所見，只怕也不過是時間的問題。」衛席儒喝了一口涼水，倒是清醒了些，只是一想到眼前棘手的事，便不由自主地皺了眉。

「席哥哥，這是怎麼回事？」崔景蕙愣了下。她還沒去看過密道的情況，自然不知道衛席儒為何說得這麼嚴重。

「他們正在密道裡面掘地三尺，勢必要將那裡翻個底朝天。囡囡，妳可有把握不讓他們發現寶藏的所在？」衛席儒苦笑一下。昨天夜裡他過去那邊，便發現有上百人正在密道裡挖地，只怕不用幾天工夫，就能翻遍密道了。

「密道裡確實是有一個寶藏，裡面藏的都是金銀珠寶，而且之前在大別山裡追殺你的那人，我就埋在離寶藏不遠的地方，屍體上面對著的，就是通往大別山的出口。席哥哥，這只怕有些不妥。」崔景蕙也憂心了起來，畢竟之前處理那人屍體的時候，崔景蕙是在通往大別山的密道口那兒挖了個坑就給埋了的，如今只要一翻到那塊地兒，就能發現不對勁來。

「這不行，不能讓他們發現寶藏！」衛席儒眉宇間的憂愁也是更深了幾分。

「席哥哥，埋屍體的上方，便是可以通往大別山裡面的路，之前我為了防止那些人發現入口而進到密道裡去，就將口子封上了。這樣的出口一共有三個，一個是通往破山神廟，也就是他們之前發現鐵礦的不遠處；還有一個通往的是石頭山，離入口不遠的地方，便是另一處寶藏，裡面藏的是書籍古畫。」這個時候可不是藏著掖著的時候了，所以崔景蕙當下沒有半點猶豫的，便將寶藏的位置說與了衛席儒聽。

「破山神廟？他們就是從那裡發現密道的！」這也能解釋為何密道會被發現了。衛席儒思索了一陣後，心中突然有了主意。「囡囡，這會兒密道裡並無村民，可否跟我去密道走一趟？」

「樂意之至。」能幫到衛席儒，崔景蕙自然是願意的。

當下，兩個人也不耽擱，直接出了院子，往墳山那邊而去。

因為士卒都是認識衛席儒的，所以他們兩個沒有遭到半絲阻擋便進到密道之內。

進入之後，看到密道裡面已經像是犁地一樣被翻開了地面，崔景蕙這才明白了衛席儒的擔憂所在。

密道之內，每隔百步便有一士卒把守著，行事起來倒是要格外小心得很。

這裡是崔景蕙熟悉的地盤，可是為了不露出痕跡，崔景蕙還是和衛席儒並肩走著，只是每到岔路口的時候，袖下的手便拉衛席儒一下，用以提醒衛席儒方位。

他們最先過去的是黃金寶藏的位置，待走到密道埋屍處的時候，崔景蕙伸手拉了一下衛席儒，示意他看自己跺腳的位置，待衛席儒了然地點了一下崔景蕙的手背，崔景蕙這才領著衛席儒到這條密道的盡頭。隱藏著寶藏位置的石頭早就已經被崔景蕙用泥巴糊住了，這會兒能看到的也只是一堵泥牆而已。

崔景蕙摸了摸牆壁，朝衛席儒點了點頭，接著便揚高了聲音，一臉詫異地喊道：「席哥，這邊怎麼沒路了呀？」

衛席儒也是會意。「既然這邊沒路了，那咱們就換一條路。」

「嗯，聽席哥的！」崔景蕙點了點頭，兩人離了這條密道，折回到岔路口，然後便往另一條道上走去。

不多時，便將密道走了個遍，衛席儒心裡也有了成算，領著崔景蕙離開了密道，然後將崔景蕙再度送到了江大夫那裡。

因為得了衛席儒的提醒，所以崔景蕙白日裡待在江大夫家未曾出去，直至夜深時才出去透透氣。

雖然衛席儒並沒有和自己細說，可兩天之後，崔景蕙聽到門外士卒說起又發現了一條密道，崔景蕙這才明白衛席儒打的是聲東擊西的主意。

這樣一來，叛軍也算是有所收穫了，既減去了叛軍的浮躁之心，又拖延了時間。

# 第一百零一章　送出城外

算算日子，朝廷的軍隊也該要來了。崔景蕙雖然白日裡未曾出門過，但也感覺到士卒之間的氣氛越來越不安，而逃兵的現象更是日日皆發生。

安大亮在衛席儒有意無意的安排下，成了掌廚之人，而江大夫日日採藥，崔景蕙便讓江伯順便採些相剋的藥材，借著安大亮的手慢慢地擱進了吃食之中，以便到了非常時刻，可以助衛席儒一臂之力。

「囡囡，我們要走了！朝廷的軍隊距離平都不過七百里了，趙將軍已經傳訊過來，讓我過去主持局面。」這日凌晨，衛席儒突然叩開了藥廬的門。

崔景蕙睡眼朦朧之際忽然聽到這麼一個大消息，自然難免有些驚訝。「這麼快？那這邊該怎麼辦？」

「我已經讓我的人注意這邊了，妳且放心，只要一有騷動，我的人便會出手，將妳大伯還有安叔他們救出。」寶藏的事，不論是今上還是順王，都是異常關注的，所以這裡今上潛藏的人也是最多的，因此他並不是很擔心這件事。

「那行，我跟你一起回去。」團團和三爺他們都在平都，一旦戰事起，只怕平都城內也會變得不安寧，所以崔景蕙當機立斷，便和衛席儒說了自己的打算。

「我正有此意，妳如今待在大河村多有不便，還是早些離開為妙。可有要收拾的東西？馬車已經在村口處等候。」衛席儒怕的就是崔景蕙在這裡被揭穿了女子身分，畢竟順王手下的士卒可不是好相與的，平都城內被糟蹋的女子，沒有上百也有幾十，崔景蕙姿色妍麗，一旦身分戳破，只怕會招致危險，所以私心裡，衛席儒也不願意崔景蕙留下。

因為事態緊急，所以一回到平都城外的營地，衛席儒便被趙將軍領了去。這一談，便是一整夜的工夫，等衛席儒回了營帳，已經是第二日上午。

便是這會兒，衛席儒也顧不得休息，直接告知崔景蕙收拾了東西，然後崔景蕙便見營地的士卒拔營往平都城內移去。

崔景蕙被衛席儒安置在一輛馬車之內，隨著浩浩蕩蕩的軍隊進了平都城內。

等落地紮營之後，崔景蕙便再也沒見過衛席儒了。正當她忐忑不安之際，丁三不知從何處摸了過來。

「蕙小姐，如今平都情況不妙，二公子讓我備下了幾輛馬車，讓我即刻送妳出城。」

「出城？致遠哥，那我還留在平都宅子裡的人，他們怎麼辦？」崔景蕙愣了一下，一瞬間便想起春蓮他們的處境來。

「蕙小姐，妳放心，我已經將他們都接到了城外，等妳過去就能見到他們了。」那都是蕙小姐在意的人，一早之前，二公子就和他說了，定要護他們周全。

「好，快領我過去。」崔景蕙頓時心中一喜，她已經好些時日未曾見過團團和春蓮他們了。

「蕙小姐，請這邊跟我來。」丁三見崔景蕙願意走，也是鬆了一口氣，畢竟平都這會兒可是亂得很，蕙小姐千金之軀，哪能在這種地方長待著？還是早些離開為妙。

在丁三的掩護下，崔景蕙一路出了城，又走了好遠，這才在一處官道上看到了幾輛馬車，還有正焦急地在馬車旁邊不斷徘徊的眾人。

「大妮，這段時間妳上哪兒去了？可把我們給急壞了！」春蓮是第一個看到崔景蕙的，這會兒也顧不得太多，直接便衝到崔景蕙的面前，握住崔景蕙的手，用帶著哭腔的聲音抱怨了起來。

其他的眾人，這會兒也是奔了上前，蘭姊和安大娘都是眼圈紅紅地望著崔景蕙，而三爺抱著團團，也是一臉激動地站在旁邊。

「就出了一點事，能看到你們無恙，我也是放心了，倒是讓你們掛心了！」崔景蕙伸手虛虛地抱了一下春蓮，看到大家夥兒都在，也是滿心的安慰。

「平安就好、平安就好！」三爺看到崔景蕙無礙，便是滿心安慰了。

「團團，姊姊抱抱！」崔景蕙一臉感慨地望著多日不見、似乎又長大了不少的團團，向他伸出了手。

「姊姊、姊姊！」

團團嘴裡叫著，立即便撲到了崔景蕙的懷裡，稚聲稚氣的話語，瞬間讓崔景蕙紅了眼眶。

她將臉挨著團團蹭了好一會兒，這才穩了情緒，繼而將目光轉向了人群後面的石頭。

「石頭，這麼一大幫人，我就全交給你了，你帶著他們一路直接上汴京，我留下的錢足夠你們在汴京生活好一段時間——」崔景蕙交代著石頭，卻不想，春蓮聽了她話裡的意思，連忙開口打斷了她未完的話。

「大妮，妳不跟我們一起走嗎？」春蓮伸手抓住崔景蕙的胳膊，一臉的急切。這段時間，他們在平都擔驚受怕的，如今能走都慶幸得很，可崔景蕙不願跟他們走，豈不讓春蓮擔心？

「我在平都還有事，不能跟你們走。」崔景蕙笑著安撫了一下春蓮，隨即頓了一下，轉而向眾人說道：「我剛從大河村那邊過來，你們的親人都無恙，所以此去你們大可放心。」

「這實在是太好了！」這一夥人，大多都有家人留在大河村內，聽到崔景蕙這麼一說，皆是一臉慶幸的表情。

「如今是非常時期，其他的話我也不多說了，都上路吧，讓人發現了可不好。」這時節亂得很，崔景蕙可不想因為自己多言的關係，而誤了眾人的性命。崔景蕙將團團送到了沈嬤嬤的手裡，轉而向不遠處的丁三喊道：「致遠哥，讓你的人帶著他們走吧，去汴京！」

既然話都已經說到了這分上，大家也只能認了命。春蓮咬了咬下唇，走上前，紅著眼睛抱了一下崔景蕙。「大妮，妳在平都要多加小心，我們都在汴京等妳。」

「小姐，這個您還是隨身帶著吧！」臨上車之前，沈嬤嬤忽然掏出了一個小箱子，遞到了崔景蕙的手裡。

崔景蕙自是一喜，倒是不承想沈嬤嬤將這個也帶了出來。將小箱子收進懷中，崔景蕙朝沈嬤嬤交代了幾句。「沈嬤嬤，我三爺和團團就指著妳照顧了。等到了汴京之後，你們去蜀南路租一間院子，等我過去，我自會到那邊去尋你們。」

「小姐放心，老奴定不負小姐所託。」沈嬤嬤一臉正色地向崔景蕙行了一禮，將崔景蕙所說之事全數記在心裡。

「致遠哥，送他們走吧！」崔景蕙見人都上了馬車，便朝丁三吩咐道。如今是非常時期，多待一會兒，就多一分危險。

丁三聽了崔景蕙的吩咐，點了點頭，將命令發了下去，只是等眾人都上了馬車後，猶不死心地問了一句。「蕙小姐，妳不走嗎？」

「我不走。席哥哥在哪兒，我就在哪兒！」崔景蕙搖了搖頭，伸手朝正對著自己擺手的春蓮搖了搖。即便平都再不安全，可這裡有席哥哥在，她就不能離開。

「只怕回去後，二少爺該怨小的了。」丁三明面上抱怨了一句，暗地裡卻還是為衛席儒高興得很。

「那我可就管不著了！」崔景蕙此時一臉輕鬆地笑了一下，挽起一縷被風吹到面頰上的髮絲，然後轉身，往來路走去。「致遠哥，咱們回去吧！」

「嗯，走吧！再不回去，只怕會引人懷疑了。」丁三最後看了一眼在官道上越行越遠的馬車，然後快走幾步，追上崔景蕙的身影。

當丁三將崔景蕙領到衛席儒面前，衛席儒自然是大吃了一驚，畢竟如今大難臨頭，便是自身的安全，衛席儒都不能保證，又何況是崔景蕙。

「囡囡，妳不該留下！」衛席儒一臉無奈地看著崔景蕙。他處心積慮、費盡心思，這才尋了時機將崔景蕙送出去，可是沒想到，崔景蕙卻不肯走。

「我知道，可是我不放心讓你在這裡。」崔景蕙咬了咬下嘴唇，抬起頭，一臉倔強地望著衛席儒。她已經和席哥哥分別多年，如今終得再見，她不想再和席哥哥分開。

衛席儒沈默地望著崔景蕙一副可憐巴巴的模樣，半晌才無奈地點了點頭。「好，我不送妳走，但現在是非常時期，妳凡事一定都要聽我的，明白了嗎？」

「我懂，席哥哥，你放心好了，我絕對不會妄自行動的！」見衛席儒應了下來，崔景蕙的臉上頓時露出了一絲笑意。

衛席儒見此，也只能無奈地笑一下。

「席哥哥，給你看樣東西！」崔景蕙忽然想起沈嬤嬤交給自己的小箱子，便拿了出來，送到衛席儒面前。

「這……這不是妳三歲生辰那年，我送妳的！」衛席儒只端詳了一會兒，便認出了崔景蕙手中的箱子，不由得說了一句，又想到崔景蕙之前與他說的證明身分的證據，想來便是此物了。

「當年倉促間離京，只帶了此物，不過卻也已經足夠了。」崔景蕙感嘆了一句，忽然露出一絲促狹的笑意，伸手將小箱子打開，露出了箱內的物件。不過巴掌大的小箱子，裡面除了一個琉璃小瓶、一塊玉珮，還有一個小小的錦囊外，再無他物。

「這是何物？」玉珮衛席儒是認識的，畢竟那本就是衛家之物，此玉共有兩塊，另一塊如今便掛在大嫂身上，而崔景蕙這一塊，則是兩家定下婚約時交換的信物，所以衛席儒問的，是那只小小的錦囊。能讓崔景蕙和玉珮擱在一塊兒，定然也是和自己有關的東西。

「席哥哥，你打開看看。」崔景蕙笑而不答，將錦囊拿出，送至衛席儒的面前。

衛席儒一臉疑惑地接過錦囊打開，摸出裡面兩張疊放整齊的紙，看了崔景蕙一眼，這才打開。

庚帖！一張是他自己的生辰八字，一張是崔景蕙的。只是，當年他們離開汴京的時候，崔景蕙還不到四歲，怎麼會有這東西？

「是離京之前，靜姨給我的。」崔景蕙像是看出了衛席儒的疑惑，徑直解釋了緣由。

「我娘……真是的！」衛席儒有些啼笑皆非，當年崔景蕙才不過懵懂稚兒，娘怎麼會想到將自己的庚帖交給崔景蕙來保管呢？

兩個人又閒話了幾句，這才歇下。雖二人同處一室，但卻和之前在營帳一樣，各自安睡。

朝廷的軍隊已然抵達平都城外，在看到城外黑壓壓的朝廷軍隊之後，平都城內的氣氛瞬間不同，一時間愁雲籠罩，城內的百姓更是惶恐不安。

崔景蕙也被衛席儒帶在跟前，囑咐不得離開他半步。

一連兩日，城門緊閉，外面朝廷勸降的喊話持續不斷，守城的軍隊人心浮動，畢竟這裡大多數的士卒，都是臨時抓來的壯丁，豈能和朝廷軍隊相較？

就連為首的趙將軍也是把持不住，意欲出戰相抗，衛席儒苦口婆心，只道援軍未到，不可輕舉妄動，以此勸了趙將軍兩日。第三日，趙將軍領兵出城相抗，點將之時，連損二將，數百士卒被斬落城外，若非回城及時，只怕損失更大。

又等了二日，順王的援軍依舊未到，平都城內的趙將軍等得起，可顯然城外平叛的軍隊卻是不願意再等了，先是散布了順王已經束手就擒的消息，隨即開始攻城。

守城的士卒聽聞順王已敗，鬥志消沈，在趙將軍的指揮之下，好不容易打退了朝廷的一波攻擊，守住了城門。

卻萬萬不曾料到，待晚上，城內士卒疲憊沈睡之際，衛席儒暗自傳令丁三，讓以丁三為首潛伏於趙將軍營帳之內的五千士卒打開了城門，與城外朝廷軍隊裡應外合，一時間，趙將軍方寸大亂。

衛席儒本欲領崔景蕙從之前安排好的退路出城，卻不想，才出房門，便碰到了一臉倉皇之色的趙將軍，還不待衛席儒答話，趙將軍已經裹脅著衛席儒，往另一處退路倉皇而逃。

衛席儒無奈之下，只能緊緊地揣著崔景蕙，跟著趙將軍身後，出了城。

一路狂奔，直至天明，方才停了下來，而這會兒，他們已經在離平都百里之外的地方。

「趙將軍，這是何故？」衛席儒一身狼狽地從車駕上翻身下來，沈著臉走到趙將軍的面前。

「衛先生，城內出了奸細，如今朝廷的軍隊已經入城，現在可不是逞一時之強的時候。」趙將軍這會兒也是狼狽不堪的模樣，畢竟作為一軍主帥卻棄城而逃，無論是誰，只怕也做不到問心無愧。

「如今丟了平都城，趙將軍有何打算？」衛席儒臉上的陰沈稍緩，他不留痕跡地環顧周遭近百精兵，心中卻在思量脫身之法。

如今順王的人馬潰不成軍，他的任務已經完成，無須再和這等鼠輩混於一團，還是早些與大哥會合的好。

「朝廷的狗賊說順王被擒拿，可本將不信，欲去北邊探個究竟，衛先生一介文人，還是與本將一道為好。」

跟著衛席儒一道下了馬車的崔景蕙，見說這話的趙將軍目光微閃，扶著佩刀的手更是收了收，頓時心下一沈，怕是這趙將軍心裡在打著什麼歪主意。

見衛席儒還欲爭辯，崔景蕙暗暗伸手，扯了扯衛席儒的衣服，以示提醒。

崔景蕙這一拉之下，終讓衛席儒有些怒過頭的腦袋有了一絲的清醒，他這會兒也是明白了趙將軍非要將自己帶上的緣由了。想來若是之前對陣時，朝廷說話有假，到時候面對順王時，也可將自己當作替罪羊羔對待。

「還是將軍考慮周全！那衛某及表弟的安全，就拜託將軍了！」衛席儒的腦袋已經轉過彎來，面上的表情一整，之前的陰霾盡數抹去，只剩下感激一片。

「衛先生客氣了。我等在此稍休整片刻，再行北去。」對於衛席儒的識時務，趙將軍滿意地點了點頭，吩咐了一眾精銳，便直接閉目養神了起來。

衛席儒無法，只能拉了崔景蕙走至一邊，暫且休息。

# 第一百零二章　勝利回京

這一逃，便是兩日光景，衛席儒倒是不曾想到，朝廷追來的士卒會這麼快，就在第二日凌晨，一干逃竄之人於一破廟休息之際，只聽得一絲躁動，接著便是兵刃相接。

衛席儒趕緊護住崔景蕙，二人才剛藏於佛臺底下，崔景蕙便見原本就搖搖欲墜的破門轟然倒地，緊接著一士卒身體跌進破廟之內，然後數十身穿鎧甲的士卒衝了進來。

「席哥哥，是致遠哥！」崔景蕙夜視無礙，所以即便是夜光昏沈，也一眼便認出隨後衝進來的丁三。

衛席儒聞言，自是一喜，只是這夜色暗沈，短兵相接，自有不察之時，所以便是心中歡喜，也不敢貿然行事。

而丁三也知這時候若是貿然喚出衛席儒名諱，只會引得趙將軍猜忌，所以闖進來之後也沒有聲張。在他想來，二少爺是一個周全之人，這個時候定能護住自己和蕙小姐安全。

「丁三，你這個叛徒！想我將你當兄弟對待，你竟然這般下手不留情面！」

或許是為了提醒衛席儒，丁三的到來，抑或是當真恨到極致，破廟外忽然傳來這麼一句，倒是讓丁三的擔心少了些許。

「衛兄，走！」趙將軍看自己手下精銳死傷過半，心中焦急萬分，不願再和丁三糾纏，只是夜色暗沈，趙將軍根本就看不清衛席儒身藏何處，只能大喊一聲，等候衛席儒自己出來。

可這個時候，衛席儒又怎麼會讓趙將軍找到？往佛臺後又藏了幾分。卻不想，衛席儒雖不願，靠得近的士卒卻看到了衛席儒的蹤跡。

「衛先生快走！這裡危險！」

那士卒叫破了衛席儒的蹤跡，隨即，趙將軍便到了跟前。沒有辦法，衛席儒只能從躲藏之處起身。

只是，衛席儒怎麼也沒有想到，就在趙將軍撲過來的時候，一直被他揣著的崔景蕙忽然拉了他一下，衛席儒一時不察，被崔景蕙拉到了身後，便見崔景蕙直接朝趙將軍撲了過去，黑影一晃而過，而後就聽到一聲痛呼從趙將軍的嘴裡傳出，接著，崔景蕙身形急退，跌落在了地上。

「囡囡！」衛席儒情急之下，叫出了崔景蕙的乳名，下意識裡朝崔景蕙跑了過去。

「別過來！」崔景蕙剛剛一匕首扎在了趙將軍的胸口，但同時也被趙將軍一掌打在肩頭，這個時候，她也顧不得痛，聽到一聲「囡囡」，崔景蕙下意識阻止了衛席儒的動作，然後順勢一滾，舉起匕首又往趙將軍的腿上扎去。

因為之前的喊叫聲，丁三已經知道了趙將軍所在，怕那廝誤傷了二公子，丁三一刀將身側相抗的士卒劈翻在地，然後便向趙將軍襲去。

趙將軍被崔景蕙一刀扎在了胸前，雖不是心臟位置，可行動已然受阻，這腹背夾擊，而且夜色惑眼，本就逃跑心切，一時間，自然是亂了分寸。

崔景蕙一心想讓趙將軍死，手下又如何會留情？藉著夜色的掩護，又一匕首扎在了趙將軍的腿上。

趙將軍頓時吃痛，舉刀就要向崔景蕙砍下去，正當此時，其身後不遠的丁三已經劈刀而至，趙將軍無奈之下，只能棄了攻勢，反身相抗。

「蕙小姐，這裡交給我，帶二少爺走！」既然已經撕破臉面，丁三這會兒也不隱瞞了，招呼了崔景蕙一聲，便和趙將軍戰成了一團。

崔景蕙也知此事非同小可，直接起身，奔到衛席儒的面前，然後一把拉住衛席儒，就往佛臺後處跑去。她當然是選人最少的地方一路狂奔，雖有士卒尾隨，但哪有崔景蕙這般眼尖？崔景蕙專挑漆黑的地方走，所以沒一會兒，便將尾隨的士卒甩掉，可崔景蕙還是不放心地又往暗處走了一段時間，這才停下。

「這下應該是安全了！」崔景蕙拉著氣喘吁吁的衛席儒，往後看了一下，見無追兵，這才算是鬆了一口氣。「席哥哥，我等且在此等候，想來致遠哥事成之後，定能尋到此處。」

崔景蕙拉著衛席儒，走至一樹蔭處，蹲下來，看著喘息未勻的衛席儒，小聲地說道。

「嗯，就在此等候便是。」衛席儒待喘勻了氣息，這才應道。

而丁三也並未讓衛席儒和崔景蕙等上太長的時間，不多時便帶著下屬追了過來。

「二公子、蕙小姐！你們在哪裡？」

「在這裡！」崔景蕙探頭一看，果見是丁三，頓時一喜，起身朝丁三揮手，同時拉著衛席儒出了藏身之地。

「二公子、蕙小姐，你們沒事，實在是太好了！」丁三奔至衛席儒面前，見二人身上並未沾染血腥之氣，頓時鬆了一口氣。

「致遠，趙將軍可逮到了？」衛席儒見丁三身後未曾有趙將軍的身影，不由得問了一句。

「二公子還請放心，那廝已經被我斬殺於劍下。」丁三此時一臉的快意。若不是蕙小姐偷襲在先，讓趙將軍失了四成力道，只怕此次擒賊之事不會這麼順利。

「實在是太好了！」衛席儒聞言，也是心下一喜。

「二公子，大公子已經入城，如今已往安鄉縣趕去，所以才未曾親自領兵來營救二公子。」丁三又添了一句嘴，以免引起衛席儒的誤會。

「我哥去安鄉了，那邊寶藏一事未明，事不宜遲，我們還是早些過去那邊為妙。」說到這個，衛席儒立刻便想起了寶藏之事，當下不再耽擱。

崔景蕙也擔心留在安鄉的剛叔，還有大河村的安叔和大伯的安全，自然沒有異議。一行人，帶著趙將軍的人頭，便往安鄉縣趕去。

這日夜趕路，一行人終於在第三日上午趕到了大河村，此時駐守在此的士卒，早已換成了朝廷的軍隊，至於順王的人，不是投降，便是已被斬殺於刀下。

而衛席儒也見到了自家大哥。

「大少爺，幸不辱命。」丁致遠將趙將軍的人頭呈至衛席坤的面前。

一身鎧甲的衛席坤大喜，誇獎了一番丁致遠的功勞，便讓他下去休息了。

「儒弟，你無恙實在是太好了！」待丁致遠離開之後，衛席坤大步走到衛席儒的面前，一把將衛席儒攬個滿懷，然後用力地拍了拍衛席儒的後背。

衛席儒早已習慣大哥這番做派，雖然吃痛，卻還是任由衛席坤動作。

待兄弟倆寒暄了幾句，交代了此次的事宜之後，衛席坤才將話題引到了一直在屋內、未曾搭話的崔景蕙。「儒弟，這位姑娘是……」

提到這事，衛席儒臉上的笑意更濃了幾分，他沒有即刻回答衛席坤的問題，轉而問到了爹娘的事。若是讓娘知道崔景蕙在此，想來該是很高興的事。「大哥，爹娘如今在何處？」

「如今新帝初立，前不久爹娘已經奉召入京了。」衛席坤還以為自家弟弟是想念爹娘了，也沒多想，便將爹娘的去處說與了衛席儒。

衛席儒似喜似無奈地笑了一下，轉而朝崔景蕙招了招手。「囡囡，這是大哥，想來妳也該是記得的。」

「自是記得。大哥，好久不見！」崔景蕙走到衛席儒的身邊，盈盈一笑，然後朝衛席坤行了一禮。

「妳……這是？儒弟，這是怎麼回事？快跟哥說說！」衛席坤聽著自家弟弟的稱呼，再聽到崔景蕙熟稔的語氣，先是愣了一下，待仔細端詳崔景蕙一番後，又覺得崔景蕙這張臉越發的熟悉，只是卻不敢相信心中的猜測。

「大哥，這是景蕙，張家的姑娘。大哥可是有印象？」當年離開汴京時，大哥已經十歲，所以有些事自是比他記得還要清楚。

「原來是弟妹呀！我便說如何長得這般像安姨！只是囡囡，妳怎麼會到這兒來的？」衛席坤臉露恍然之色，只是心中疑惑更起。作為行伍之人，自是不喜繞彎子的那些事，所以當下便直接問出了心中疑惑。

只是，這件事不是一、兩句話便能說得清、道得明的，所以衛席儒也沒打算在這個時候談說這事。「大哥，此事說來話長，容後再議，還是先說說寶藏的事吧！」

「那行！你那邊對寶藏可有眉目？我這邊至今是半點有用的消息都無，簡直氣煞我也。」說到寶藏的事，衛席坤不由得嘆了一口氣，他趕來大河村時，順王的人還未尋到寶藏的去處，他雖接手此事幾日，但依舊是無從下手。

說到此事，衛席儒和崔景蕙相視一笑，這才緩緩說道：「大哥，此事你便問對人了，這寶藏所在，囡囡可是知道得一清二楚。順王的人之所以未曾尋出寶藏所在，也是囡囡的功勞。」

「這……囡囡知道？這實在是太好了！」衛席坤一愣之下，瞬間狂喜，若能尋到寶藏，那自是大功一件，也可為他衛家重回朝堂添一分助力。

「大哥，擇日不如撞日，我這就陪你和席哥哥前去密道指認寶藏所在，也好了卻一樁心事。」這個時候，衛席坤哪裡還坐得住？幸好崔景蕙也是識趣之人，不等衛席儒開口，便已經自己提議了。

「那就有勞囡囡了！」衛席坤頓時面上一喜。

「大哥何必這般客氣，靜姨待我如親女，我亦待衛家親厚如嫡親。」崔景蕙失笑，直接言明心中所想，然後便率先往屋外走去。

有了崔景蕙的指引，衛席坤自然是輕而易舉地查探到了寶藏所在，至於崔景蕙填住洞口的泥巴，那是小事一樁。

安叔和大伯一家也是無恙，崔景蕙在告知了春蓮等人的去向之後，便窩回了三爺的院子。

不消兩天工夫，崔景蕙便見衛席坤一臉喜氣地從墳地那邊回轉，其身後士卒更是滿載而歸。

「看來，大哥是得手了。」崔景蕙笑著回頭看了一眼同樣聽到動靜而從三爺住的那屋子裡出來的衛席儒。

「有因因相助，此乃是必然，只是如此一來，只怕我們也要離開這裡了。」衛席儒站在崔景蕙的身邊，看著那連綿不絕、抬著寶藏而去的士卒，扭頭對崔景蕙一笑，心裡也不禁泛起了一絲輕鬆。此番事已了，想來是快要到回京的時候了。

「我等這一天，也等了很久了……」崔景蕙的嘴角不由得泛起了一絲低笑。十一年了，她離開那個地方已經十一年了，是時候該要回去了。

「一定會順利的。」衛席儒許是看出了崔景蕙複雜的心思，遲疑了一下，伸手攬過崔景蕙的肩頭。

「嗯，我知道。」崔景蕙見衛席儒如此，抬頭對著他笑了一下，表情越發的堅定了起來。

因為知道要走，崔景蕙讓人起了地窖裡的子窖，將裡面私藏的寶藏弄了出來。也是崔景蕙想得周全，事先就換了裝物的箱子，所以倒是沒讓衛席坤起疑。裡面的東西暫且是不能動的，畢竟這個時候，拿出來可是招搖得很。

崔景蕙和大伯家的人還有安叔告辭之後，約好明年開春便將幾個小的送回來，然後央著衛席儒，在大軍開拔之前去了安鄉縣的宅子。

知道剛叔一家無恙，也知曉桂娥姊生了大胖小子，她也沒想好送什麼，本來想送些錢銀，卻被剛叔拒絕了，崔景蕙只能無奈作罷。

剛叔不是不知恩的人，若不是崔景蕙臨走前的安排，只怕他這一家子早已是天人永隔，哪裡還有這相守的好日子？

自剛叔嘴裡聽說了蘭姊夫家的人，之前也是躲在這宅院裡，所以未曾受難，崔景蕙也鬆了一口氣。

麻煩剛叔將之前埋放活字處的地刨了，看著完好的活字，崔景蕙安心了。

等回了住處，衛席儒看著崔景蕙帶回來的大袋子，體積之大，不免讓衛席儒有些側目。

「這便是囡囡執意要帶走的東西？」

「席哥哥，可別小看了此物，這可是有大用處的。」崔景蕙笑著看了一眼衛席儒，然後從裡面掏出了一個字，遞到了衛席儒的面前。

「這是字，可為何要雕琢成這般模樣？」衛席儒打量著手中小小的、刻著字的木頭，這若是印章的話，只怕是不合適的，可若不是印章，又有何用處？

「席哥哥，你過來幫我磨下墨。」崔景蕙從衛席儒手中拿過那字，也不跟衛席儒賣關子。

崔景蕙從袋子裡直接拿出框架，然後隨便捧了兩捧活字擱在桌子上，將活字全部填塞進框架裡面，等衛席儒磨好墨水之後，便拿起刷子蘸了墨水，在活字上刷了兩遍。

「席哥哥，你看。」

崔景蕙喚衛席儒到跟前，然後將一張白紙覆了上去，用一塊方正的木塊掃了幾下後，將紙揭開，遞到了衛席儒的面前。

「這、這……囡囡，妳是如何想到的？」衛席儒接過紙張，看著紙張上整齊排列，猶如雕版一樣的字跡，怎麼會不明白其中的神奇之處？他猛的抬頭，然後一把握住崔景蕙還拿著木塊的手，一臉激動。

「就是雕木頭的時候偶然想到的，也不是什麼大事。這個到時候我可是打算獻給皇上的，想來屆時就算陛下不偏袒我，也不會因此而幫那張大人，所以席哥哥，在此之前，可不能說了出去。」崔景蕙自然不會說這是幾千年歲月下最偉大的發明，只能隨意含糊了過去。

衛席儒此時過於興奮，倒是沒有注意到崔景蕙這一刻的含糊。作為讀書人，沒有人比他更清楚此一發明對於文人有多大的益處，想來若是陛下知道的話，定會嘉賞於崔景蕙的。

「這……這實在是太妙了！若是爹知道的話，定然要高興壞了！囡囡，妳放心好了，此事有益於國家社稷，妳能呈給陛下，已是大功一件；再者，寶藏之事若非妳從中周旋，要尋到寶藏談何容易？大哥已經說了，定會將妳的功勞呈於陛下，到時，陛下定會召見妳，妳便可借此機會獻上此物，為成事添一分助力。」

「嗯，我知道，所以此物我才會妥善保管，不敢有分毫差錯。」就是因為明白這個道理，所以崔景蕙在此之前也不過是小打小鬧了一番，根本就沒有動過心思將此物用作大展宏圖。

衛席儒此刻高興著，二人又閒話了一陣，這才作罷。

# 第一百零三章 人死債消

冬日漸寒，衛席坤也不敢再耽擱，於十二月初終於拔營，大軍帶著寶藏，浩浩蕩蕩地向汴京方向而去，衛席儒和崔景蕙亦在此列。

行軍數日，大軍已至不封山，崔景蕙向衛席儒兄弟辭行。

衛席儒欲與崔景蕙一併離去，卻被崔景蕙婉言相拒，最後無法，只能留下一車駕及數十精銳，任由崔景蕙差遣。

崔景蕙目送大軍浩蕩而去之後，讓半數人帶著車駕先行落腳，她則領著剩下的半數人，上了不封山。

因冬天之緣由，不封山上已顯蕭條之色，崔景蕙一路熟門熟路，直往山上而去。

「蕙小姐，妳這究竟是要上哪兒呀？」爬至山半，已是枝椏橫生，崔景蕙不說，丁致遠也不知到底要去往何處。

「致遠哥，快要到了。」崔景蕙一臉複雜地遙望著不遠處一藤蔓滋生處，心中亦是百味雜陳。

她上一世曾在這山上受盡苦楚，如今歸來，卻又是別樣心境。

撥開藤蔓，崔景蕙閃身而入，不多時，路漸開闊，一處小院映入眾人眼簾之中。

「蕙小姐，這是何處？」丁三為防有人，虎視眈眈，欲前去查探，不想卻被崔景蕙所阻，臉上頓現疑惑之色。

「不封山，封不山，這便是封神醫隱居之所。致遠哥，你領著眾兄弟四處看看，我去尋尋是否有可用的東西。」

崔景蕙也沒指望著丁致遠能夠尋到什麼有用的東西，她只是不想有人跟著她而已。畢竟若是深究起來，這一輩子她和封不山也算不上有多少交集，若是她直接將人領了去封不山藏東西的地方，只怕也會引起懷疑。

「好，蕙小姐妳也小心點。」丁致遠遲疑了一下，想起之前崔景蕙那個果斷勁兒，想來應該不會有啥差錯，便應了下來，招呼身邊的弟兄四散開來。

崔景蕙見人都走遠，這才轉身徑直往封不山放醫書和藥材的地方走去。

對於這裡，崔景蕙便是閉著眼睛也知道東西擱在哪裡，所以她沒有半點出錯地尋到了自己要找的地方。

看著藥櫃裡已經炮製好的名貴藥材，崔景蕙熟門熟路地尋了幾個木箱，毫不客氣地將藥材連同藥屜一併擱在木箱裡。這個屋子裡收集的都是些好藥材，所以不過兩個箱子便已經裝好了所有的藥材。

不過這並沒有結束。崔景蕙挪動屋內的一盞油燈，頓時牆壁上出現了一個暗格，入眼之處，暗格裡除去幾個小瓶以外，便是幾本厚厚的舊黃醫冊，崔景蕙不用翻，便知道這裡面是封不山一生心血所在，如今他人已死，自然沒有浪費的道理。

不過崔景蕙最在乎的倒不是這個，伸手將古董瓶子和書冊都歸置到箱子裡後，崔景蕙伸手摸進了暗格裡，然後朝某個凹凸處按了一下，只見暗格的底部再度打開，露出了裡面的另一個暗格，崔景蕙伸手將裡面的東西都拿了出來。那是一疊保存良好的信件，上面的字跡娟秀，可是看在崔景蕙眼裡，卻是無比的刺眼。

她嘴角泛起一絲冷笑，看都不看便將那一沓信件塞進了胸前的衣襟之內。

將幾個箱子拖到屋外，崔景蕙又等了一會兒，便讓丁致遠領著幾人回轉過來。

「這是？」丁致遠看著崔景蕙腳下的箱子，不由得愣了一下。這不問自取，不太好吧？

「這是封神醫臨終之前交代我的，讓我將這些東西獻給陛下，用以造福黎明百姓。」這個時候，崔景蕙倒是不介意給封不山戴上一頂高帽子了，人死債消，便是如此。

「原來如此，封神醫大義！」丁致遠一臉恍然之色，然後無比鄭重地朝屋子的方向鞠了一躬。

崔景蕙平靜地望著這一切，待眾人行完禮之後，這才指了指身旁的箱子。「這些東西，就有勞致遠哥和幾位抬下去了。」

丁致遠一招手，身後幾人便會意地將箱子抬了起來。他走了幾步，卻不見崔景蕙跟上來，頓時有些疑惑地問了句。「蕙小姐，可還有何遺漏之處？」

「你們先走一步，我還有點事。」崔景蕙並沒有告知丁致遠緣由。

不過丁致遠也不是尋根究底之輩，只糾結了片刻，便抬了箱子，先行離去。

崔景蕙等眾人消失在自己的視線範圍之內，這才轉身，去了灶房裡，尋了火摺子，然後直接走到柴房處，燃了火，將火摺子丟入柴垛之中。

星星點點的火光，在壘得整整齊齊的柴垛中搖曳，帶著縷縷白煙，不斷上升。崔景蕙待火勢上升到一定程度，這才轉身離去。

塵歸塵，土歸土。既然封不山已經不在了，那這一處，也就沒有存在的必要了。

「蕙小姐，咱們下山吧！」丁致遠在洞外藤蔓處見崔景蕙出來，著實鬆了一口氣，招呼崔景蕙一聲，眾人便往山下而去。

和山下的人馬會合之後，崔景蕙沒有休整便踏上了馬車，向大軍趕去。

因為輕車簡從的關係，所以不過一日時間，崔景蕙便趕上了大軍，回到了隊伍之列。

「事都辦好了？」衛席儒見崔景蕙這麼快就回來，詫異不已，不過也是鬆了一口氣。

「嗯，都辦好了，收穫頗豐。」這算是徹底了結了和封不山之間的恩怨，所以崔景蕙的神色間倒是多了幾分輕鬆，少了幾絲陰鬱。她朝衛席儒所坐的位置靠了靠，然後從懷裡掏出一沓信件，遞到衛席儒的面前。

「這是？」衛席儒詫異地看了一眼那沓信封，信件上的字跡明顯是女子所寫，衛席儒倒是摸不清崔景蕙這是何意了。

「看看，席哥哥，你看一下就知道了！」崔景蕙嘴角泛起一絲冷笑，隨意抽了一封，將裡面的信件抽了出來，遞到了衛席儒的面前。

「這是安姨給封神醫的信？」衛席儒一看內容，卻是臉色一整，面露奇怪。

崔景蕙撇了撇嘴，封不山的性子最是古怪不過，唯一能讓他上心的人，也就是安顏那女人。也不知她給封不山下了什麼藥，封不山竟然死心塌地地對那女人。

「不是那女人寫的，還能是誰？席哥哥，當年離開汴京時，那女人該是也給封不山寫了信，我們找找。」

雖不知崔景蕙為何會說當年之事與封不山有關，但他也從這信件中看出了點苗頭。

「嗯，容我再看。」

顛簸的馬車上，二人話了小半個時辰，終於將安顏那女人當年給封不山去的那封信翻找出來，只是一看之下，衛席儒臉上卻是變了顏色。

「毒婦！」便是衛席儒涵養再好，也忍不住唾了一聲。這信裡的意思，竟是想將崔景蕙弄去試藥，用以救安顏自己的命！

想到崔景蕙經年來所遭受的苦楚，衛席儒只覺心糾萬分。「囡囡，這些年可是苦了妳了。」

「比起這個，我倒是覺得幸運得很。」崔景蕙伸手從衛席儒手中接過信件，隨意瞟一眼，便知這封就是自己要尋的那封信。

衛席儒想想，也是這個理。鄉間雖說生活苦了些，可是較之那個毒婦原本的心思，景蕙確實是幸運太多。他側頭看了一眼崔景蕙，將其攬進了懷中。「都過去了，以後一定會好的。」

「我知道，我等了十多年，等的便是如今的日子。該得到報應的，終會得到報應；屬於我的，那些人終究是拿不走的，我可是一直都在等著。」

崔景蕙依偎在衛席儒的懷中，看著手中的信件，心中只恨不得將安顏那女人挫骨揚灰。

臘月十七日，在今年的第一場大雪中，衛席坤一行人終於到了汴京。

而在半日之前，崔景蕙就帶著幾個箱子還有衛席坤執意要塞給她的幾名精兵離開了大隊，率先進入了汴京城內。

進城時，崔景蕙亦是慶幸衛席坤有此安排，畢竟今時不同往日，平叛的大軍凱旋而歸，宮廷的內侍早已在城門處等候，若不是有了衛席坤給的權杖，只怕進城也不是什麼容易的事。

崔景蕙並沒有在城門口觀望大軍入城的盛景，而是帶著幾口箱子，徑直去了蜀南路。春蓮是個自來熟的，所以崔景蕙隨意抓了個嬸子詢問，就打聽到了春蓮他們的落腳處，那嬸子硬是一臉熱情的要親自領崔景蕙過去。

這番好意，崔景蕙自然領受，跟著那嬸子，七轉八拐，直到了蜀南路的最裡面，走到一宅院前，崔景蕙還沒叩門，那媥子便已喊開了嘴。

「春丫頭，快出來！有人找呢！」

「是周大嫂呀！我這就開門！」

院內只聽得春蓮清脆的應答聲，隨即腳步聲起，不多時，門便被打開了，出來的正是裹著厚厚棉襖的春蓮。

春蓮看到崔景蕙，只愣了一下，隨即眼眶一紅，便朝崔景蕙撲了過去。

「大妮！可把妳盼來了！妳知不知道我多擔心妳呀？」

帶著哭腔的聲音，落入崔景蕙的耳中，讓崔景蕙有些無奈地將春蓮拉開，抹乾春蓮臉上的濕意。「春兒，有人在呢，妳這哭得像花貓似的，像什麼樣子？」

「人家只是太高興了嘛！」春蓮抽泣著，眼睛瞅著崔景蕙身後不遠處幾個未卸甲的士卒，臉上露出了一絲怯怯的笑。

「行了，別在這院門口杵著了，大夥兒都在家裡吧？」在門口待得久了，崔景蕙只覺得冷風吹到身上，凍得骨頭都疼，拉著春蓮的手便往院裡走去。

「周嫂子，麻煩妳送大妮過來，等會兒我過妳家串門子！」春蓮被崔景蕙拉著，又招呼了領他們過來的周嫂子一聲，這才興沖沖地挽著崔景蕙的胳膊進了門。

「嬤嬤、蘭子！快看看誰來了！」一進院子，春蓮就朝屋內大喊了起來。

崔景蕙只聽得腳步聲近，接下來便看到幾個婦人從屋內探出頭來。

「誰……大妮？是大妮！」蘭子看到崔景蕙，臉上驀然一喜，提起襖裙便朝崔景蕙奔了過去。

「小姐！」沈嬤嬤抱著團團，倚在門口，臉上亦是有一絲喜色。

「蘭姊。」看著崔景蘭紅了的眼眶，崔景蕙只能輕輕拍了拍崔景蘭的後背，目光則望向了沈嬤嬤手中的團團。不過是月餘的時間未見，卻彷彿過了好長的時間。

「蘭小姐、春小姐，外面天冷，還是早些進屋的好。」沈嬤嬤攬住要往屋外探的團團，向眾人招呼了句。

「嬤嬤說得對，都進屋吧！」崔景蕙推了崔景蘭和春蓮進屋，自己則招呼身後抬著箱子進屋的士卒將箱子都擱進了堂屋內，便讓幾人回去覆命了。

待人離開之後，崔景蕙這才進了屋子。一股暖意迎面襲來，頓時讓崔景蕙感覺到一絲溫暖。搓了搓冰冷的手，崔景蕙又在火盆處烤了一會兒，去了身上的寒意，這才轉身從沈嬤嬤手裡抱過團團。「團團，還記得姊姊嗎？」

「姊姊、姊姊！」團團咧著嘴，拍著手對崔景蕙笑著，嘴角處還掛著一串晶瑩的口水。

崔景蕙接過沈嬤嬤遞來的帕子，將團團嘴角的口水擦乾。

「小公子最近長牙了，所以有點流口水，小姐請放心。」沈嬤嬤向崔景蕙解釋了起來。

「我看看，長了幾顆牙了？」崔景蕙了然，笑著將團團的嘴巴掰開，頓時看到八顆整齊的乳牙。

「都八顆牙了，看來我們家團團真的長大了！」

「可不是嗎，最近咱們肉團子可是逮著什麼咬什麼，我新繡的帕子都糟蹋了！」春蓮和崔景蘭端了碗熱騰騰的麵食走了進來，正好聽到沈嬤嬤的話，忍不住抱怨了句。

「喔，我家春兒倒是轉性了，怎麼修身養性起來了？」崔景蕙將團團遞還給沈嬤嬤，接過碗，吃了起來。這一路行軍，還真是一頓好的都沒吃上。

「對了，屋裡就你們幾個，其他人呢？怎麼沒瞧見呀？」崔景蕙將麵食吃完之後，這才發現不對勁。一大家子人，怎麼就留春蓮和蘭姊他們幾個在屋裡呢？

「他們啊，石頭哥和虎子出去幹活了，劉嬸和姑婆帶著幾個小子出去置辦年貨了，應該沒這麼早回來。」春蓮坐在炕邊，端了杯熱水送到崔景蕙手裡，這才回了崔景蕙的問題，只是回了問題之後，春蓮不免有些擔憂地問了起來。「大妮，那個……我爹娘他們還好吧？大家夥兒都沒事吧？」

說到這個，原本打算做針線活兒的崔景蘭也是停了下來，一臉眼巴巴地望著崔景蕙。

「放心吧，大家都沒事。我已經和妳們的親人說了，等明年開春之後，再送妳們回去。」

聽崔景蕙這麼一說，眾人明顯鬆了一口氣，氣氛也是輕鬆了起來。

「大妮，剛剛送妳回來的那些當兵的是什麼人呀？」想起之前跟在崔景蕙身後的士卒，春蓮忽然一臉好奇地湊了過來。

「一個故人的部下而已，到時候妳就知道了。」在事情沒有眉目之前，崔景蕙不想讓太多的人知道其中的緣由。

「那那些箱子裡面裝的是什麼呀？」春蓮也不是個尋根究底的人，很快就將注意力轉移到了堂屋裡的箱子上。

「想去看？」崔景蕙擱了茶杯，笑得一臉狹促地朝春蓮勾了勾手指。

「想看、想看！」春蓮忙點了點頭。這樣的事要是不讓她知道的話，她這心裡癢癢的，怎麼受得了？

「想看，那就走吧！」崔景蕙看了看崔景蘭，見她亦是一副好奇的模樣，遂站了起身，率先走到了堂屋裡，然後開了一個箱子。

「這是……藥材？大妮，妳帶這麼多藥材進汴京幹什麼呀？」春蓮沒有要求再去看其他的箱子，只一臉好奇地湊到了崔景蕙的面前。

「自然是有妙用。好了，看也看完了，我也累了，春兒有什麼事，以後再說行嗎？」崔景蕙將箱子蓋上，然後再度上鎖，打了個哈欠。這一路都沒有休息好，她還真是累了。

「行，我這就帶妳過去歇著。」春蓮也看出了崔景蕙的疲憊，不再多說什麼，拉著崔景蕙就去了臥房。

許是真的累了，崔景蕙這一睡，便是大半宿的工夫，等清醒的時候，天已經黑透了。這個時候，想來大家都已經歇下了，崔景蕙披了棉衣，正準備下床去弄點吃的，卻聽見沈嬤嬤的聲音從外間響起。

「小姐，可是起了？」

「嗯。嬤嬤，睡了許久，倒是有些餓了。」崔景蕙走到外間，便看到沈嬤嬤坐在火盆邊上，手裡正縫著一件小棉襖，想是給團團做的。崔景蕙走到她跟前坐下，倒是有些不好意思了起來。

幸好沈嬤嬤給留了飯，崔景蕙吃過之後，這才有心思向沈嬤嬤問起回京的事。

「小姐掛心了，有貴人相送，自是一路順暢，不過且有一事，老奴還需得向小姐稟明。」說到正事，沈嬤嬤頓時肅了顏色，一臉恭敬地望著崔景蕙，也不消崔景蕙再開口，便將事情說與了崔景蕙聽。「我們在進京的路上，趕巧遇上了返京的長公主孫媳陳夫人，也是運氣，陳夫人正是孕期，卻是受了驚嚇，在路上便有早產跡象，春小姐和安大娘施以援手，陳夫人這才順利產子。我們安頓下來之後，陳夫人下了幾次帖子過來，可這宅門裡的彎彎繞繞，不比鄉下，老奴怕春小姐不懂，便一直沒讓春小姐過去。」

崔景蕙倒是沒想到春蓮竟有這般好運氣，聽沈嬤嬤這麼一說，打心底為春蓮感到高興。只是這高興過了，崔景蕙倒是想起一些遺憾來，她這身體也算得上世家小姐，只可惜兩輩子都沒活成個世家小姐的樣子，如今進了汴京，倒是要從頭學起了，以免到時候怯了氣場，失了自家顏面。

「嬤嬤妳做得對，這是春兒的福源，也是大善。不過這倒是讓我想起了一事，明兒妳且去轉轉，尋個教養嬤嬤來，日後若真是去官家，可不得失了禮數。」

「還是小姐考慮周全，老奴明日便去打點。」沈嬤嬤之所以拘著春蓮，就是怕春蓮貿然上門，失了禮數，丟了臉面，只是崔景蕙不在，她一個當下人的，自然不好作主。

「石頭他們幾個，可也是住在這院子裡？」說了這事，崔景蕙倒是又想起一事來了，之前只問了石頭他們的去處，倒是沒問石頭他們的住處了。

「這院兒有個後廂，那裡面之前有個二進的屋子，三爺並石頭他們幾個，如今便歇在那邊。小姐且放心，那後廂與這兒有牆隔著，夜裡也是落了鎖的。」沈嬤嬤也算是大家出來的婢女，這男女大防，自然是謹慎些。

崔景蕙聽到這個，倒是鬆了一口氣。汴京這地兒，說得不好聽點，王公貴族、世家子弟，那是滿地皆是，於禮教方面，自然也是比其他地方繁瑣了些。崔景蕙打算在這汴京裡長久地待著，自然不能留了讓人可以抓住的辮子。

「嬤嬤考慮周全，不過我覺得還是分開住為好，畢竟咱們這兒可有未婚的姑娘在。這事我明兒個自和三爺說道便是，就在離這兒不遠再尋處房子安置了，所幸也不過是一季的時日，花不得多少銀子。」

「都聽小姐安排。」沈嬤嬤聽崔景蕙考慮周全，自是沒有異議。

崔景蕙越想越覺得諸事煩雜，索性便讓沈嬤嬤下去了，她覺已然睡足，可沈嬤嬤卻還未眠，怕是不能陪她的。「夜深了，嬤嬤妳自去歇著吧！容我再想想，有哪些需得周全之事。」

「那老奴且在公子房內了。」沈嬤嬤也沒有再打擾崔景蕙，只收拾了碗筷，帶門而去。

而崔景蕙卻是點著長燈，思索了半夜，這才理清楚腦中的思緒。

# 第一百零四章　汴京相見

早飯時，崔景蕙終和院裡其他人相見。一向怪脾氣的三爺見了崔景蕙，亦是紅了眼眶，而其他幾位，自是有各自的顧念。

崔景蕙再度給眾人報了平安，又說了等到開春之際，便送眾人返鄉的事，一時間各人自有打算。

飯後，崔景蕙和三爺說了再尋宅院的打算，三爺自是一口應下，不顧外面積雪未消便出了門。

虎子和榔頭亦出門上工去了，春蓮拉著崔景蘭更是管不住腿地串門子去了，崔景蕙閒炕頭逗弄團團時，不想本該出門的石頭卻是尋了過來。

「可是有話要說？」崔景蕙見石頭一臉躊躇，讓安大娘將團團抱了出去，徑直問了起來。

「嗯。我不想離開汴京，我想留在這裡。」石頭躊躇了一下，這才將心中的打算說了出來。來汴京的一個來月裡，他明白了一件事，安鄉是安逸的所在，而汴京才是能讓他活出人樣的地方。他想要有自己的一番成就，而不是一輩子都在大河村，過著成天擔心生計的日子。

「你和春蓮說了沒？」崔景蕙沈吟了片刻，既沒有答應，也沒有拒絕。

石頭頓時苦笑了一下。「我不知道該如何和春兒開口。」

這件事，他已經考慮了很久，但他真的不確定春蓮是否會願意背井離鄉地跟自己待在汴京這個地方，畢竟大河村才是春蓮的家，那裡再不濟，也有她牽掛的親人。

「去和春蓮說吧！說完了，我再答覆你。」崔景蕙嘆了口氣，情惑人，也亂人。至於石頭和春蓮感情之間的事，她不會插手。

石頭沒有想到，崔景蕙會將選擇權交給春蓮，他猶豫了一下，目光微閃，有些遲疑地開口。「大妮，妳和春兒一向交好，妳能不能替我去——」

石頭話還未說完，崔景蕙便已經開口打斷了，拒絕的言語更是斬釘截鐵。「不能。石頭，這件事我幫不了你，也不想幫你。我們之間的情分皆由春兒而起，所以你們之間，不管有了什麼決定，我都是站在春兒那邊的，你是讀書人，應該知道這個理。」

「我懂，我只是不知道該如何與春兒說去……罷了，事情皆由我起，還是由我自己說了便是。」他就是怕，怕春蓮不願意留在汴京陪自己，才不敢開口。若是春蓮執意要回到大河村去，汴京與大河村，那便是千里之遙，若想再見，根本就不是什麼容易的事，這日子遠了，他們之間的情分，他也不好說……

「春兒是個明白事理的人，你好好跟她說，想來她會明白的。」崔景蕙自然也是明白石頭心中的擔憂，但這事，她確實不好插手。

「我知道了。」既然崔景蕙都這麼說了，石頭也只能應下，只是忽然又想到一事，不免又提了一句。「對了，我回來的時候，在堂屋裡看到裝活字那個袋子了，妳把那些字也帶來了嗎？」

「嗯，這字有大用，我自然不會捨下。待你和春兒的事商議好了，其他的再做打算。」提到字，崔景蕙下意識看了石頭一眼，這活字的事，石頭也知曉，若是春蓮願意留下的話，她不介意給他們兩個開個鋪子，盤個營生，現如今她手裡的古籍多得是，要想賺錢也不是什麼難事。

石頭也沒再尋根究底的問下去，而是轉身出了屋子。

崔景蕙本以為他要走，卻不想，不過幾個呼吸間，又見石頭回轉過來，只是手上多了個布褡。

「在汴京閒來無事時，我又雕了些字，既然大妮妳將之前的字都帶過來了，那還是放一處比較妥當。」

崔景蕙見石頭做到此，思量了一下，便將原本沒打算提的安排提前說與了石頭聽。「倒是有心了！如今年關將至，你且早做打算，若是留下，我便盤個鋪子，做個書鋪，也算是營生。」

石頭面上自是一喜，來京月餘，他自然知曉，便是租賃一個店鋪，每月的月租都不下幾十兩。如今他們都得仰仗著崔景蕙，若是崔景蕙不開口提此事，他作為一個男人，更是羞於啟齒向崔景蕙討要銀兩。

「我會盡快的！」原本糾結的心思，在崔景蕙的承諾之下，倒是少了猶豫。既然已經得到了自己想要的答案，石頭也沒有心思再留下來，留下新刻的活字，轉而出了屋子。

崔景蕙將布褡裡的活字歸置好，便見安大娘空著手進了屋子。

「大娘，團團呢？」

「那小皮猴玩累了，已經讓我哄睡了。石頭那小子特意來找妳，為著啥事呀？」安大娘捶了捶後腰，走到炕邊坐下，狀似無意地問道。春蓮算是她姪孫女，石頭是春蓮喜歡的人，雖說崔景蕙什麼性子她是知道的，可不管是在為人處世還是外貌姿容上，崔景蕙都強過春蓮一大截，保不准石頭會生出什麼別樣的心思來。

「也沒什麼事。之前不是說了，等明年開春，我便打發人送你們回大河村，石頭來尋我，說想要留在這汴京，我讓他自己去尋了春兒，問問春兒的意思。」

崔景蕙倒是沒注意到安大娘眼中的別樣情緒，而且這本就是敞亮話，不需躲躲藏藏。

「這樣啊！」安大娘愣了一下，倒是沒想到石頭竟然是這般打算，這稍稍一思量，便不由得慌了神；春蓮昨夜裡還喋喋不休地和她說著許久未見爹娘的話，這要是石頭不願回去，那兩小這親事不就沒指望了？「這……這要是石頭那小子執意要留下，那春丫頭可怎麼辦呀？」安大娘自是知曉春蓮對石頭的情分，一想到自家姪孫女日漸消瘦、鬱鬱寡歡的模樣，安大娘哪裡還坐得住了？

「大娘且放心，若是春蓮願意留下，我且讓石頭留下；若是春兒不願，我自會想法子讓石頭一道回去。」春蓮雖和她不是親姊妹，可卻勝似姊妹，她自然是不會讓春蓮失望的。

崔景蕙的話，倒是讓安大娘長長地鬆了一口氣。「那我就放心了！大妮，大娘沒本事，這件事可得全拜託妳了！」

「春兒的事便是我的事，我自會考慮周全。」崔景蕙笑了一下，她如今雖算不得家財萬貫，但是讓春蓮過上平順的日子還是做得到。

安大娘見此，一顆慌亂的心總算是落到了原處。看著崔景蕙那越發精細了的眉目，心中一突，臉上再度露出了一絲愕然。「大妮，妳不打算離開汴京了嗎？」安大娘這才想到不對勁的地方，從昨兒個到如今，崔景蕙自始至終都沒有說過自己會離開汴京的事。

崔景蕙坐直了身子，倒是沒打算隱瞞安大娘，畢竟她娘還是安大娘接生的，這初產的孕婦和經產的孕婦，安大娘一眼便分得清楚，便是安大娘嘴上不說，可心裡也該是敞亮的。

「大娘，有些事您應該明白的，汴京本就是我的家，既然這次回來了，我就沒打算再走了。」

被崔景蕙的目光打量著，一股心虛頓湧了上來，腦袋懵懵的，嘴裡下意識地來了句。

「妳知道？」

「自不敢忘。」崔景蕙嘴裡說了這麼一句，目光卻是望向了屋外，一時間有些怔怔地出神。

安大娘這會兒神思不定，想問個究竟，卻又不知道該如何問起，想說自己不是故意隱瞞此事，卻又不知道該如何開口，且見崔景蕙這模樣，怕也是沒了心思理會自己，安大娘只好懷揣著滿腹的憂思離去。

崔景蕙也不知道愣了多久，等回過神來，屋內已經空空只餘她一人。她穿好鞋子，出了門戶，循著記憶中的方向，走到離自家宅院不遠處一座掛了鎖的大院前。她順著大院的圍牆走了一圈，直至走到一處從牆內伸出一枝開滿寒梅的外牆，這才停了下來。

崔景蕙伸手，攀下那枝寒梅，湊到鼻子邊上，一股清幽的香味立即縈繞於鼻間，讓崔景蕙忍不住眼眶一紅。

這處大院，是她娘的嫁妝，院內由著她娘的喜好栽滿了寒梅。幼時在靜姨膝下的那段時間，靜姨隔上一段時間便會領她過來待上幾日，這也是當初春蓮他們入京，崔景蕙執意要他們在這處尋了院落的原因。如今她進了汴京，自要過來看看，畢竟這裡承載著她幼時太多的歡悅。

崔景蕙想進去，可是也知道現在不是時候，所以她並沒有在此處待上太長的時間，便回轉租賃的院落，只是臉上的寒霜，不知為何又深了幾分。

參加完新帝親設的慶功宴之後，陛下給了衛家兄弟兩天的假期，讓衛家兄弟兩天之後再來面呈戰時之事。

衛家當年的府邸，早已被新帝賜還了衛家，至於之前被抄沒的物件，也是一併歸還了來。新帝原本是想讓衛父官復原職，只是衛父一再推辭，最終陛下只能如了衛父的願，將他的官職放在工部。

衛家兄弟回家之後，衛母自然是心疼得厲害，趕緊招呼著讓衛家兄弟好生休息一下。

衛席儒也不推辭，他也確是累了，至於有些事，崔景蕙已經來了汴京，也不急於這一時。

只是，他不急，衛母卻急得很。就在第二日，衛席儒早上陪衛母吃過早飯之後，衛母將衛席儒留了下來。

「娘，您留下孩兒可是有事？」衛席儒扶著衛母到了炕邊，看著母親滿頭華髮，亦是心酸不已。這些年父親被貶，萬事皆辛苦娘親操持，原本是大家出身的娘親，較之於同齡人，白髮藏都藏不住。

「也不是什麼大事，儒兒，你已過弱冠之年卻還未成親，可有怨娘？」衛母拍了拍炕邊，示意衛席儒坐下，已經沾染了歲月痕跡的眼睛裡，有著對衛席儒的歉疚。她這個兒子，素來是個懂事的，要不然當年甄甄託孤之際，她也不會選了儒兒。

可誰承想，衛家一朝失勢，遠離汴京一去便是十一年光景，而張府亦是沒有半點訊息傳來。她是個重諾的，這才死咬著未曾讓儒兒退婚。

好不容易重回了汴京，張府姑娘過了這年頭便要及笄了，這成親的事，也就趕上日程了。她已經和張府探過口風，想來這親，明年也就有著落了。
「娘作何生出這般感嘆？與張府囡囡的親事是兒子自願的，如何能怨得娘親？」衛席儒便是現在還能依稀記得，初見景蕙時，她那小小一團的模樣，一見之下，他便喜歡得緊，這才滿口應下這門親事的。
「你還記得囡囡便好。我回京已經有一段時日了，也向張府遞過帖子，雖然隔了數年，景蕙和咱們家的情分是生疏了，但儒兒，你要記得，她是你甄姨的女兒，往後成親了，可不能虧待她。」
衛母說到這個，眼裡不由得泛起一絲淚花，同時亦嘆了一口氣。「那孩子也是可憐見的，我也是近兒才知曉，我們離開汴京後的元宵，她可是遭了大難，差點被拍花子給帶了去，若不是張家有關係，這才能將人給尋了回來。只是，她卻受了驚嚇，生了一場大病，也不記得前事了。儒兒，往後你要是見了景蕙，可不得問起她之前的事。」
衛母只顧著叮囑衛席儒，卻不曉得，衛席儒聽到她的話之後，臉上不由得泛起了一絲苦笑。當時他讓娘辨認畫像之際，為免讓娘擔心，並未將當年之事告知於娘，如今從娘嘴裡耳聞此事，衛席儒只覺心寒異常。
「娘，那張夫人真是這般說道？」
重見舊人，自然是少不得諸多感嘆，也就忽視了衛席儒這一刻的異樣。「什麼張夫人？雖說她是景蕙的繼母，可也是景蕙的小姨，以後景蕙若是進門，你少不得要尊稱她一聲母親。」

「娘，下午可有空閒？我想讓您見一個人。」衛席儒本不欲現在就說出崔景蕙的事，可既然母親已經提起，衛席儒自然沒法子略過不提。

「見人？可是儒兒的相交好友？要不要我讓你爹也留下？」衛母只以為是衛席儒相交的學子，倒是沒往別處去想，不過說到這個，衛母倒是又想起了兩家已經商議的事。

「對了，過了年，景蕙便及笄了。你也知道，明年四月開了恩科，我已經和你安姨說好了，讓你去參加這次科考，及第之後，就給你和景蕙成親，也算是雙喜臨門了。我已經和你爹說了這事，等這年一過，兩家便先過了聘。」

「娘，這事還是等您和爹見了我那位故人再說吧！」衛席儒沒有把話說透澈，汴京不比其他地方，到處皆有耳目，景蕙如今身分尷尬，自然得謹慎行事。

「故人？那我先去和你爹說說此事，讓他今日且不要出門。」衛母被衛席儒說得一頭霧水，但見衛席儒說得慎重，倒也是放在了心上。

衛席儒既然已經打定了主意，當下便別了娘親，尋了送崔景蕙的精兵，徑直去了蜀南路。

倒也是湊巧，待衛席儒尋到蜀南路時，剛巧見崔景蕙回來。

「席哥哥，你怎麼來了？」崔景蕙愣了一下，收拾起低落的情緒，走到衛席儒的跟前問道。

衛席儒看了一眼身後的小廝，並沒有答話。

崔景蕙也是明瞭，將衛席儒請進了屋內，摒開了下人。

衛席儒這才開口。「囡囡，計劃要變了，我想讓妳下午的時候去見見我爹娘。」衛席儒眼中閃過一絲抱歉。他和崔景蕙在路上謀劃了一路，本是打算先將此事瞞下，一切等陛下肯見崔景蕙之後，再行商議他事，可是這才剛回到汴京，他便反了口。

「這是出了何事？」崔景蕙聽衛席儒這麼一說，便知道事情有變，忙整了心思。

衛席儒也不隱瞞，將之前他娘說的張家之事，盡數說與崔景蕙聽。

崔景蕙聽完之後，嘴角不由得泛起一絲冷笑。生了一場大病，不記得前事？安顏那個女人還真說得出口！

「席哥哥，此事是我疏忽了，下午我便隨你過府去見靜姨。多年未見，我對衛伯和靜姨亦是想念得緊。」她斷不能讓席哥哥和張家過了聘的，便是真要過聘，也該是與她才行。

不過既然這事提上日程，她還是需要早些準備一下才好，畢竟她才剛回到汴京，萬事皆無準備，就連一件見客的衣裳都無，倒是要倉促行事了。

「席哥哥，你可有空陪我去買身衣裳？要見靜姨，可不能失了晚輩的禮數。」

「倒是我疏忽了！」衛席儒轉身出門，走到守在門外、一臉恭順的小廝面前。這是他娘進京之後外家特意送過來伺候的，都是家生子，倒也是信得過。

「長林，可知道這附近有何得用的成衣鋪子？」

「自是有的，離這兒不遠處，便有一家翠籮裳，京裡的小姐都喜歡去那處。」長林謹守著本分，一臉恭順地回答道。

「席哥哥，你且去院內稍候我片刻，我這就過來。」緊隨其後的崔景蕙自然也聽到了長林的話，她招呼了一聲衛席儒，便轉去了後院，走到已經歸置到自己屋內的幾口箱子前，尋了錢箱，思量了一下，從裡面摸了個金錠出來。

# 第一百零五章　得見靜姨

有長林這個常在汴京住著的小廝帶著，崔景蕙和衛席儒倒是沒費什麼功夫，便到了翠籮裳。翠籮裳是一處兩層的店鋪，店內衣裳款式眾多，式樣繁複，倒也不負其名頭。

因為崔景蕙急著要用，也沒辦法重新趕製，只能讓店裡的女夥計量了尺寸，然後尋著可穿的款式。

幸而崔景蕙的身量勻稱，倒也不至於沒款可選，尋了當下幾個時興的款式後，崔景蕙便進了試衣廂。

最終，崔景蕙是選了一套素色的冬襖，又訂了另外幾個款式的冬襖，拒絕了衛席儒付款，崔景蕙手中的銀錢頓時沒了大半。

「表妹，今兒個妳怎麼出門了？」

才剛出翠籮裳大門，崔景蕙便聽到身後有人「咦」了一聲，接著，一個軟糯的京腔便響起。

崔景蕙並沒有在意，畢竟她初來汴京，也沒認識幾個人，想來這喚的也不是自己。

只是，不承想，那人見崔景蕙沒有搭理，便踩著小碎步，小跑著跑到崔景蕙跟邊，熟稔地伸手挽住了崔景蕙的胳膊，帶著一點嬌嗔的語氣在崔景蕙耳邊響起。

「表妹！妳怎麼不理我了？」

崔景蕙被人挽住，腳下的步子只能一頓，她側頭望了一眼那姑娘，卻見那姑娘目光閃閃，面帶探究地望著崔景蕙身旁的衛席儒，一副讓她抓住了大秘密的模樣。

「姑娘，妳認錯人了，我不認識妳，也不是妳的什麼表妹。」崔景蕙冷淡地將手從那姑娘手中抽了出來，然後往衛席儒那邊挪了兩步，分開和那姑娘的距離。

這番動作，倒是讓那姑娘的目光落回了崔景蕙身上。她一臉愕然地望著崔景蕙，伸手又想去挽崔景蕙。「蕙蕙，咱們自來交好，妳要誆我，也該尋個好點的理由。」

崔景蕙後退幾步，聽這姑娘這般熟稔的語氣，心中倒是有了猜測。想來這姑娘該是安家表姊安珠玉，才會將自己和張家的那個假貨認錯。崔景蕙不得不暗嘆安顏那女人有幾分本事，竟然能尋到和她容貌那般相似的女子。「姑娘，我姓崔。」

崔景蕙報了姓氏，倒是讓安珠玉欲要親熱的動作一頓，她一臉狐疑地望著崔景蕙那張肖似的臉，有些無措了起來。「妳真不是我表妹？」

崔景蕙點了點頭。「我並不認識姑娘。」

安珠玉頓時俏臉一紅，扭頭向不遠處隨侍的下人招了招手。「周嬤嬤，妳快給我認認，這是表小姐嗎？」

姓周的嬤嬤聽了安珠玉的吩咐，走了上前，待看清崔景蕙的容貌，頓時心下一緊。她是安家的家生子，在安家待了一輩子，自然是見過安甄小姐的，這一眼乍看過去，她還以為是安甄小姐又活了！

「周嬤嬤，妳快說啊！」安珠玉看自家嬤嬤失了神，卻是越發窘迫了起來，拉了嬤嬤一下。她自小便有些認不清人臉來，只是症狀輕微些，倒也不曾鬧出什麼大笑話，可是今兒個，明晃晃地將人認錯，這還是第一次。

拉扯之下，周嬤嬤倒是回了神，她挪開目光，微低著頭，隱藏住眼中的驚濤駭浪。「小姐，您認錯人了，這不是表小姐。」

「還真不是呀？」安珠玉頓時臉上窘迫，不好意思地朝崔景蕙笑了一下。「這位崔小姐，唐突了妳，實在是抱歉。」

「我並不在意，姑娘以後別再認錯了便是。」崔景蕙這會兒還不想和安家的人打交道，所以她疏遠而有禮地向安珠玉點了點頭，然後便轉身離去。

周嬤嬤望著崔景蕙的背影，眼中神思不定，就連安珠玉叫喚了幾次都沒聽到。

因為是去見長輩，自然是不能失了禮數，雖說崔景蕙才剛到汴京，什麼東西都還來不及置辦，但幸好她之前瞞下了四箱的寶藏，這會兒出門拜訪，倒也不至於失了禮數。

給靜姨準備了一套頭面，給衛伯準備了兩幅古畫，早早地用過晌食之後，崔景蕙便坐著衛席儒駛過來的馬車，去了衛府。

因為之前被人認錯的緣故，所以在吃晌食的時候，衛席儒交代了長林，買了一件披風放在馬車上，等到了衛府之後，衛席儒便讓崔景蕙穿了披風，戴了帽兜。

之前衛席儒和爹娘說了有客到訪的事，所以二老也沒有出門，這會兒皆在前院候著，見衛席儒領著崔景蕙進來，衛母頓時一愣，這是個姑娘！儒兒在哪裡認識的？衛母心生疑惑，可也知道現在不是開口詢問的時候，只和相公交換了一下眼神，並沒有開腔。

「你們都下去吧！」衛席儒看著屋內伺候的眾人，伸手一揮，讓人盡皆退了出去。

衛席儒掩了門戶，這才返了回來，走到崔景蕙的身邊，和崔景蕙對視了一眼。

崔景蕙伸手，將頭上的帽兜取了下來。

「妳、妳、妳是……儒兒，這究竟是怎麼回事？」衛母在看清崔景蕙的面容時，只覺心底猛的一顫，然後倏地站了起來。

這不就是之前儒兒拿來的畫像中的女子嗎？當時她還以為是儒兒得的安甄少女時的畫像，便是在張家見過了張景蕙，也未曾生疑，可如今，那畫像中的人兒就站在自己面前，若不是安甄早已過世，她還真以為是安甄站在自己的眼前。

可這世間，怎麼會有如此相似之人？

「靜姨、衛伯，是我，是囡囡來看你們了。」崔景蕙看到靜姨鬢間白了的髮絲，還有那不復記憶中的容顏，頓時眼眶一紅。這許多年來，靜姨吃了多少苦、受了多少累，才成了今日這模樣？崔景蕙快走幾步，「撲通」一聲跪在靜姨的面前，未語已是先泣。

「妳是囡囡，那張家那個景蕙……這、這究竟是怎麼回事？」衛母聽到崔景蕙的稱呼，只覺得肝膽俱顫，不知為何，一股熱淚更是湧現眼眶，她抬起頭，萬般不解地望向了衛席儒。

「爹、娘，這事請聽孩兒細細道來……」到了這個時候，衛席儒自然是不會有任何的隱瞞，將之前崔景蕙告知自己的事，細細跟爹娘說了。

「那個毒婦！她怎麼敢，怎麼敢這般放肆？」衛母聽完之後，手「啪」的一聲拍在了桌子上，氣得胸腹間急速的起伏。

「夫人，妳且消消氣。」衛父見自己夫人這般模樣，怕她氣出個好歹來，忙安撫了起來。

只是這會兒衛母氣上頭了，一把拍開衛父伸過來的手，將崔景蕙攬進了懷裡。「我可憐的囡囡，這些年可真是苦了妳了。」

「靜姨，我不苦，真的。撿我回去的爹娘待我極好，若不是他們，只怕我還過不了這許多年的安逸日子。」崔景蕙掏出手絹，將靜姨湧出的淚水擦掉，一臉真切地說道。

若不是有爹娘多年如一日的疼愛，撫慰了上一輩子她所承受的痛楚，只怕今日的她，也不可能是如今這般模樣，所以，崔景蕙是真的覺得自己這些年來過得不錯。

只是這話聽到靜姨的耳裡，看著崔景蕙如今懂事的模樣，她對張默真夫妻更是恨得咬牙切齒。她恨，恨那安顏的惡毒；她恨，恨張默真那老匹夫連自家閨女被調了包也不曾知曉！

衛母聽了衛席儒的話，早已認定了眼前的崔景蕙才是她的囡囡，但衛父卻是與之不同，畢竟此事牽扯甚大，不是這一、兩句片面之詞就可以認定的。

「儒兒，可有確鑿的證據能證明這位……景蕙姑娘說的話？」

衛席儒還沒應話，衛母已經抬起頭，狠狠地瞪了自家相公一眼。「衛延，你這是在懷疑我的囡囡嗎？我說了她是，她就是！」

「夫人，如今張兄乃是一品大員，陛下前幾天還和我說了要讓張兄入內閣之事。若此事為真，那便是張兄內帷不睦。此事若被有心人揪拿著不放，只怕會影響張兄入閣，所以此事咱們需得慎重對待。」衛延苦笑了一下，這若是被人誤傳出張兄縱容繼室迫害先妻留下的子女，只怕對張兄的聲譽影響極大。

「那老匹夫連自己閨女都護不住，還有臉進內閣？他簡直就是癡心妄想，這事我第一個反對！」衛母「哼」了一聲，心下已經打定了主意，這兩天就送帖子給大哥，若是朝中有人提起要讓張默真那老匹夫進內閣，定要反對到底！

「夫人，這朝堂之事，豈是妳一介婦人能夠說道的？」衛延一臉無奈地看著自家夫人，想要跟她陳述利害關係，只是面對夫人這油鹽不進的態度，實在不知該如何說起。

「靜姨、衛伯，你們別爭了，我有證據。」崔景蕙不欲看到靜姨為了自己和衛伯置氣，忙開口說道，同時將一直貼身放著的庚帖和玉珮拿了出來，遞到了靜姨的手裡。「靜姨、衛伯，你們看。」

「相公，你可看好了，這是當年進門時，娘傳給我的玉珮，我後來給了囡囡，不要說你連自家的東西都不記得了！」衛母板著個臉，一把將玉珮塞到了衛延的手裡，至於庚帖，那是她親手交給景蕙的，她怎麼可能不記得？

衛延看了玉珮，自然也是確認了崔景蕙的身分，望著崔景蕙的面色緩和了幾分，心中對張默真的讚賞亦是減了不少。不過對崔景蕙想要舊事重提，他卻是不看好。

「景蕙，這東西雖能確認妳的身分，但是若真對上張家，只怕還是單薄了些。」

「相公，當時囡囡才不過三、四歲，事出突然，她能帶出這些已屬不易。至於張家，原本伺候囡囡的舊人定都被那毒婦打發了，現在要尋，只怕也是大海撈針。而安家那邊，這一個、兩個都是安家的女兒，只是一個死了，一個還活著，想都不用想便知道他們是站在哪一邊的了。這事我們衛家必須要幫忙！」衛母不是蠢人，自然也知道單憑一個玉珮說明不了什麼，只是一想到囡囡這些年受的苦，她便恨不得撕爛安顏那毒婦的嘴臉。

「這事我們自然是要幫忙的。儒兒，你有何想法？」衛延自然也是知道自家夫人和張家已故的安甄是何情分，若是說不幫忙的話，指不定他們夫妻會鬧到什麼地步。夫人這些年跟著他受了不少苦，這事雖然不易，但為了夫人，他還是願意出手的。

「爹娘還請放心，此事孩兒與囡囡早有章程，一切等陛下見了景蕙之後，再行商議諸事。」

張默真如今官大權大，而且張家和安家勢力盤根交錯，只要他們知曉景蕙回了京，保不齊他們會使用什麼骯髒的手段。所以他和景蕙商議了，等陛下召見自己時，便將景蕙的功勞帶出，然後再由景蕙面呈聖聽，只要能讓陛下站在他們這一邊，這事便算成了七八分。

「你們的意思，是想要讓陛下插手此事？可陛下對張大人極其看重，你們可有把握？」衛延在官場上沈浮了幾十年，一聽衛席儒的話，便知曉了其打算，但他是知道陛下對張默真的態度的，所以並不看好。

「爹，此次寶藏之所以能不被叛軍發現，落入我們手裡，這完全是景蕙的功勞；除此之外，景蕙另有功德之物奉上。而且我們所求不多，想來陛下也不會為難我等。」

活字和封不山醫書的事，衛席儒也都知道，這是景蕙握在手中的籌碼，陛下一見，定會知曉其分量。他們所求不多，想來陛下也沒有理由不答應。

「既然你們已經有了萬全的把握，此事若是陛下應了，我們再行商議。」既然已經說到了這個分上，衛延自然不會再打擊他們。若是陛下應了最好；若是不應，他再搭把手便是。

「夫人，妳與景蕙久別重逢，想來有很多話要說，如今科考將近，我便先領儒兒去書房考校一番了。」

這話說到衛母的心坎上了，所以衛母也沒有阻止。「去吧去吧，這裡有景蕙陪我。」

「衛伯，還請稍等。晚輩初次上門，也沒有什麼厚禮相送，一點薄禮還望衛伯不要嫌棄。」崔景蕙見衛延要走，忙抹了臉上的淚痕，站起身來，將之前就準備好卻被自己忘了的禮物奉上。

「這是……」衛延看著手中泛著歲月痕跡的畫卷，愣了一下。這明顯有一些年頭的東西，景蕙是從哪兒來的？這般想著，衛延的目光不禁看向了衛席儒。

衛席儒一見，便知道衛延想的什麼，也不多解釋。「爹，我們去書房說。」

待父子二人離開之後，崔景蕙這才拿出為靜姨準備的頭面，送到了靜姨的面前。

「妳這孩子，靜姨知曉妳不易，怎麼能收妳的東西呢？便是要給，也該是靜姨給妳見面禮才是！」靜姨未看盒子裡的東西，便將盒子又推回了崔景蕙的面前，一臉心疼地再度將崔景蕙攬進了懷裡。

「靜姨，您就收下吧，這東西我多得是。不是說了，那前朝的寶藏是我發現的呀！」崔景蕙點到即止，不過靜姨也已經明白了崔景蕙話裡的意思。

靜姨一臉瞠目結舌地望著崔景蕙，就見崔景蕙朝她點了點頭。「妳這膽子，還真是……既然如此，這禮，靜姨便收下了。不過妳可要記牢了，不管妳拿了多少，若是外人問起，妳只說分文未取便是。這世道人心險惡，還是謹慎些為好。」

「靜姨，您且放心，這點分寸我還是有的。」崔景蕙知曉靜姨是為了自己著想，自是點頭應下。

二人又聊了好一會兒，靜姨希望崔景蕙在府中住下，崔景蕙卻怕打草驚蛇，和靜姨說了緣由，只道來日方長，靜姨這才允了崔景蕙離去，只是要求崔景蕙時時過府探望，崔景蕙自是應允。

沈嬤嬤沒有尋回教養嬤嬤，崔景蕙倒是沒有意外，畢竟這等僕人是可遇不可求的。三爺那邊辦事，卻是順利得很，不過半日工夫，就在蜀南路上離眾人住的宅子不遠處，另尋了一處不大的院子。

在崔景蕙去衛府的時候，劉嬸、蘭姊她們便過去清掃了，等崔景蕙回去之後，只剩置辦些開伙的物件便可以入住了。

吃過晚飯之後，崔景蕙回到自己的臥房裡，正寫著有關於造紙的細節時，聽到門口的響動，抬頭看到春蓮一臉扭捏地走了進來，眼睛看上去還有點腫，該是哭過了。

崔景蕙心裡對春蓮的來意已有了幾分猜測，所以也沒有開腔，而是繼續低下頭來，寫著手中未完的事。

「大妮，石頭哥已經跟我說了要留在汴京的事。」春蓮磨磨蹭蹭地走到崔景蕙面前，遲疑了好一會兒才開口。說到這事，此刻她心中依然有些酸澀。白天裡，石頭尋了自己，特意說了這事，還害得她哭了好一通，若不是姑婆好意相勸，只怕她這會兒也繞不過彎來。

「那妳是怎麼想的？想要留下，還是回去？」崔景蕙在乎的從來都是春蓮的選擇，至於石頭如何考慮的，並不在自己思量的範圍之內。

「大妮，我……我想留下。」春蓮遲疑地看了一眼崔景蕙，咬了咬下唇，眼中閃過一絲堅定。

「可想好了？」崔景蕙再次確認了一下。

「我想了一下午，姑婆也願意我留下來。」春蓮點了點頭，主意是定了，可心裡卻還是有些不安。他們好幾口人全靠著大妮，如今到了汴京更是依仗著大妮過活，石頭哥要留下，她實在是怕耽誤了大妮的正事。「大妮，我們留在汴京，會不會拖累妳呀？」

「春兒，妳怎會生出這般的念頭？妳能留下，我自是歡喜得很。既然已經打定了主意，那也就好辦了，明兒個，妳且去和石頭說，讓他辭了手上的活兒，然後請三爺再去尋個臨街的鋪面，我有大用。」

既然春蓮願意留下，那麼有些事，她自然是願意交給石頭做的，畢竟靠她靠不了一輩子，倒不如自己盤個營生，也好在汴京紮根下來。

「好，等明兒個一早，我就去和石頭、三爺說。」雖不知道崔景蕙這些安排有何用，但不過是傳個話，春蓮自是一口應下。只是說完了這事，她倒是又有些躊躇了起來。「那個……大妮，石頭說他不想走科考這一塊了，我娘那兒……」這還是石頭跪在她娘面前信誓旦旦保證過的，可是突逢大亂，只怕之前的縣考也算是作廢了，就算明年再來，時間上也趕不及。而且自己選擇留在汴京，就怕爹娘那邊會大發脾氣。一想到這個，春蓮心中頓時有些不好過了。

「不用擔心，安叔也是明事理的。去年的戰亂，並不是妳我能左右的，到時候送春元他們回去時，我讓人和安叔他們好好說明，想來他們會理解的。對了，我給妳和蘭姊做了幾身新衣裳，過些日子便會有人送過來，到時候妳注意一下。」

崔景蕙知道春蓮是什麼性子，也不想她一直糾結這件事，所以說到最後便轉了話題。

「我知道了！那個……大妮，要是沒事的話，那我就回去了，不打擾妳忙了。」春蓮得了崔景蕙的準話，便不欲再打擾崔景蕙了。今時不同往日，便是春蓮再遲鈍也能覺察出如今的崔景蕙和以前有所不同，她雖幫不了崔景蕙多大的忙，但少添麻煩還是做得到的。

「嗯，早點回去睡吧！」

崔景蕙等春蓮走後，又寫了一會兒，這才擱了筆墨，將東西歸置了，油燈滅了，輕手輕腳地出了門。

在院門的角落裡尋了一把鋤頭、一捆繩索後，崔景蕙悄然出了院子。

# 第一百零六章　聖上允諾

此刻已是萬籟俱寂之時，倒也是清靜得很，崔景蕙一直走到白日寒梅伸出枝椏的大院外，見四下無人，便將繩子和鋤頭扔進了院內。

崔景蕙自小便在鄉間長大，爬牆爬樹什麼的自然不在話下，不過幾下功夫，崔景蕙便翻過牆頭，進了大院之內。

正是冬日，院子裡百草俱枯，唯有寒梅冷立。崔景蕙抱了鋤頭和繩索，於梅樹間穿梭，待尋到記憶中的那棵歪脖子梅樹時，這才停了下來。

往冰冷的手心裡哈了一口氣，崔景蕙放下了繩子，抄起鋤頭，便開挖了起來。也是她目力驚人，不至於挖壞埋在土裡面的東西，挖了不過兩刻鐘的時間，崔景蕙便看到挖開的坑洞裡出現了瓦瓷的稜角。折騰了小半個時辰，崔景蕙終於將埋在地下的五個罈子給弄了出來。

罈子都是密封得嚴嚴實實的，這還是她三歲生辰之際，她那個爹給埋下的五罈女兒紅。如今已過十一年，等過了年，她便及笄了，崔景蕙可不想這東西便宜了張府的那個假女兒。

用帶來的繩子將酒罈子一個一個的捆好，又將挖開的洞坑再度用土填上，崔景蕙躡手躡腳地將酒罈子分幾次抱到了牆角邊上，先將鋤頭扔到了牆外，手裡拽著繩子的一頭，爬上了牆頭，然後小心翼翼地一根一根提起繩子，將酒罈子都放到了牆外地上，這才翻身下了牆頭。

見四下無人發現，崔景蕙頓鬆了一口氣，分幾次將酒都搬回了自己院子。到了子時，將酒罈子全數藏進了自己臥房之內，崔景蕙還是不放心，又出門清掃了自己留下的痕跡，這才安心地回了屋躺下。許是累了半宿，倒是沒一會兒便睡了過去。

一早靜姨便遣了馬車過來接自己去衛府，崔景蕙只能先將在不封山那裡拿來的醫書交給沈嬷嬷，讓她等石頭過來的時候給他，讓他將這幾本書複刻出來。接著，崔景蕙毫不猶豫地將自己偷回來的女兒紅帶上了馬車。

到了衛府，靜姨看到這幾罈子女兒紅，自然是好一通揶揄，她也知道這女兒紅是哪兒來的，只是沒想到崔景蕙的動作這麼快，一點都不願意便宜了別人。

崔景蕙也知靜姨不過是打趣，自然不會生氣。在衛府陪了靜姨大半日，崔景蕙便向靜姨告辭了，靜姨挽留不過，只好說明日再接她過府，崔景蕙卻是拒絕了，直言她從不封山那裡尋了些醫書回來，想要獻給陛下，但是自己想先留下一份，所以這幾日只怕不得空閒。

回了蜀南路的院子，崔景蕙便招呼石頭忙活了起來，不過孤男寡女自是不好相處一室，因此又讓沈嬷嬷尋了春蓮過來，也算是有了交代。

封不山留下的醫書不可謂不厚，好在活字靈活變通，若是臨時再複刻雕版的話，還不知道要忙到什麼時候。兩人在春蓮的監督之下，忙活了兩日一夜，才算是徹底將封不山留下的東西全部印了出來。

二人已經累極，被沈嬤嬤和春蓮各自扶了下去休息，獨留飄了墨香、還未裝訂的紙張鋪滿了屋內。

崔景蕙這一覺睡得並不安逸，才睡了不過三個時辰便被沈嬤嬤叫醒，迷迷糊糊地換了一身簇新的紅裝，被沈嬤嬤領到正屋裡，待看到衛席儒還有一個穿著內侍服飾的陰柔男子時，這才猛的清醒了過來。

成了？崔景蕙腦中忽閃過這兩字，下意識裡看向衛席儒，見衛席儒朝她點了點頭，崔景蕙頓時一喜，只是礙於有人在旁而不敢形色外露。

「這位便是崔姑娘吧？陛下有請，崔姑娘跟咱家走一趟吧！」站在衛席儒旁邊的內侍，自然是將崔景蕙的表情全收於眼底了，不過在天家底下當差的，都不是什麼簡單的角色，他朝崔景蕙稍稍彎了下腰，然後做了個請的姿勢。

「公公請稍候片刻，我馬上就來。」崔景蕙等的便是這場面聖，自然不會空手而去，此刻也顧不得失禮不失禮，朝內侍笑了一下，提起裙襬就往後院跑去。

內侍見崔景蕙這般跳脫模樣，倒是一愣，隨即眼底卻是多了一絲笑意。

崔景蕙並沒有讓人等多久，便抱著一個大大的包袱出來。「煩勞公公了，我們走吧！」

「崔姑娘，這是？」內侍見衛席儒一臉常色地接過崔景蕙手中的包袱，顯然這東西是要帶進宮的，但皇宮可不是串門子的地方，他少不得要問個清楚。

「初次見陛下，我也沒什麼好送的，只尋了些稀罕玩意兒，希望陛下能夠喜歡。公公不必緊張，也就是些書信和木頭一類的。」崔景蕙說得半真半假。她又不是沒經事的，又怎麼會不知道這其中的理？不過想來在這公公眼裡，她也不過是個撞了大運的鄉下丫頭，她倒不必做出個精明樣子。

衛席儒十分懂崔景蕙的心思，見崔景蕙說完，便將手中的包袱扯開一角，放到內侍的眼前。

內侍見果真如崔景蕙所言，都是些個書信和木頭，雖不知道這些東西有什麼稀奇勁兒的，但既然對陛下沒有危險，他也就沒有再追問下去。

內侍領著崔景蕙和衛席儒上了馬車後，一路向皇宮駛去。本來就是陛下召見，三人自是毫無阻攔地到了御書房。

「皇上，崔姑娘來了。」內侍敲了敲門框，細聲細氣地向御書房內請示道。

「讓崔姑娘進來！」

「諾！」內侍聽到御書房裡面的聲音，下意識地躬了下腰，然後將門拉開少許，扭頭看了崔景蕙一眼。「崔姑娘，進去吧！」

崔景蕙下意識裡轉向衛席儒，見衛席儒朝她點了點頭，她這才穩下心來。接過衛席儒手中的包袱，崔景蕙深吸了一口氣，進到了御書房內。

「崔姑娘，這邊請！」

一進御書房，便見門口站著一個看起來上了年紀的內侍，崔景蕙跟著他走了不遠，轉過一扇屏風，就見一書案之後坐著一明黃身影，崔景蕙在行禮之前有意地瞟了一眼，新帝看起來絕對不超過三十，此刻正單手握著一本奏摺在端詳著，看起來倒也不似電視劇裡那般威嚴嚇人。

「平身吧！」聽到崔景蕙的行禮聲，皇上放下了手中的奏本，望向了崔景蕙，看到崔景蕙那妍麗秀色的姿容時，微微愣了一下。倒也不是說崔景蕙長得有多好看，畢竟之前衛家兄弟只說發現寶藏的人是當地的一個姑娘，他當太子時，也曾下到各處去辦理差事，自然也是見過鄉下女子的，那形象與眼前這姑娘倒是大有不同。「聽說前朝寶藏是妳發現的？這次妳也算是立了大功，可有什麼想要的賞賜？」是衛家兄弟一而再、再而三地提到崔景蕙，皇上才生出了想要見上一面的心思。不過是個鄉下姑娘，想來也不會獅子大張口，所以說到賞賜，皇上倒是隨意得很。

崔景蕙等的就是這句話！她抱著包袱，再度跪了下來。「求皇上給民女作主！」

作主？皇上愣了一下，和身側伺候的內侍對了下目光，難道這是有冤要訴？

「妳且說來。」

「是，陛下！」崔景蕙當下便將自己才是張默真的女兒，那安氏如何將其遺棄的事，統統說與了陛下聽，說完之後，又磕了個頭。「請陛下給民女作主！」

「這……」皇上倒是不承想，崔景蕙竟然牽扯出這般驚天異聞來。這張默真如今可算得上是他極其看重的臣子，此事若為真，只怕張家和安家的名聲定要受挫無疑。

他忽然想到一事，他雖不記得張默真先妻的模樣，可申公公以前是在先帝面前伺候的，該是見過那女子的模樣。想到此，他朝身邊的申公公招了招手。

申公公聽了皇上的囑咐，走到崔景蕙面前，細細端詳了一番，這才湊到皇上的耳邊，細聲說道：「這姑娘和安家大小姐確實神似。」

聽申公公這麼一說，皇上對崔景蕙的話也是信了幾分，但要定論，卻不是崔景蕙這一言便可決定的。

「崔……張姑娘，妳可有證據？」

「自是有的，還請陛下觀詳。」崔景蕙解開包袱，從裡面拿出一封安顏寫給封不山那有關自己的信件，還有衛家的玉珮，一併呈給了申公公。

申公公查看無礙之後，便將這些東西都交給了皇上。

皇上先將玉珮擱下，抽出信件，一目十行地查閱了起來，看完之後，面上不由得湧上了一絲憤怒之色。封不山乃是先帝親口御封的神醫，沒想到私下裡竟也是道貌岸然之輩。

「此玉珮又是何證明？」皇上的目光望向了案桌上的玉珮，玉是好玉，顯然不是尋常鄉下女子能夠擁有的東西。

「這玉珮是民女親娘去世之前和衛家夫人定下婚約時，衛夫人留給張家的信物，此事衛公子也能證明。」崔景蕙自然不會傻到在這個時候喚衛席儒一聲「席哥哥」。

「陛下，可需老奴喚衛公子進來？」申公公一看皇上面露躊躇之色，便已知皇上心中打算。

「去吧！」既然已經插手這事，皇上自然是要將事情弄個清楚明白。

申公公領命，衛席儒本就在門口候著，所以不過頃刻間，便將衛席儒領了進來。

「可識得這玉珮？」皇上直接讓申公公將玉珮送到了衛席儒的面前，開門見山地問道。

「回稟陛下，草民認得，這是我衛家與張家結親的信物。」衛席儒這個時候自然不會反口。

皇上見衛席儒那模樣，倒是想起之前他還是太子之時，衛席儒為了張家嫡女求上門來的事，心下了然，只怕那時，衛席儒心中已經起了疑，只是這麼久了，他竟然沒給自己透露半點風聲。皇上猛的拍了一下桌子，臉上露出一絲怒色。「衛席儒，你好大的膽子！」

崔景蕙看到皇上發怒，頓時一驚，也不等衛席儒開口，便已經俯身認罪起來。衛家好不容易才回到了汴京，她絕對不能眼看著衛家為了她的事而再度失了聖心。「陛下恕罪，此事皆是民女的錯！張家和安家在汴京可算是權勢滔天，民女一介孤女想要拿回屬於自己的東西，無異於以卵擊石，所以才求了衛公子。衛公子在此之前絕然不知曉，陛下要怪，怪民女便是！」

「哼，這其中的責任，妳小小一介女子擔得起嗎？」只是皇帝已存了心思，根本理都不理會崔景蕙的認罪。

崔景蕙還要再說什麼，卻被衛席儒伸手拉住。

「此事草民早已知曉，請陛下責罰。」

「席哥哥……」崔景蕙頓時急了。「陛下聖察，此事皆是民女以婚約為由，強迫衛公子行事，還望陛下明察！」

「陛下……」

見二人爭相認錯，原本一臉陰沈之色的皇上反倒是笑了起來，就連口氣都緩和了下來。

「閉嘴，朕何時說過要責罰你二人？」

崔景蕙頓鬆了一口大氣。

皇上從案桌後面轉了出來，在二人面前來回地走了幾趟，最後在崔景蕙的面前停了下來。「崔姑娘，若是朕不願為妳作主，妳待如何？」

「若陛下不答應，民女尚有一物想要獻給陛下。」崔景蕙自然是早就做好了被皇帝拒絕的打算，這時候絲毫不顯慌亂。

「且呈上來看看。」皇上倒真是有些好奇了，這小小的女子有何自信自己獻上的東西能夠讓他輕而易舉地改變主意？

「陛下，請看。」活字這東西可不是獻上幾個木頭便能看懂的，崔景蕙往後退了幾步，然後將自己帶著的包袱放在地上，拿出紙墨，將事先準備好的活字在皇上的面前操作了一次，最後將印好的紙張呈給了皇上。

皇上見過那頁紙，看著崔景蕙將框架裡的活字重新打亂，然後又複印了一張遞過來，哪還能不明白這小小的幾個木頭的作用？若是此物用到印刷之上，對於寒門學子想要走上科考這一條路，是大大的有利呀！「這是何物？」

「回陛下，這是活字印刷。民女偶然所得，不敢外洩，如今獻給陛下，還望陛下周全。」崔景蕙此時也不懼了，抬頭望著皇上，再一次懇求道。

皇上並沒有回答崔景蕙的問題，而是將注意放到了崔景蕙身邊並未空上許多的包袱上。活字是從這包袱裡拿出來的，他倒想要看看，這姑娘為了成事，究竟準備了多少東西？「告訴朕，妳這包袱裡還有何物？」

「是，陛下！」既然皇帝已經開了這個口，崔景蕙也不藏著掖著了，伸手從包袱裡拿出厚厚的一疊書冊，遞到了皇帝面前。「這是封神醫畢生心血，其中包含了數千醫案、各種稀有的藥方，封神醫賴以出名的凝血丸藥方亦在此處。今民女借花獻佛，還望陛下收納，用此造福百姓。」

「這倒是好東西！」雖然封不山在皇上心中沒了好印象，但不管怎麼說，封不山的醫術在祁連之內卻是少有人能出其左右。封不山的死訊傳到汴京時，他還可惜了好一陣子，若是封不山在的話，只怕先帝也不會去得這麼快了。不過這人死了，留下這些東西，倒也算是做了一件好事。皇上將手中厚厚的一沓書冊遞給申公公，轉而便看見崔景蕙又遞了幾張薄薄的紙來。

「這是樹皮造紙術，雖說工序繁雜了些，但想來能讓陛下派上用處。」

樹皮造紙術！陛下心中一動。祁連現有的造紙成本太高，以至於書冊的價錢始終低不下來，若這樹皮造紙為真，再加上活字印刷，又何愁天下學子無書可讀？

「妳這倒也算是下了些功夫。」

「謝陛下誇獎！」崔景蕙為了這事確實是費盡了心思，因此這聲誇獎也是應得當之無愧。

「妳想要朕做什麼？」既然話已經說到這分上，皇上也不想再為難崔景蕙了。

見皇上恩肯，崔景蕙當下沒有半點猶豫地將自己想要的全盤托出。「回陛下，民女只想要回娘親給民女準備的嫁妝，以及衛家這門親事。民女已經和衛公子商議好了，等科考一過便成親，所以民女想讓陛下在衛公子高中之後，為衛公子和張家嫡女張景蕙賜婚。至於其他的事，陛下不用插手，民女自有計策。」

這是崔景蕙和衛席儒在見到了安家女子之後思定下來的，崔景蕙不敢確定那安珠玉是否懷疑了自己的身分，但不管怎麼樣，未雨綢繆卻是好的。所以她思來想去，只有讓張家忙活起來，才有可能忘記自己這個不過是萍水相逢的陌生人。

還有一點，便是如今她那院子裡住的一大幫人。若安顏那個女人不放心，派人行兇，到時真傷了人，她可不知道該如何向大河村裡的那些人交代了。

「妳……就沒想過要重回張家？」皇上聽到崔景蕙的請求，倒是愣了。兩個條件，從頭到尾都沒有要認祖歸宗的打算。

崔景蕙搖了搖頭，臉上露出了一絲諷刺之色。「不過是半年未見，便不識得自家女兒的爹，不要也罷。等民女身世大白之時，該已是衛家的媳婦，回不回張家根本就已經不重要了。」

「也許張卿有不得已的苦衷，不若朕給你們父女牽個線，如何？」看到自己器重的臣子落得個子女不願認親的下場，皇上也是有些不忍。

「陛下，不必了。該見的，到時候終究會見，只是現在還不是時候。」崔景蕙拒不接受皇帝的好意。就因為張默真的不識人，自己上一輩子才會承受萬千苦楚，這一世重新來過，她絕對不原諒張默真。

「罷罷罷，這是你們的家務事，朕也不好妄加干涉。至於妳的要求也不算過分，朕便答應了。」皇上這會兒也是想通了，倒也不再勉強崔景蕙，又留著二人說了一會兒話後，這才將人送出了皇宮。

# 第一百零七章　表哥尋來

出了皇宮，回到衛府之後，衛席儒和崔景蕙進了府邸，這才算是真正的鬆了一口氣。而聽到下人通報的靜姨亦是趕了出來，看見二人臉上的喜色，原本帶著焦慮的神情也是一鬆。「陛下……他答應了？」

崔景蕙上前攙扶住靜姨的胳膊，和衛席儒相視一笑。「嗯，靜姨，陛下應了。」

「陛下聖明！這實在是太好了！等明兒個我就去張家商量訂親的事……不，我現在就叫人去下帖子給張家！」一想到這口惡氣有了出處，靜姨覺得今兒個天都晴朗起來了。

「靜姨，不忙著這一會兒，咱們且進屋去說說話，再好好合計一下。」崔景蕙見靜姨一副火急火燎的模樣，恨不得現在就跑去張家將親事應下來，只能伸手拉住靜姨，邊說著邊往屋裡帶。

「行，可不得讓那些個骯髒貨色膈應了咱們！」靜姨一見崔景蕙就歡喜得緊，既然崔景蕙這麼說了，她自然不會逆了崔景蕙的意思。

「娘，您和囡囡且閒話著，我先去書房了。」衛席儒看著這一副和樂融融的模樣，心下也是高興得很。他不想擾了二人的興致，便將空間留給了娘和崔景蕙。

如今大事已了，靜姨再度要留崔景蕙住下，崔景蕙自然是不好推辭，便在衛家歇了兩日。因不放心自家住著的老老小小，崔景蕙百般告辭之下，這才帶著靜姨特意給她尋的教養嬤嬤回了蜀南路的院子。

得了皇上允諾的崔景蕙，日子倒是意外的閒了下來，又接到靜姨傳話說已經和張府訂親，為了避嫌，也為了不讓崔景蕙引起張家的注意，靜姨雖然不太情願，但還是斷了時時接崔景蕙過府的心思。

如今年關將近，崔景蕙除了日日和教養嬤嬤學些禮儀之外，倒也無事可做。讓三爺租下的鋪面已經交接了過來，這木工活是三爺的強項，三爺自然日日在店鋪裡待著，崔景蕙閒來無事，索性也去了店鋪做起了活兒。

這古代放書的貨架，倒是和現代書架有所不同，崔景蕙索性推翻了之前三爺準備的設計，全部按現代書架的模式來，這一忙活就忙得昏天暗地，便是學禮儀的時間也少了起來。崔景蕙怕教養嬤嬤閒著嘮叨自己，便抓了春蓮和崔景蘭送到教養嬤嬤跟前，自己則是徹底將心思放在貨架上。

僅僅只靠著崔景蕙手中的那些孤本想要撐起一家書齋，自然是遠遠不夠的，因此石頭他們幾個，這會兒也是四下裡到處跑，尋著各種尋常的書冊，倒也難見得身影。而院子裡的長輩，自然是為著到汴京來的第一個新年忙活著。

這忙得昏頭轉向之際，倒是不承想，竟然有人尋到了崔景蕙還在裝修的鋪面裡，這人還是春元給領過來的。

崔景蕙穿著一身工作服，頂著滿頭的木屑，不甚在意地便出了店門，一眼就看見春元領過來的那個男子，看起來二十來歲，裹著一件厚厚的披風，面容倒是有些似曾相識，不過崔景蕙也沒往心裡去。

「春元，外面天冷，早些回去吧！」伸手拍了拍春元的肩膀，見春元乖乖的往回走了去，崔景蕙這才將目光落到男子身上。「進來吧！」

崔景蕙也不在意男子有沒有跟了過來，她徑直回了店鋪。店鋪後面有一個院子，還有一進小小的屋子，屋子裡生著火，這幾日她和三爺若是忙累了，便會在這後面的屋子小歇片刻。

崔景蕙走到火盆邊上的凳子坐下，給自己倒了杯水喝，這才抬頭望了望跟著進來的男子。「這種白水，想來你們這些世家子弟也是嫌棄得很，我便不自討沒趣了。說吧，你是誰家的？找我有什麼事？」雖然頭頂著一堆木屑，可是崔景蕙潛意識裡不願意在此人面前失了氣勢。

那男子直盯著崔景蕙看了半晌，雖說無禮得很，可是崔景蕙一臉泰然之色，只把那人的目光視為無物。

男子忽然抬手，抄起桌上的茶壺，給自己也倒了一杯白水，送到嘴邊喝了一口，卻發現是涼的，看著崔景蕙手中的茶杯，不由得皺了皺眉，將茶杯擱下，開口說道：「我是安家的，安雲舒，妳或許還記得我。」

「不認識。我一個逃難到汴京的窮苦百姓，哪會認識這汴京的大人物？公子，你找錯人了吧？」安雲舒，聽到這個名字，崔景蕙倒是想起他是誰了——安家這一輩的嫡長孫，她大舅的長子，比她大了十歲。他們自然是見過的，難怪有些熟悉，原來還真是熟人呀！

安雲舒沒有在意崔景蕙的否認，看著崔景蕙那張和記憶中的姑姑有七、八分相似的臉，倒是出奇的好脾氣。「聽說妳姓崔？」

「我爹姓崔，我自然也是姓崔。怎麼，難道安公子是跟娘姓的？」

雖說安家是她娘的母家，可也是安顏那女人的母家，指不定現在待在張家的那個冒牌貨，還有安家的功勞在。而且她要是記得沒錯，這安雲舒的爹和安顏那女人可是從一個肚皮裡出來的，這根子都壞透了，生出來的枝枝芽芽只怕也好不到哪裡去。一想到這個，崔景蕙對安雲舒自然是看不過眼得很。

崔景蕙話裡句句帶刺，倒是讓安雲舒的口氣越加緩和了起來。「崔姑娘，妳爹娘可提起過妳的身世？」

「我自然是我娘生爹養的，怎麼，難道公子還以為我是天生地養的？」崔景蕙這會兒渾身就像是帶刺的刺蝟。

不過安雲舒急於求證心中的猜想，倒不曾放在心上。他拿出一卷事先準備好的畫卷，在崔景蕙面前打開。「我不是這個意思，崔姑娘妳看看，可對這畫中之人有些印象？」

這是……娘？崔景蕙怔住了，她出生時娘便已經過世了，她幼時曾在靜姨那裡見過娘的畫像，倒也有幾絲印象，再度與靜姨相見後，靜姨便說自己的容貌與娘有八分相似。可是靜姨那裡原本屬於娘的畫像，卻在衛家被貶之後再尋不見了，因此這乍見之下，便是崔景蕙有心不露痕跡，終究也露了馬腳。

「我在珠珠那裡知曉，妳已經見過衛家公子，雖說當年妳遺失之時未及四歲，但想來也應該記些事了，如今看來，妳果然記得。」安雲舒一見崔景蕙這呆愣模樣，哪還有什麼不知道的？這分明是心中有氣，不欲承認他們的親戚關係罷了！

這個時候再惱怒自己的失態已經沒有必要了，既然被看穿了，也就不必再裝下去了。她伸手從安雲舒手裡拿過畫卷，手指滑過畫中少女的明媚笑容，下一秒，崔景蕙便伸手將畫卷一撕為二，動作之快，連安雲舒想要阻止都來不及。

「景蕙，妳幹什麼?!」

「她不配和我娘待在一處。」崔景蕙看著被一分為二的畫卷，然後將屬於安顏的那一半直接丟到了火盆中，星星點點的炭火在接觸到半張畫卷時，頓時露出張牙舞爪的姿態，將畫卷燎黃，瞬間吞沒成黑灰。

「妳終於認了！」安雲舒原本想要救下畫卷，卻在聽到崔景蕙的那聲「娘」時，動作一滯，他抬頭望著崔景蕙，只覺得喉頭有些發緊，失神之下，倒是忽略了崔景蕙話的原意。

「認了又怎麼樣？不認又怎麼樣？難道安家、張家，還有我的位置嗎？」崔景蕙將剩下的半張畫卷如珍寶一般收入懷中，聽到安雲舒的話，卻是露出了一絲嘲諷。

安雲舒被崔景蕙的話一噎，下意識裡便生出反駁的念頭，只是話到嘴邊，卻想起如今安好地住在張家占了眼前之人的名諱以及地位的女子，臉上不禁有了一絲尷尬。

「景蕙，事情不是妳想的那樣！妳在元宵時走丟之後，顏姑姑也是心急萬分，更是病得險些仙去，後來實在尋不到妳的蹤跡，我們擔心姑父回來會因此責怪顏姑姑，這才在族裡尋了和妳年紀相差不大的媛媛送到了顏姑姑身邊……」安雲舒越解釋，卻發現崔景蕙的臉色越來越難看，也知道自己說了不該說的話，連忙補救了起來。「景蕙，妳不要誤會，其實我們一直在暗中尋找妳。前幾年，我們差不多尋遍了整個汴京以及周邊的城鎮，都沒有發現妳的蹤跡，這才停止了尋找。前幾天聽珠珠身邊的周嬤嬤說，看到了一個極其肖似甄姑姑的姑娘，我想著可能會是妳，便尋了過來，沒想到還真讓我找到了。若是祖母和顏姑姑知道妳活得好好的，定會歡喜得很！」

「歡喜？安雲舒，我倒是沒想到你身為安家的嫡長孫，竟然可以活得這麼天真！」崔景蕙聽完安雲舒的話，心中早已是冷笑不已。「你確定她們見到我是歡喜，而不是想要將我再度置於死地，讓我永遠不要出現在你們這些世家子弟面前？」

安雲舒完全無法想像，崔景蕙對安家和張家這滿心的恨意從何處而來，但是作為安家子弟，他如何能坐視親人反目而無動於衷？

「怎麼可能？景蕙，妳知不知道，顏姑姑因為心憂妳的安全，還掉了一個孩子，祖母更是時不時地暗自垂淚呢！景蕙，妳莫不是誤會了什麼？」

「夠了，安雲舒！你所說的每一句話，在我耳裡都不過是讓人發笑的笑話！看在你為我送來娘親畫像的分上，我也不說什麼難聽的話，你還是早些離去吧，我這裡不歡迎你！」

崔景蕙已經完全聽不下去了，她將手中的茶杯「砰」的一聲擱在了桌子上，然後抱著懷中的半卷畫卷，起身就往外走。

「景蕙！妳就不打算去見一見顏姑姑和祖母嗎？」安雲舒看著崔景蕙出了屋子，沈默了半晌，咬牙追了上去，然後伸手一把攔住想要進到店面裡去的崔景蕙。

「不想！安雲舒，你若真當我是表妹的話，今天見我的事最好爛在心裡，不要和任何提起，尤其是你祖母和安顏那個女人！」

看著安雲舒執拗的表情，崔景蕙這會兒倒也是弄明白了，眼前這雲家大公子就是一個兩耳不聞窗外事，一心唯讀聖賢書、不通人情世故的書呆子。

「為什麼？」安雲舒卻是更加弄不明白了。

「如果你想讓我橫死街頭的話，安大公子，你儘管去說吧！」崔景蕙失了耐心，撥開安雲舒的身體，抬腳便往店裡而去。

「大妮，沒事吧？」正在店裡做活的三爺看到崔景蕙一臉不愉地走了進來，手下的動作一頓，一臉關切地走了過去。

崔景蕙拿了鉋子想要繼續幹活，可是推到木頭上，終究還是沒了心思。看著安雲舒一臉垂頭喪氣、頻頻後顧地出了店門，崔景蕙只覺得心中堵得慌。

「三爺，沒事，不過是碰見了一個聽不懂人話的呆子。您這裡忙，我先送點東西回去。」

「去吧，這裡有我呢！」三爺看崔景蕙那明顯就是一副不高興的模樣，伸手拍了拍她的肩膀，然後繼續回去幹活了。

崔景蕙將手中的鉋子擱下，發了一會兒呆，拿著半張畫卷，便直接出了門，也沒有回蜀南路的院子，而是去了衛府的宅院。

這些日子，崔景蕙來得勤，倒也不用通報，便直接到了靜姨待著的院子。

「囡囡，妳怎麼來了？」忙活數日，好不容易得了會兒閒的靜姨沒想到崔景蕙這個時候會來，倒是愣了一下，隨即握著崔景蕙被風吹得有些冰冷的手，到了炕邊，然後將崔景蕙手裡的半張畫卷抽了出來，改遞了個暖手爐過去。

「囡囡，妳要來怎麼不叫人喚一聲，我好讓人去接妳。這手裡怎麼還揣著張撕爛了的……這是甄甄的畫像！我記得這還是甄甄當年出閣之前，妳外祖父畫的！囡囡，妳是從哪兒得來的？怎麼只剩半張了？」靜姨原本不甚在意，可是打開畫卷之後，看到半張畫卷裡那熟悉的身姿，瞬間紅了眼眶，隨即想到這幅畫的出處，頓時緊張了起來。

難道安家已經派人來尋景蕙了?!

「是安家的安雲舒拿過來的。靜姨既然記得這畫，自然也就記得這畫上的另一個人是誰了。她不配和我娘待在一張畫像之上，所以另一半被我燒掉了。」身上有了暖意，原本滿肚子的怒氣這會兒倒是慢慢地散了去。

靜姨自然也記起了這畫像上的另一人是誰了，倒也能理解崔景蕙的做法，不過這並不是她擔心的事。「妳是說，安雲舒知道妳的身分了？他是怎麼知道的？」

崔景蕙也不隱瞞，將碰到安珠玉和安雲舒尋來的事原原本本地說與了靜姨聽，靜姨一聽之下，立即上了肝火。

「他還真敢說！」

「不過是個書呆子罷了，靜姨不必放在心上。」話雖如此，但崔景蕙心裡到底還是有些不安穩，這一人計短，二人計長，她想要去找衛席儒商議一下對策，以免事到臨頭，只能坐以待斃。「席哥哥現在可在府上？我有點事想要尋他商量一下。」

「在書房呢！我讓人領妳過去。」靜姨也知道自己幫不上忙，忙讓人領了崔景蕙去書房那邊尋衛席儒。

衛席儒原本正在溫書，見崔景蕙過來，也是有些意外，待崔景蕙說明了事由，不禁鄭重了起來。「囡囡，此事妳有何看法？」

「我就怕安顏那毒婦知曉了此事，動了歹念頭。你也知道，我那院子裡，老的老、小的小，若真出了事，根本就無半點反抗之力，所以我想向大哥借點人。」這是崔景蕙想了一路才想出的法子，只是真要實行起來，倒是要麻煩衛席坤了。

崔景蕙考慮得倒是沒差，只是還欠缺了些，衛席儒沈吟了片刻，便說出了自己的看法。

「這點確實要考慮到，囡囡妳放心，等大哥回來，我便和大哥商量，讓他留些人手到蜀南路那邊照看著。至於安家那邊，我聽說安雲舒也打算參加今年的科考，我等一下便下帖子給他，邀他出來談談這事，最好是能讓安雲舒對此事閉口。」

「就按席哥哥你說的辦！」崔景蕙點了點頭。要讓她再和那個書呆子打交道，她還真受不了，倒不如交給衛席儒，她相信以衛席儒的能力，自然有本事讓安雲舒閉口。

衛席儒看著隱於崔景蕙髮間還未清理掉的木屑，伸出手將之捏了出來，遲疑了一下，還是將崔景蕙攬在了懷裡。「妳也別想太多了，若有什麼事，不需自己擔著，隨時過衛府來便是，我自會幫妳處理。」

「嗯，席哥哥你放心，我自有分寸，絕不會自不量力的。」崔景蕙伸手反抱住衛席儒，在他懷裡稍稍蹭了蹭，對於衛席儒的囑咐，自是滿口應下。汴京不比大河村，這不是她的地盤，萬事皆要步步思量，切不能走錯半步，崔景蕙自是不敢肆意妄為。

# 第一百零八章　元宵燈會

也不知道衛席儒到底和安雲舒說了什麼，崔景蕙接到衛席儒傳來的訊息，只說是安雲舒應承了此事。另一方面，衛席坤給崔景蕙派過來保護其安全的人，也在蜀南路落了腳，這讓崔景蕙終於放下心來了。

轉眼便是新年到，崔景蕙幫院裡的每個人都做了一套新衣裳，雞鴨魚肉更是堆滿了桌面，而崔景蕙自己則被靜姨接到了衛府，過了一個團圓年。

元月初八，這本是崔景蕙的生辰，只是因為之前在崔家，崔順安夫婦為了瞞住崔景蕙的身世，便將崔景蕙的生辰推後了兩個月，所以這其實也算是崔景蕙離開汴京之後所過的第一個真正的生辰。

這一次生辰有靜姨還有席哥哥在，更有三爺、春蓮和蘭姊他們，崔景蕙過得無比的滿足。只是礙於如今她身分未明，不能光明正大地進出衛府，不過崔景蕙倒也不急，不過是幾個月的時間，她十多年都等了，這區區半年的時間，又如何等不起？

只是，讓她有些遺憾的是，元宵之夜，崔景蕙只能穿著男裝，裝作衛席儒的小廝，這才被靜姨允許著出去玩。

但幼時的事對崔景蕙終究造成了一些影響，等和衛席儒到了熙熙攘攘的街上，看著滿目的彩燈，崔景蕙卻是有了一絲怯意。她伸手扯了扯衛席儒的衣袖，就連聲音都帶上了一絲輕顫。「席哥哥，我有點怕！」

衛席儒挑了下眉，想起了之前崔景蕙說過，她當年便是被安顏那女人在元宵那日遺棄，想到這個，再看到一向天不怕、地不怕的崔景蕙露出怯怯的模樣，心裡自是憐惜不已。

「妳且等等。」衛席儒想了一下，看到旁邊有鋪子在賣絡子，便去買了一條回來，然後一頭繫在崔景蕙的手腕上，另一頭繫在了自己的手腕上。「這樣，囡囡可是放心了？」

「嗯，好多了。不過席哥哥，現在在外面，你還是喚我小景為好，免得被人誤會了。」崔景蕙看著手腕上的五彩繩結，頓鬆了一口氣，不過再看看自己身上的男裝，不禁提醒了衛席儒一句。

在她心裡，席哥哥自然是千般萬般好，所以，她也不想讓其他人誤會了。

崔景蕙這麼一提，衛席儒倒是想起了，伸手將繩結又放寬了一些。如今崔景蕙明面上的身分是他的小廝，自然是不好和他並肩而行。「倒是我一時岔了口，小景，我們走吧！」

「嗯，少爺！這還真是熱鬧呀！我只去過安鄉的元宵燈會，和汴京相比，還真是小巫見大巫呢！」從前的記憶實在是太遙遠了，遠不比現在看到的真實。

「我也許久未曾見過汴京的元宵了，今晚我便陪妳好好的逛逛。聽說安南那邊有燈會，小景願不願意過去看看？」衛席儒其實和崔景蕙一樣，從離開汴京之後，也算是第一次在汴京過元宵夜。

「好呀！只要少爺喜歡的，小景自然願意去看看。」崔景蕙點了點頭。她對汴京不熟，既然是席哥哥說的地方，定然是個好地方。

「走吧！」衛席儒看崔景蕙一臉興奮的模樣，也不耽擱，領著崔景蕙便往安南那邊而去。

離安南越近，崔景蕙便感覺出來遊玩的人越多，而且販賣著各式小玩意的商販也是多了起來。

「少爺，我要這個！」崔景蕙忽然拉著衛席儒在一個攤位前停了下來，然後伸手指了指一個畫得張牙舞爪的面具，仰著臉，一臉興奮地說道。

「這個會不會太誇張了？不如選這個如何？」衛席儒微微皺了下眉頭，伸手指了指旁邊那個畫著桃面妝的面具。

「少爺，我要是戴這個，別人可不就一下子都看明白了？不過這個我也喜歡，既然這樣的話，兩個都買下吧，我回去戴這個給你看！」那桃面妝的面具看起來精緻得很，崔景蕙也很喜歡，只是現在她做小斯模樣，還是莫要讓人誤會了好。

「也可，那就都買下吧！」衛席儒點頭應允，將兩張面具都買了下來，然後遞給了崔景蕙。

崔景蕙伸手便將那張畫得張牙舞爪的面具戴上，然後拿起桃面妝的就往衛席儒臉上套。

「少爺，你戴這個！」

衛席儒將頭往旁邊一偏，躲過崔景蕙的動作，然後伸手將面具從崔景蕙的手裡拿了過去，將繫帶別在崔景蕙的腰間。「妳都留著。安南就在這前面，我們走吧！小心點，這裡人多，可別走散了。」

崔景蕙點了點頭，整了心思，便緊緊地跟上了衛席儒的腳步。

「這裡好漂亮啊！」到了衛席儒所說的安南，各式的宮燈掛滿了街道，人來人往，當真是漂亮熱鬧得緊。「少爺，我想要這個燈！」崔景蕙四處環顧，目光落在一個小巧精緻的九兔繞嫦娥的宮燈上。

「這位小公子倒是好眼力，這可是商譽大師的作品，只要你們能猜中這宮燈上全部的謎語，這盞宮燈便屬於你！」

擺攤的是一位穿著學士襖的中年學子，他看到崔景蕙雖然戴著猙獰的面具，可那一副小巧的身形，一看就不是讓人能生出畏懼之意的人，因此親切地朝衛席儒點了點頭，然後奉上筆墨。

「我且看看能不能拿到這個宮燈。」既然崔景蕙喜歡，衛席儒自然是願意試上一試。

「開始了、開始了！擂臺那邊好戲上場了，咱們快去看啊！」

崔景蕙正眼巴巴地看著衛席儒猜謎語，忽然聽到人群中一陣躁動，扭頭一看，便見人群往一處湧去，就連崔景蕙都被推搡著踉蹌了好幾步。

「小景，小心點！」衛席儒也聽到了嘈雜的聲音，扭頭一看，便見崔景蕙被人潮推擠而去，忙伸手將崔景蕙拉了回來，然後圈在懷中。

攤主看他們這模樣也沒在意，畢竟這元宵佳節，小夫妻這種行事也多得是。

衛席儒怕崔景蕙走散，索性一直將人圈在懷裡，寫著答案。

「少爺，可是好了？」崔景蕙雖說猜不出謎語，可是見衛席儒寫了九個答案，頓時眼前一亮，掀起面具，仰頭看了他一眼，臉上是一副高興的模樣。

衛席儒看到崔景蕙這模樣，最後一字的筆畫險些寫亂了，他強作鎮定，這才將自己的心神穩住，落下最後一筆，而後擱了筆，將寫著答案的紙遞到了攤主的手裡。

「這位兄弟好厲害，一謎不差，這盞宮燈是你夫人的了！」攤主確認了答案之後，取下宮燈，親手遞到了崔景蕙的手裡。

「我還不是——」

衛席儒剛想反駁，不料崔景蕙卻掀了面具，朝攤主淺笑了一下，隨即倚在衛席儒的懷中。

「謝謝攤主。夫君，這盞宮燈我很喜歡。」

「夫人喜歡便好！今日擂臺賽那邊的彩頭據說是長公主親賜的一盞水晶琉璃宮燈，這位兄台好文采，不妨帶夫人過去試試。」攤主這會兒也是心急得很，急急忙忙說完這些，便棄攤而去了。

「囡囡，下次切不可如此，這樣會亂了妳的名聲。」衛席儒這會兒倒不曾注意這個，崔景蕙剛才一聲軟軟的「相公」聽在他耳裡，他只覺一股燥熱湧上心頭，讓他渾身不自覺間多了一股酥意。

「少爺，你說什麼呢？」崔景蕙索性掀開了面具，一臉無辜地望著衛席儒。「走吧，我們也去擂臺賽那兒看看！」

衛席儒見崔景蕙這模樣，也不好再說什麼，只能無奈地點了點頭。「走吧！」

崔景蕙一手提著宮燈，一手卻是悄悄朝衛席儒的袖子伸了過去，然後小心翼翼地勾住了衛席儒的手。

衛席儒原本已經邁出的步子頓時一僵，低頭看了一眼故作平靜的崔景蕙，遲疑了一下，便將崔景蕙的手握在了手心裡。崔景蕙的手倒不似他見過的世家小姐一樣柔弱無骨，雖細但明顯能感覺到指尖有繭的存在，想是崔景蕙經常做活而留下來的痕跡。

擂臺確實不難找，只要循著人多的地方。二人輕而易舉地尋到了，只是他們終究來晚了，擂臺邊上早已圍了個水洩不通，便是想看，也看不出個所以然了。

索性，崔景蕙便拉了衛席儒去到不遠處的小食鋪子，點了兩碗餛飩吃了起來。逛了好一會兒，還真是有點餓了。

正吃著，卻聽到擂臺那邊隱隱傳來了喧譁之聲，接著便見擁堵的人潮慢慢地四散開來，想是已經得出了擂主。

崔景蕙倒是沒有在意，吃得正高興時，卻聽到一個聲音自不遠處響起。

「好漂亮的宮燈啊！」
「這不是衛公子嘛！難道這盞宮燈是你的？」
本來崔景蕙還沒有在意，只是聽到身後略顯耳熟的女聲，頓時有了一絲不好的預感。抬頭和衛席儒對視了一眼，卻見衛席儒伸手將她推到頭頂上的面具扯了下來，遮住了她的臉。
崔景蕙頓時知曉，在身後喚衛席儒的人是誰了，原本覺得十分可口的吃食瞬間便有些寡淡無味，心情也變得沈悶了起來。伸手將之前放在桌子上的宮燈拿在手裡，隨著衛席儒一道起了身。
有意無意間，衛席儒站在崔景蕙的面前，將崔景蕙的身形遮掩了大半。
「原來是張小姐及幾位公子，衛某有禮了。」衛席儒站起身來，恭敬而有禮地問候了一聲，腳下卻不動聲色地拉開了距離。
「衛公子，我剛還在說，怎麼沒見你陪我表妹一道兒逛燈會，原來是在這裡呀！倒是讓我家表妹念叨了好久呢！」
說話的人，正是上次將她認錯的安珠玉，崔景蕙自是記得。
不過崔景蕙這會兒沒空理會喋喋不休的安珠玉，她的目光完全落在安珠玉身側的女子身上。上一世匆匆相見，她只將這占了自己身分的女子看了個囫圇便撒手西去，哪有這般的好機會可以肆意端詳？
這姑娘確實和自己有五、六分相似，不過和她娘相比，卻不過是像了四分而已，但其面部輪廓倒是和自己一般模樣。可僅僅如此，若說張默真便能將自己認錯，她倒是不信，定然是安顏那女人從中使了什麼計謀才是。

「衛公子，小女子見禮了。」

雖是夜色中，卻無法阻止崔景蕙看到那五、六分相似自己的臉含嬌帶怯、桃面粉裝地望著衛席儒的目光，且行禮之間那種行雲流水般的感覺，不知為何，崔景蕙忽地生出一絲嫉妒來。

她這數十年來，在鄉野田間那是野慣了，別說什麼塗脂搽粉，便是養在閨中那都是不可能的事，所以她這一身肌膚、姿色容貌，還真就是靠天生娘養的。

這女子過的是原本屬於崔景蕙的生活，她剽竊了自己的人生、教養、生活，現在還對著自己的未婚夫眉目含春，這讓崔景蕙如何能心平氣和？

就在崔景蕙愣神之際，只見安珠玉忽然眼珠一轉，計上心頭，拉了身側的兄長、堂弟。「既然見到了衛公子，那表妹就暫且交給衛公子了！若是表妹到時候想要回府，便煩勞衛公子相送一程！」自說自話間，便已經拉著人離開，獨獨留下了張景蕙一個人。

「珠珠，妳怎麼能這樣？」

「我怎麼了？表妹和衛公子都已經訂親了，我這是在給他們製造機會！大哥，你就別糾結了，咱們到鵲橋那邊放河燈去！」

雖人聲嘈雜，但那安珠玉不知是有意還無意地提高了聲音，倒是讓留在原地的幾人將她的話聽了個真切。

崔景蕙明顯看到張景蕙粉了妝面，紅了耳廓。

衛席儒阻止不及，便已經只剩張景蕙一人孤立在此。於情於理，衛席儒也不好將張景蕙就這樣棄於此處不顧，畢竟，這姑娘明面上是和自己訂了婚的女子。但一想到自己身後戴著面具，連面容都無法顯現於人前的崔景蕙，衛席儒卻是更加心疼，這思來想去，一時間倒是冷了場面。

「衛公子，這小廝手中的宮燈還真是漂亮得緊，看起來像極了商譽大師的手法，不知我可是猜中了？」

從訂了親事之後，張景蕙便將衛席儒掛在了心裡，只是娘親念叨著婚期將近，因此一直無緣再見。今日元宵，好不容易得了出府的機會，之前還因著未能見到衛席儒而暗自傷神，如今見了，看到衛席儒這般儒雅俊逸的模樣，只覺一絲甜意湧上心頭。

只是她沒想到，她自以為聰明的搭話，在落音之後，卻看到藏在衛席儒身後那戴著張牙舞爪面具的小廝，一把將原本提在手中的宮燈緊緊抱進了懷中，然後「嗖」的一下，整個人全隱在了衛席儒的身後！這番作態，倒是讓張景蕙臉上原本得體的笑容有了一絲裂痕。

「我這小廝是個啞的，素來認生，還請張姑娘不要放在心上。」

崔景蕙雖然沒有說話，可是隱在他背後的手一直不安生地戳著他的背，便是衛席儒想要忽視也是不能。雖說這張景蕙一而再地提起囡囡手中的宮燈，可這是囡囡喜歡的，他自然不會拱手讓給張景蕙，所以只能裝聾作啞，只當未曾聽見。
只是，張景蕙未能得到擂臺賽的琉璃宮燈已是心有不甘，如今見了喜歡的，且還是在與她定下婚約的衛席儒手裡，她又如何會這般輕易放棄？

「衛……哥哥，蕙蕙很喜歡那盞宮燈，衛哥哥可不可以——」張景蕙臉上的表情忽然軟了一下，她揚起頭，望著衛席儒，完全就是一副撒嬌的模樣。

崔景蕙明顯感到衛席儒的身體一僵，只見衛席儒還不等張景蕙將話說完，便已是開口將張景蕙的話打斷。「很抱歉，張姑娘，這盞宮燈我已經答應給了小景，君子一諾，自然不能反悔。」

「這……」張景蕙見衛席儒一口便拒絕了自己，心中頓時多了一絲惱怒，只是在衛席儒面前，終究不好顯現出來。她側移幾步，看著完全將身形隱於衛席儒身後的小廝，從懷中掏出兩顆金豆子遞到了小廝面前，語氣柔和地說：「小景，我很喜歡這盞宮燈，你只要將它讓給我，這些錢便是你的了。」張景蕙原以為小景會被這金子惑動，卻不想，那小景視她猶如洪水猛獸一般，又往衛席儒的身後躲了躲，便是張景蕙涵養再好，也忍不住生出了一絲怒意。

「張姑娘，今日元宵盛會，既然有緣，不如隨衛某四處走走，不知張姑娘意下如何？」

衛席儒一直注意著張景蕙的表情，一看有所不對，便即刻出聲，將張景蕙的注意力引了過來。

「甚好。我想去鵲橋那邊走走，不知衛哥哥可願意陪小女子同行？」張景蕙只當夜色中無人察覺，狠狠地剮了崔景蕙一眼，這才換上一副笑靨如花的表情，向衛席儒提議道。

「張姑娘，請！」衛席儒這會只希望張景蕙不要再糾結於宮燈之上，倒是沒注意張景蕙說的地方是哪裡。他稍稍別開身，讓開路，和張景蕙相隔半公尺遠的距離，向鵲橋那邊而去。

# 第一百零九章　眾人離京

一路上，張景蕙詩詞歌賦、文曲琴畫一一提及，只是衛席儒興致寡淡，不論張景蕙提及何種，皆是敷衍了事。張景蕙再不濟，也是嬌養了十幾年的世家小姐，自然不會拿熱臉一直貼著人家的冷屁股，等到了鵲橋之時，二人之間已經間隔了一公尺寬的距離，氣氛自然也是一片冷寂。

「衛……公子，不如我們放盞——」張景蕙這會兒心中是又氣又惱，但想著她和衛席儒終究是訂了親的，為了緩和冰冷的氣氛，她咬了咬牙，看著鵲橋之下飄滿了的河燈，抬起小臉，一臉希翼地望向衛席儒，只可惜話還未說完，便被一個清亮的聲音打斷。

「蕙蕙，在這裡！妳怎麼這個時候才過來呀？」

張景蕙側頭一看，便看到安珠玉站在鵲橋上，正一臉興奮地朝她招著手。

「既然已經見到了張姑娘的表親，衛某也就放心了。衛某忽然想起還有些事要處理，就不久陪了。」衛席儒看到安家那眼熟的幾個人，終於鬆了一口氣，朝著張景蕙拱了拱手，隨便說了些托詞，也不等張景蕙反應，便急急忙忙地轉身，落荒而逃。

崔景蕙看著衛席儒這模樣，只覺心中竊喜，哪還注意得到瞬間僵在原地、一臉鐵青的張景蕙。

張景蕙長這麼大，一直順風順水，哪裡受過這麼大的委屈？看著衛席儒越走越遠的背影，她一口銀牙都要咬碎了！

「這衛公子怎麼就這麼走了？」安珠玉看到衛席儒離開，一臉詫異地走到了張景蕙的面前。

「可能是快要科考了，不便在外面多待吧！珠珠，妳別問了行嗎？」張景蕙艱難地扯出一絲溫婉的笑，藏在袖中的指甲卻是掐進了肉裡。

「行！今天好熱鬧，咱們再去別處逛逛！」安珠玉也真就沒放在心上了，拉著張景蕙就往鵲橋上走。

張景蕙心不在焉地聽著安珠玉說話，目光卻不受控制地往衛席儒離開的方向瞟去，心中儼然已經有了主意。

「少爺，你走這麼快幹什麼？不知道的還以為你碰到什麼洪水猛獸了呢！」衛席儒拉著崔景蕙走出好遠，都未曾放緩腳步，還是被他扯著一路小跑著跟在他後面的崔景蕙看不下去了，伸手一把握住衛席儒的手，這才讓衛席儒停了腳步。

「囡囡，妳說什麼呢！妳知道我為何如此。」衛席儒看著再度將面具掀了上去的崔景蕙，一臉寵溺地揉了揉崔景蕙的頭髮。

「我還是第一次看到張家姑娘，長得真是漂亮，而且還懂得這麼多。席哥哥，你有沒有後悔呀？」崔景蕙任由衛席儒的手落在自己的頭上，她仰起頭，目光微閃地望著衛席儒，半真半假地問了起來。

衛席儒看了一下四周，只覺得這不是說話的地方，正好不遠處有一條暗巷，衛席儒拉著崔景蕙進了暗巷，這才有些無奈地說道：「看到張姑娘今日模樣，我只恨當年自己未能護妳周全，不然我的囡囡肯定出落得比她還要出色。」

「席哥哥，你當真不嫌我粗俗無禮、沒有規矩？」崔景蕙還是有些糾結。

衛席儒愣了一下，他終究不是長在汴京的世家公子，因著在縣裡住了十多年，反倒是有些看不慣汴京裡世家小姐千篇一律的端莊儀態了。「若妳這是粗俗無禮的話，那我還真不知道什麼叫閨秀了。」

「席哥哥，我很是歡喜。」崔景蕙又不是什麼無知女子，自然知道衛席儒說得過於誇張了，不過既然衛席儒肯這麼說，那定然是將自己放在心上的，所以，崔景蕙也就不再為難衛席儒了。

「走吧，時間不早了，我送妳回去吧！」衛席儒見崔景蕙不再揪著問題不放，也是鬆了一口氣，伸手牽住崔景蕙的手，便要領著她往巷子外走。

「等一下！」崔景蕙喚住衛席儒。

衛席儒不解地回過頭去，卻見崔景蕙踮起雙腳湊近，在他還未反應過來時，便感覺一股冰冷柔軟印在了唇上。

「轟！」衛席儒只覺得腦袋一懵，在感覺到崔景蕙的唇要離開時，身體早已先於意識行動，他伸手攬住崔景蕙的腰，阻了崔景蕙想要後退的動作，然後低頭，再度擄獲住崔景蕙帶著寒意的唇。

等他意識過來時，才發現自己如狂風暴雨一般，已經掌控住了崔景蕙的呼吸。雖然有些戀戀不捨，但他還是鬆開了崔景蕙的唇。

強自按捺下沸騰的心緒，衛席儒聽著崔景蕙略帶喘息的呼吸聲，握了握拳頭，卻是不敢再去看崔景蕙的目光。

「囡囡，我剛剛……」

「嗯，席哥哥，你不用覺得抱歉，我也很喜歡。」便是滿街的燈火闌珊，可是暗巷依舊暗沈，雖說衛席儒也許看不清崔景蕙的面容，但崔景蕙卻看得清楚得很，所以她根本不願意讓衛席儒感到抱歉。

「囡囡，姑娘家還是不要說這些……唔唔！」衛席儒聽著崔景蕙絲毫不帶半點羞澀的言語，心中的臊意降了下去，只是臉上的無奈卻是多了幾分，說教的話還沒說完，卻不想，崔景蕙已經再度出擊，用嘴堵住了衛席儒接下來的話。

崔景蕙的突然襲擊，讓衛席儒再度睜大眼睛，下一秒，他揚起袖子，將崔景蕙的臉徹底遮擋在懷中。這一刻，他選擇了放縱自己一次，遵循自己心底最本能的反應。

等衛席儒將崔景蕙送回去的時候，已是半夜了，崔景蕙懷著滿腔的甜蜜入睡，自然也不知道，這一夜，張家的府邸出現了巨大的爭吵。

崔景蕙還是後來幾天才從靜姨那裡知道，張景蕙從元宵夜回去之後，便吵鬧著要退了和衛家的這樁婚事，不過卻被張默真狠狠訓斥了一通，並且禁了張景蕙的足，說是在成親之前，都不准張景蕙再出去參加任何宴會。

崔景蕙想也知道，這門親事當初是她娘死前當著她那便宜爹託付給衛家的，如今衛家再度崛起，張默真又不是個傻的，自然是不會做出毀婚的事來。

這事聽到崔景蕙耳裡，也不過當個笑話罷了。她從一開始就沒想讓張家那小姐真的嫁給席哥哥，那張景蕙不過是個狸貓換太子的假貨，憑什麼嫌棄她放在心尖尖上的席哥哥？

不過這會兒，崔景蕙可沒心情搭理這事。正月十八，他們忙活了許久的書齋正式開張了！

這讀書人最愛講禮義廉恥，所以崔景蕙和春蓮她們在開張的這一日並沒有進店裡去逛逛。

反正她早就和衛席儒說了此事，衛席儒也應了當日會帶著友人前去捧場，而且，這書齋裡，她可是放了十本孤本。她問過衛席儒了，這些書在讀書人之中，那可是鼎鼎有名的，只是因為朝代更替的緣故，只聞其名而不知其文。

今日只要此事一傳開來，文諾齋就不怕不揚名於汴京城內。

至於今後的事，她通過衛席儒，直接將信傳到了皇帝那兒。該是她之前獻給皇帝的東西已經有了成效，所以皇帝十分有效率地讓人整理了歷年科考考中進士之人的試卷謄了一份，已經陸陸續續地往她這兒送了。

這恩科在即，她就不信，她這書齋一炮打不紅。

「好了，別看了，咱們回去吧！」崔景蕙站在書齋不遠處，看著不斷有人進到書齋內看熱鬧，心裡也是自豪得很，不過看也看夠了，該回去幹正事了，遂抬手一邊拉一個，將春蓮和崔景蘭兩個挽住，帶著就往回走。

「大妮，不再看看了嗎？我還沒看夠呢！」這可是大妮給她和石頭開的店呢，春蓮這會兒眼睛都恨不得黏在那書齋裡了，怎麼會捨得離開。

「妳想看，什麼時候都能過來，但是現在，妳還是老老實實地跟我回去吧！」崔景蕙笑得一臉燦爛，只是話語中的意思，卻是讓春蓮瞬間垮了臉。

「大妮，那小姐禮儀真不是一般人能學的，我本來腦袋就笨，妳就饒了我吧，就當是我求求妳了！」

打從元宵之後，也不知大妮哪根筋不對了，原本三天打魚、兩天曬網的禮儀學習，竟然變得格外認真了起來，簡直就恨不得一天十二個時辰都黏在教養嬤嬤身後，連帶著她和崔景蘭也遭了殃。

這短短幾天，她簡直就是度日如年，今天好不容易出來透口氣，這氣都還沒喘勻稱呢，就又要回去！她真不明白，一個走路、吃飯的動作，到底有什麼好學的？

「有福同享，有難同當。我可是把妳當親姊妹看待，妳可不能這麼沒義氣啊！妳看看人家蘭姊，從頭到尾都沒說一句抱怨的話呢！」崔景蕙看著春蓮嚇得瞬間煞白的小臉，卻根本沒想過要放過春蓮。這禮儀學起來可比她想的要難得多，她不拉個墊背的，哪裡還學得下去？

「我也就只能陪妳們這幾日了，等到下月開了春，我便要回大河村了。」崔景蘭這段時間不知為何，倒是沈默居多，這會兒聽到崔景蕙的話，也只是露出一個淺淺的、有些漂浮不定的笑。

崔景蕙最近一直在忙活自己的事，確實是忽略了這茬，這會兒聽了崔景蘭的話，臉上的笑容倒是淡了下來，也不知道是否因為說到了大河村的關係，一時間氣氛倒是靜了下來。

三人沈默著走了一段路，崔景蕙忽然停了下來，然後鬆開了春蓮和崔景蘭的手。

「大妮，怎麼了？」春蓮一臉不明所以地看著崔景蕙。

「便宜妳這傢伙了！這些日子，妳且和三爺陪著大夥兒在汴京內四處轉轉吧！這來了咱們祁連的京城，可不能啥都沒看就回去是吧？把該看的、該玩的，都玩了，等到時候回大河村了，也不至於留下遺憾！蘭姊，妳說是吧？」

就這麼一會兒工夫，崔景蕙已經打定了主意，等會兒再去尋衛席儒，找個識路的。這汴京雖然來了不少日子，可汴京城大著呢，光由春蓮和三爺領著，定然是玩不盡興的。

說到玩，春蓮立即一掃之前的頹廢勁，眼睛都瞪圓了，一臉的興奮。「太好了！我早就想出去逛逛了，就是石頭哥和姑婆不讓！」

崔景蕙狀似一臉不耐煩地揮了揮手。「妳出門出得還少呀？行了，妳和蘭姊都不用去學禮儀了！都別在我眼前礙著眼了，想去哪兒玩就去哪兒吧！不過可說好了，別走遠了，知道嗎？」

「知道了！我會照顧好蘭子的！」春蓮直接拉著崔景蘭就要走。

「大妮，我並沒有，我其實能留在家裡——」崔景蘭被春蓮拖著，卻是頻頻後顧，一臉糾結地望著崔景蕙。

崔景蕙直接打斷了崔景蘭含糊不清的話。「蘭姊，去玩吧！回了大河村成親之後，便是想玩也不一定有這個機會了。去吧！」

崔景蘭向來是個沒主見的，既然崔景蕙這麼說了，她也就不再爭辯了，跟著春蓮的腳步去了。

崔景蕙看著二人的身影消失，這才進了巷子。

如崔景蕙預想的一樣，因為用了活字印刷的技術，所以文諾齋的書籍定價本來就比其他書齋要便宜得多，而且還有限量的孤本鎮場子，生意自然是不錯。

到了二月，提前趕到汴京來參加恩科的學子越來越多，崔景蕙又適時地推出了歷年科考的卷子，文諾齋這個新開的書鋪，便徹底在讀書人中出名了起來。

不過，崔景蕙倒是沒關心這個，因為她實在是沒有精力了。為了能配上衛席儒，不讓自己以後鬧出笑話來，這段日子崔景蕙睜開眼便是禮儀，就連睡覺夢到的也是禮儀。

而春蓮這段時間也是野得見不到人了，應該說，一個院子裡這老的、小的，全都被春蓮扯出了門，哪裡好玩就往哪兒去，崔景蕙就連團團都好幾日未曾看到了。

離別的日子總是這麼快，當枯黃的大地點綴上稀稀落落的嫩綠時，崔景蘭和幾個小的離京的日子也提上了議程。

就連崔景蕙也在百忙之中抽出時間，聯繫了汴京一家鏢局，護送崔景蘭他們幾個回去，因為虎子跟著石頭做著書齋營生，是不打算回去了，榔頭更不用說了。這來的時候是一大幫人，回去的時候就只有婦孺和稚子，這讓崔景蕙如何能放下心來？

安大娘知道崔景蕙請了鏢局護送，也表示想要回去看看。崔景蕙衡量了一下便應下了，有三爺和安大娘兩個長輩在，她終究還是放心一些的，最多就是讓鏢局跟車慢點走，她多付點銀子便是了。

離別的日子稍轉即到，在一日清晨，送別了一大幫老老小小之後，原來熱鬧的院子瞬間冷清了下來。

因著眾人離去的原因，春蓮好幾天都是怏怏的，幹什麼都提不起勁兒來，崔景蕙索性讓春蓮暫且去了劉嬸那兒，有石頭娘陪著，再加上石頭每日勸慰，想來也會慢慢高興起來的。

崔景蕙則依舊跟著教養嬤嬤繼續學規矩，這學了有些日子的禮儀了，就算是在世家小姐面前，也能糊弄一陣了。教養嬤嬤也不像之前那樣，整日只拿一雙眼睛盯著崔景蕙。

這日，崔景蕙從衛府回來，進到屋子裡，沈嬤嬤看到崔景蕙回來了，不禁鬆了一口氣，拿了一張請帖遞給了崔景蕙。

「這是長公主府那邊送過來的，由春小姐接生的那個孩子後天百日宴，送了帖子過來，想讓春小姐參加，就連衣服都送過來了。」之前春蓮因為怕失禮，一連拒絕了長公主府幾次帖子，那時崔景蕙也不在，所以沈嬤嬤也不好作主，如今崔景蕙回來了，春蓮那孩子一向聽小姐的，沈嬤嬤自然而然便想到了由小姐來決定。

「春蓮知道這事了沒？」崔景蕙沒有說去不去，而是轉而問了春蓮。這請帖上著重寫了要請春蓮過去，這事她也不能擅自幫春蓮作主。

「春小姐還不知道呢！要不要奴婢去請她過來？」沈嬤嬤之前已經去找過春蓮了，只是沒碰到，這會兒已經是黃昏了，想來春蓮也該回來了。

「好，那就麻煩沈嬤嬤走一趟了。」崔景蕙點了點頭，看著沈嬤嬤出了院子。

兩處租的院子都在蜀南路上，隔得也並不是很遠，所以沒一會兒，沈嬤嬤便領著春蓮進了院子。

「大妮，沈嬤嬤說妳找我，是有什麼事嗎？」這幾日，日日與心上人相處，春蓮倒是恢復了開朗的性子，一進門還沒到近處，聲音便先傳了過去。

「是有事。這是給妳的，可知道是什麼？」

春蓮雖然不識幾個大字，可這請帖她都收了好幾回了，便是不知道裡面的內容，也知道是誰送過來的。看著那喜慶至極的紅帖，上一秒還喜逐顏開的臉，下一秒便成了苦大仇深了。

「這個怎麼又來了？大妮，好大妮，這種場面哪裡是我這種鄉下人能去的？反正我去了也是出醜，妳就給我推了吧！」這些日子她在汴京可沒閒著，經常出去逛，自然看到了那些個高門女子的作態，也知道了這長公主是什麼人，那可是皇帝的親戚哪！這迎來送往的，哪一個不是貴家女子？她去參加，定是會受到那些人嘲諷的。

「推了？人家參宴的衣服都給妳送來了，妳不去，豈不是駁了長公主府的面子？這要是長公主府怪妳不識抬舉，落罪下來，我們這些個小命可就全賴妳身上了。」崔景蕙看著被沈嬤嬤端出來的兩套新衣裳，一看布料便知非凡，只怕這次若還是不去，恩就要變成仇了。

「那可怎麼辦呀？我可不想死啊！大妮，妳快想想辦法吧！」春蓮原本將所有的希望都寄託在崔景蕙的身上，見崔景蕙這麼說，頓時嚇得臉上血色俱無，惶恐著一張小臉，抓著崔景蕙的襖子，完全無措了。

「瞧妳這沒出息的樣子！」崔景蕙瞥了一眼春蓮，將送來的衣服攤在春蓮的面前，然後抬了抬下巴。「看明白了沒？」

「兩套，這也不是我的尺寸呀！」春蓮不明所以地嘟囔著，忽然眼前一亮，扭頭望向崔景蕙。「大妮，妳也會陪我去的，對不對？」

「這衣服都送來了，我還敢不陪妳去嗎？今明兩天，妳就住回我這兒，臨時抱抱佛腳，免得到時候去了人家的宴會，闖出個什麼岔子來，我可擔待不起。」

「我知道了。我就曉得大妮妳會陪我的，這下我可就放心了！」聽到崔景蕙也去，春蓮頓時長長地吁了一口氣，覺得參宴這種事似乎也沒什麼可怕的了。

「去和妳家石頭說一聲，免得人家擔心。」

送走了春蓮，崔景蕙獨自思量了一番，交代沈嬤嬤收了衣服，便直接上了衛府。

這事她得和靜姨商量一下才行。

# 第一百一十章　二人赴宴

巧的是，靜姨也收到了帖子。

聽到對方都能去，兩人倒是歡喜了一陣，只是歡喜過後，崔景蕙又多了一層顧慮。

「靜姨，只怕後日安家和張家也會去，靜姨那日且裝作不認識我便是。不過我有一閨中好友，便是替長公主府接生的人，她不識得這些繁複的規矩，靜姨到時候幫我好生照看著可行？」

不能讓安家和張家的人懷疑自己的身分，所以屆時不便和靜姨靠得太近，不過她也是第一次參加這種宴會，心裡也是沒有底，倒不如將春蓮託付給靜姨，想來到時不用處處顧全春蓮，就算是碰到些什麼，她也好方便行事。

「囡囡，妳放心好了，妳那閨友可是對長公主有恩之人，想來長公主府自會看顧一二，到時候我也會替妳注意的，定不會讓妳那閨友出了岔子。」

「那我就放心了！」崔景蕙鬆了一口氣地往靜姨的方向靠了靠。

靜姨伸手將崔景蕙環在懷中。「囡囡，我知道妳是個聰明的，到時候若真是碰到那兩家子，妳不用顧全著臉面，她們都不要臉了，妳又何必給她們臉？只管懟回去！若真是鬧到了不可收拾的地步，有靜姨在呢，可千萬不能讓她們欺負了去。」

「靜姨，這個您就不用擔心了，我自己能夠對付。若真對付不了，我不還有靜姨您嘛！」

靜姨說得鄭重，崔景蕙自然應得也鄭重。

「妳這妮子！行，靜姨信妳！對了，嫁衣那邊已經快要繡好了，等參加宴會回來應該差不多了，到時候我接妳過府來試試如何？」

提到嫁衣，自然便想到了婚禮，崔景蕙卻是毫無羞澀之意地點了點頭，一副落落大方的模樣。「好，到時候靜姨可定要告訴我，我早想著過過眼癮了。」

「可憐的孩子，倒是委屈妳了。」

「靜姨，我雖然委屈，可到時候，我會將加諸在我身上的委屈全部都還回去的。」她早就已經想好了，既然當初安顏那女人用了李代桃僵，留了個假景蕙在府邸，到時等科考結束之後，陛下便會給她和席哥哥賜婚，她也還他們一個李代桃僵！屆時她倒要看看，張家和安家鬧的這個笑話該如何收場？

又和靜姨閒話了一陣，直至天色漸轉黃昏，崔景蕙這才離了衛府。

長公主府知道春蓮不過是平民出身，考慮自是周全，兩日後的一大清早，一輛馬車便駛進了蜀南路內，停在崔景蕙他們住的院子外。

幸好崔景蕙他們早已起身，這個時候倒不至於讓車夫久等。讓沈嬤嬤在家裡帶著團團，崔景蕙和春蓮以及教養嬤嬤便登上了馬車，由著車夫駛往長公主府。

一進長公主府，春蓮就像是劉姥姥進了大觀園一樣，眼花撩亂，看看這樣，瞅瞅那個，只覺得一雙眼睛都快用不過來了。

崔景蕙看到春蓮這個模樣，又是好氣，又是好笑，暗自伸手拉了拉春蓮的衣袖，低聲說道：「春兒，收著點，別四處亂瞟。」

「喔！大妮，長公主府好漂亮啊！要早知道長公主府長這樣，我早就過來了！」這女孩子嘛，對漂亮的東西總是沒有抵抗力，春蓮雖然聽了崔景蕙的話，收斂了些，可是這眼睛還是不受控制地打量著周圍的景致。

「小姐，慎言！」跟在春蓮後面的教養嬤嬤，古板的臉上閃過一絲無奈。她見過各色的大家閨秀，可像春蓮這樣脫跳不長記性的，實在是少得很。

「嬤嬤，我知道了，妳可別再訓我了！」春蓮一聽到教養嬤嬤的聲音，便立刻苦了臉，顯然這兩日在教養嬤嬤手裡吃了不少苦。不過，這話倒是管用了。

一路穿堂過院，領路的婢女直接將崔景蕙和春蓮帶到了後院的清雅閣之中。「夫人，安姑娘來了！」

「春蓮姑娘，我家夫人可算是把妳給盼來了！」春蓮一進屋子，一個面熟的老嬤嬤便已經笑臉迎了上來。

「奚嬤嬤，妳這樣說，我可就不好意思了，我也沒幫上什麼忙，不值得夫人惦記。」春蓮憨憨地說，有些不好意思地對著奚嬤嬤笑了一下。待看到坐在上位的陳夫人，此刻手裡正抱著個白胖小子。「這才幾個月沒見，小公子長這麼大了呀？長得可真好看！」春蓮直接湊了過去，看著陳夫人懷中正在酣睡的小子，忍不住伸手碰了碰孩子的臉。

陳夫人也不嫌棄，任由春蓮摸了幾下之後，還將孩子往春蓮的方向送了送。「春蓮，要不要抱一下？」

春蓮確實想抱，手都伸出去了，卻想到來之前崔景蕙已叮囑過自己行事要謹慎，不禁有些訕訕地收回手，扭頭看了崔景蕙一眼，見崔景蕙朝她搖了搖頭，春蓮頓露出一絲不好意思的笑容。「陳夫人，算了，我不抱了。這個是我給小公子準備的見面禮，我也沒什麼錢，希望夫人您不要嫌棄。」

春蓮從懷裡掏出一把銀鎖遞到了陳夫人的面前，銀鎖雖然小巧，可卻勝在別緻精巧，一看便知道這下了心思。

「春蓮，妳可千萬別這麼說，這孩子能得妳這恩人的一份禮，便已是有福了。」陳夫人也是和善，當著春蓮的面，便將銀鎖掛在了孩子的身上。

正說著，就見一個俏麗的婢女走進屋來，對著陳夫人行了一禮。「少夫人，護國公府裡來人了。」

作為今日宴會的重要人物，陳夫人自然不能將所有的時間都耗在春蓮身上，她歉意地看了一眼春蓮，然後朝奚嬤嬤吩咐道：「奚嬤嬤，今日妳便隨在春蓮姑娘身旁，別讓人衝撞了去。」

「夫人放心，老奴今日定不離春蓮姑娘半步。」奚嬤嬤恭敬地點了點頭，然後走到春蓮的身側。「春蓮姑娘，讓老奴領妳隨處看看府裡的景致如何？」

「麻煩奚嬤嬤了！」學了幾天規矩，春蓮倒也是知趣，退回到崔景蕙的身邊去，挽住了崔景蕙的胳膊，望向了奚嬤嬤。

奚嬤嬤會意，走在前頭，領著春蓮和崔景蕙出了院子。「今日府裡的桃花開了，春蓮姑娘，可想去看看？」公主府以一府邸之名，整整占了一街的規模，裡面亭臺樓閣自然是少不了的。如今正是開春之際，府裡的桃花也開了。

「我想去看看！大妮，我們一起去？」春蓮對這公主府裡什麼東西都是好奇得很，聽奚嬤嬤這麼一說，自然是想要去看看的。

「那就過去吧！」崔景蕙也不願掃了春蓮的興致，反正今天她只是陪襯，便應承了下來。

「春蓮姑娘、崔姑娘，這邊請。」奚嬤嬤領著二人便去了桃花園。

「這麼多桃花，好漂亮啊！」大河村雖然也有桃花，但不過是寥寥數棵罷了，自然不像公主府裡，一種便是一個園子，一眼望去，紅粉相錯，漂亮得緊。

春蓮鬆開崔景蕙的手，率先衝進了院子裡，在桃樹林裡穿梭著，極為歡快。

「嬤嬤，此處可有暫歇的地方？」崔景蕙這幾天剛好來了小日子，不便和春蓮一道兒折騰。

「崔姑娘，請這邊來。」來者皆是客，既然崔景蕙提了要求，奚嬤嬤自然不能忽視，她看了一眼玩得自在的春蓮，這才向一處帶路。

奚嬤嬤不放心春蓮，這種心情崔景蕙卻是更甚，她在開步的時候，便朝春蓮招了招手。「春兒，這邊來！」

「來了、來了！大妮，妳也跟我一道來玩吧！」春蓮興沖沖地跑了過來，拉著崔景蕙的胳膊就要往桃樹間竄，但還沒走，便被崔景蕙給拉了回來。

「妳忘了？」

被崔景蕙這麼一提，春蓮頓時想起來了。這幾天她與崔景蕙日日待在一處，自然知道情況，她有些不好意思地看著崔景蕙。「我一高興就忘了，大妮，妳沒有不舒服吧？」

「我沒事，不過妳先別跑，跟著我來。」崔景蕙搖了搖頭，拉著春蓮，示意奚嬤嬤帶路。

歇腳的亭子並沒有很遠，眾人進了亭子之後，崔景蕙才剛坐下，便見春蓮一臉迫切地要往外衝，只能囑咐道：「春兒，我且在這亭子裡歇息一會兒，妳玩可以，但記住一點，不可離開此處太遠，知道了嗎？」

「知道了，大妮！我不會走遠的，妳放心便是！」聽到崔景蕙的應允，春蓮頓時喜形於色，朝崔景蕙招了招手，就往亭子外面衝了去。

「奚嬤嬤，可要去跟著？」亭子裡備了點心熱茶，崔景蕙給自己倒了一杯茶，看到奚嬤嬤並沒有跟上，倒是問了一句。

「老奴這把老骨頭，倒是跟不住了，也就只好在這裡躲躲懶了。」奚嬤嬤立在旁邊，笑著回道，只是目光卻時不時瞟在不遠處的春蓮身上，顯然也並不曾放下心來。

崔景蕙見奚嬤嬤這麼說，回頭望向了身後自己帶過來的教養嬤嬤。「嬤嬤，春兒那丫頭就麻煩妳去看著了。」

「是，小姐。」一來之前，教養嬤嬤便知道這次主要要注意的便是春蓮那丫頭，如今放任春蓮在這園子裡亂竄，若不看著點，還真不放心。

崔景蕙見教養嬤嬤追了春蓮而去，心裡倒是安了幾分。有教養嬤嬤看著，想來便無礙了，只是回頭卻看奚嬤嬤臉上的笑容變得有些勉強，心中一轉，自然明白了。

「奚嬤嬤，見笑了！春兒和我自小一起長大，她性子跳脫了些，這高門之內規矩甚多，不管衝撞了誰，吃虧的都是春兒，所以我才不放心了些，還望奚嬤嬤體諒。」

崔景蕙笑臉迎人，倒也讓奚嬤嬤下了臺階。「倒是老奴忽視了！」

崔景蕙見此，也不再說話，只在亭中打量著外面的景色。

只是，這人啊，往往是怕什麼就來什麼。

「道什麼歉？又不是我撞到了妳，憑什麼讓我道歉呀？要道歉也是妳給我道歉！」

崔景蕙只聽得遠處傳來一絲喧譁聲，接著便聽到春蓮薄怒的聲音從遠處傳來。她抬頭看了奚嬤嬤一眼，見彼此臉上都多了一絲凝重。「嬤嬤，我們過去看看。」

「老奴也正有此意。」

崔景蕙當下便出了亭子，直往聲源處而去。

「就憑我家小姐是當朝太傅之女！妳算個什麼東西，還想讓我家小姐給妳道歉？也不看看自己長啥樣！」

「太傅就了不起了？太傅能當飯吃嗎？妳憑什麼瞧不起人啊！」春蓮在外面可是從來不輸了氣勢的。

等崔景蕙趕到的時候，便見到春蓮插著腰，伸手直戳著她面前一個丫鬟模樣的姑娘，戳得那人連連後退。

「放肆，竟敢誣衊當朝重臣！」

只見得又一個嬤嬤走上去，喝斥了春蓮一句，接著揚起手來，一副要掌嘴春蓮的模樣。

崔景蕙這還如何忍得？這會兒也顧不得端莊儀態了，提起裙子快跑幾步，衝到了春蓮身旁，一把將春蓮扯到自己身後，另一手揚起，抓住了那隻要掌摑春蓮的手，同時一抬腳，直接踹在了那人肚子上，然後鬆手。

崔景蕙下手是沒留半點情面的，那嬤嬤根本沒想到真有人這麼大膽，也不防崔景蕙倏地鬆手，這一腳之下，那嬤嬤身形往後踉蹌了幾步，眼看就要撞上身後的小姐，哪知，小姐見此，下意識裡往一側挪開幾步，嬤嬤後面沒了倚靠，身形不穩之下，頓時跌坐在了地上。

「春兒，沒事吧？」春蓮看都沒看對面的人一眼，轉而望向了被自己護在身後的春蓮。

「我沒事。大妮，她們也太不講理了，明明就是自己沒看路撞了我，還要我道歉；我不道歉，居然還想動手！」春蓮一看到崔景蕙，心裡頓時就有了底氣，她在崔景蕙身後，狠狠地瞪了一眼之前和她鬥嘴的丫鬟，完全就是一副有恃無恐的模樣。

「我知道了，這件事交給我處理。」崔景蕙點了點頭，將春蓮推到奚嬤嬤身邊。「奚嬤嬤，幫我看著點春兒。」

「是，崔小姐。」奚嬤嬤倒是沒承想，這看起來悶不吭聲的崔景蕙，在春蓮遇到事了，竟然會這般沈著冷靜，所以在聽到崔景蕙的吩咐時，下意識便應承了下來。

崔景蕙來的時候，第一眼便認出被丫鬟環繞中的女子是誰了。張默真的「女兒」，替代自己的冒牌貨。

崔景蕙自然不會管這張景蕙是不是無辜，只一條占了自己的身分，那她們之間勢必便是敵對關係，所以根本就沒有什麼好商量的，崔景蕙上前，直接一巴掌就甩在了之前和春蓮鬥嘴的丫鬟臉上。

啪！「妳又算什麼東西？不過是別人面前的一條狗罷了，有什麼資格在春兒面前吠？」

「妳、妳！我可是太傅府裡的！妳打我，妳竟然敢打我！」她從來都是被人捧著的，哪受得了這般責罵？恨恨地瞪了崔景蕙一眼，後退幾步，走到自家小姐面前就告起狀來了。

「小姐，您可要為奴婢作主啊！」婢女滿心的憤恨，自然也就沒注意到這會兒張景蕙臉上的震驚。

張景蕙看著崔景蕙那張與自己相似的臉，心中疑惑叢生。「妳是誰？為什麼我從來沒有見過妳？」

「一個妳不認識的人而已。妳既然是太傅家的小姐，想來也是識得規矩的，難道你們太傅家的家規便是仗勢欺人嗎？」崔景蕙淡淡地瞟了一眼張景蕙。

她那目光中的鄙夷，直戳得張景蕙臉色臊紅。這人說話怎麼這麼直接？哪有在別人家當眾說人沒教養的！「還望小姐見諒，是我馭下不嚴，我在這裡跟小姐賠個不是，望小姐不要和我家婢子一般見識。」張景蕙雖然心中不忿，可也識得分寸，既然已經落了下乘，那倒不如乾淨索利地承認下來，也好博得個好印象。

「春兒，過來！」崔景蕙看著張景蕙低頭的模樣，伸手往後招了招春蓮。

「大妮，什麼事？」春蓮一臉不明所以地湊了過來。

「站在這兒！」崔景蕙將春蓮推到自己前面。「張小姐，妳該道歉的人是她。」

「我家小姐金貴著呢，怎麼可能跟妳們這種泥腿子道歉！」剛剛被崔景蕙甩了一巴掌卻是半點都沒長記性的婢女，再度湊了上來。

「翠翠，閉嘴！」張景蕙的臉上終於變了變，朝一再維護自己的婢女喝斥了起來。

「小姐！」翠翠一臉委屈地看著張景蕙。

「這位姑娘，是我走路不小心撞了妳，希望妳不要生氣。」張景蕙眼睛帶著微微的泛紅，朝春蓮屈了下身，似受到了極大的委屈一樣。

「也沒什麼大事，我就是氣不過而已。大妮，算了吧？」讓一個高門大小姐向自己道歉，實在是讓春蓮覺得自己有些受不起。她看著崔景蕙，憨憨地笑了一下，然後伸手欲要去撓頭髮，卻被崔景蕙伸手一把抓住，春蓮頓時明白過來，有些不好意思地放下手，然後識趣地往崔景蕙的身後躲了躲。

「走吧，這裡有了不識趣的人，我們還是到別處去看看吧！」崔景蕙伸手將春蓮又拉了出來，拽著人就往來路走去。

只是，人還沒有走出幾步遠，便聽到一個蒼老的聲音從背後響起——

「站住！我的外孫女，豈是能讓妳這般欺辱的！」

崔景蕙站定，冷笑了一聲，這才剛搞定小的，沒想到老的就來了。

# 第一百一十一章　心生惡念

崔景蕙扭頭看了一眼奚嬤嬤，低聲道：「奚嬤嬤，妳且帶著春蓮去宴會上，想來衛夫人應該會喜歡春兒的。」

「崔姑娘，這來的是安家大夫人，還是不要與之對上為好。就由老奴出面周旋幾句，想來安大夫人看在長公主府的面上，不會為難姑娘的。」長公主府裡調查過崔景蕙，自然也知道崔景蕙不過是因為戰亂而逃到汴京的，這勢單力薄的，如何可以頂得住安家的權勢？倒不如由她出面，還能周旋一二。

「奚嬤嬤，不必了，我和安家之間的事，是你們長公主府也插手不了的。既然妳家夫人讓妳照看好春兒，那妳聽命便是了。」崔景蕙一口便拒絕了奚嬤嬤的提議。

奚嬤嬤想了想，朝崔景蕙稍稍彎了下腰，然後便要領著春蓮離開。

「大妮，妳能搞定嗎？」春蓮看到來了一大幫人，極其不放心地望著崔景蕙。

「怎麼，妳還信不過我？」崔景蕙朝春蓮笑了一下，一臉篤定的模樣，倒是讓春蓮安下心來，跟著奚嬤嬤走了。

「妳們不許走！」後面又傳來一聲喝斥阻止聲。

「怎麼，腿長在我腳下，難道還要聽妳吩咐不成？」崔景蕙朝春蓮揮了揮手，然後回頭，看著身後男男女女一大幫人，冷笑了一下，臉染寒霜，語帶諷刺。

「甄甄，是妳?!不，這不可能！妳是誰？」那保養得猶如中年女子的婦人原本一臉怒氣，在看到崔景蕙的面容時，猛的驚叫出聲，可是隨即又醒悟了過來。若是安甄還活著，現在也應該和安顏差不多年紀，怎麼可能會是這般的少女模樣？

「妳覺得，就這樣敞開了和我說話，合適嗎？」崔景蕙微抬下巴，一臉睥睨地望著那氣勢威嚴的婦人，並不輸她半分。

那婦人心中一動，想起了埋藏在記憶中的一段久遠往事，她抬頭看了一眼張景蕙，然後再將目光落回了崔景蕙身上，心中儼然已經有了猜測。「蕙蕙，前面的宴會已經開始了，妳先過去吧，我有點事要和這位姑娘說一下。你們也跟蕙蕙一起去。」

「是，祖母！」

「是，夫人。」

那婦人看著眾人離開之後，這才對著崔景蕙開了口。「妳是甄甄的女兒吧？倒是不承想，一轉眼這麼多年，妳竟然這麼大了。我是妳外祖母劉氏，妳可還記得？」劉氏這話，有幾分試探，也有幾分猜測。

「這日日在身邊看著的能長大，我這野草天生的，就不能長了嗎？還有，外祖母？我怎麼記得我外祖母已經仙逝好幾年了，妳又是哪門子的親戚？」崔景蕙對這劉氏可是半點好臉色都無，畢竟安顏那女人可是這婦人的女兒，想也不用想，便知道這劉氏是站在哪一邊的。

既然是敵人，那就不需好顏色對待了，免得嘔了自己，舒坦了別人。

劉氏對崔景蕙這般諷刺之言絲毫沒有半絲不悅，她堆著一臉和藹的笑容走到崔景蕙的面前，伸出手便要去拉崔景蕙。

崔景蕙厭惡安家人還來不及，怎麼可能讓劉氏碰她？自然是往後退了幾步，避開劉氏的碰觸。

劉氏見此，也不以為尷尬，反而感嘆了一句。「蕙蕙，妳千萬別這麼說，外祖母也是看妳長得和堂姪女甄甄神似，這才心生感嘆罷了。這些年過得可好？何時來汴京的？既然妳記得幼時的事，怎麼不到安家去尋我們？」

「尋你們？好讓你們趕緊殺我滅口，用來遮掩你們當年做下的蠢事？劉氏，妳既然認為我還記得當年之事，又怎麼會覺得我會蠢到自投羅網來妳安家送死呢？」

崔景蕙的話是句句帶刺，可劉氏終究不同於草莽婦人，這涵養功夫自是不同，只見她微微一挑眉，臉上帶著一絲詫異，語氣中明顯有疑惑之色。「蕙蕙，妳怎麼會這麼想呢？當年妳顏姨在元宵之夜弄丟妳之後，那是急得舊疾復發，我們安家也是盡心尋找，只可惜天意弄人，實在是不知那拍花子將妳弄往了何處？」說到這兒，劉氏感嘆一句，看了一眼崔景蕙無動於衷的表情，又接著說起了陳年往事。「妳也知道妳顏姨身體不好，不利子嗣，而且這才剛剛成親，不到一年光景便出了這麼大的事，若是讓張大人知曉，他們夫妻之間該如何自處？外祖母也是實在沒辦法，這才讓人尋了和妳長得有幾分相似的媛媛，想要將此事暫且瞞了下去。蕙蕙，事情便是這樣。我們沒有放棄尋妳，這些年，我們可謂是將這汴京周圍的城鎮皆尋了個遍，可是依舊沒能尋到妳的訊息。如今真是老天開眼，總算讓我碰到妳了！告訴外祖母，這些年來，妳是怎麼過來的？」劉氏說到動情之處，更是眼眶泛紅，忍不住掏出手絹擦了擦眼淚。

「這番說辭，我早已在安雲舒那裡聽過一次了，怎麼，難道還要我感恩戴德，痛哭流涕嗎？至於過得怎麼樣？想來妳應該看過流民、乞兒吧？承蒙妳和妳家那女兒的照顧，我十幾年來過的便是這般的生活，妳聽了可是滿意了？」

崔景蕙說完之後，明顯看到劉氏的表情一僵，而且還帶著一絲不相信。

「怎麼會這樣？蕙蕙，妳是不是誤會什麼了？」

「妳想知道？去問妳那個好女兒吧！對了，還有一件事，麻煩妳老人家親自轉告妳那好女兒，封不山已經死了，她想來也活不長了！等她死的那一刻，我定然會去張府外面看著的，畢竟張家祖墳我爹身邊的那個位置，可是我娘的，可不能讓某些人鳩占鵲巢了去！」崔景蕙也失了耐心和這人磨磨唧唧了，隨口丟下一句狠話，便轉身要離去。

「蕙蕙！妳真的不打算回去嗎？」劉氏看崔景蕙要走，急忙又問了一句。

「妳放心好了，我這一輩子絕對不會再踏進安家和張家的門，便是張默真親自來求我，我也不會認祖歸宗的！妳可是滿意了？」崔景蕙回頭，一臉嘲諷地看了劉氏一眼，然後不給她任何說話的機會，直接轉身而去。

等到了桃花園門口，卻不想春蓮和奚嬤嬤都等在那裡。

待看到崔景蕙的身影，春蓮頓時一臉焦急地迎了上來。「大妮，妳沒事吧？」

崔景蕙看到春蓮，頓時緩和了臉上的冷色，伸手捏了捏春蓮的臉，一臉輕鬆地說道：

「我能有什麼事？走吧！難得來一次，不提這些不開心的事了，就讓奚嬤嬤領咱們好好逛逛吧！」

「嗯，走吧！剛剛奚嬤嬤說，宴上有好多好吃的，我可是等不及了！」春蓮一臉興奮地點了點頭，拉著崔景蕙，由奚嬤嬤領著往宴會那邊而去。

宴會確實是熱鬧不已，可崔景蕙卻沒了心思。

春蓮是個心大的，有好吃、好玩、好看的，倒是瞬間便忘了之前的不快。

在宴會之上，崔景蕙雖然看到了靜姨，可是為免引起他人的懷疑，所以並沒有靠近。

結束之後，崔景蕙讓春蓮回了石頭那兒，自己則衣服未換便去了衛府。

「囡囡，妳怎麼這個時候來了？吃過飯了嗎？我讓人去準備。」靜姨也是剛回來沒多久，見到崔景蕙還有些詫異，不過卻是習慣性地拉著崔景蕙寒暄了起來。

「那今晚我就在靜姨這兒蹭飯了！對了，席哥哥在書房嗎？我有點事想要和他商量呢！」崔景蕙只覺心裡暖暖的，笑著點了點頭，應承下來，轉而問起席哥哥的去處。自元宵燈會之後，也不知道席哥哥是害羞還是怎麼的，便一直避著自己，崔景蕙本想著他馬上就要科考了，既然不願見自己，那自己便等著，可如今出了意料之外的事，她只能來找席哥哥了。

「在呢！要我派人送妳過去嗎？」靜姨頓時一喜，這兩小可是有好些日子不曾相見了，她還以為他們之間鬧矛盾了呢！如今既然囡囡肯見她家那小子，想來應該就沒什麼大事。

「不用了，我自己過去便是。」崔景蕙擺了擺手，和靜姨揮別之後，便徑直去了前院的書房。

「小姐！」守在書房門口的小廝向崔景蕙行了一禮。

「嗯，我能進去嗎？」崔景蕙指了指門口。

那小廝頓時面露遲疑之色，卻見崔景蕙一臉若有所思地點了點頭，然後便直接推門而入，在他反應過來之前，門已經再度掩上。

「小奇，我不是吩咐了不要……囡囡？妳怎麼來了？」衛席儒聽到開門聲，還以為是小廝，只是一抬頭看到的卻是崔景蕙，不由得愣了一下，臉上也帶著局促。

「席哥哥，我有事要找你。」崔景蕙卻當什麼都沒有看見一般，走到書桌旁，將衛席儒手中的書抽了出來。「我今天見到安家劉氏了，她知道我的身分了。」

「怎麼會這麼不小心？」說到正事，衛席儒立即表情一凝，微微挑了下眉。

「沒辦法，這張臉便是讓人不懷疑也難。席哥哥，我怕他們使壞，我該怎麼辦？」崔景蕙伸手摸了摸自己的臉，她的臉太像娘了，劉氏和她娘在一處生活過幾年，自然容易看出端倪來。

衛席儒想了想，心中儼然已經有了主意。「這事我會和大哥商量的，妳別擔心，只要有我在，定不會讓人欺妳半分。」

「有席哥哥這句話，我也就放心了！」崔景蕙點了點頭。有了衛席儒的保證，崔景蕙從心底安下心來。

「囡囡，妳今天很漂亮。」崔景蕙身上穿著的還是參宴的衣服，面容也是經過修飾的，這一眼望去，確實和之前未施粉黛的模樣有所不同。

「席哥哥，喜歡嗎？」崔景蕙聽到衛席儒的誇獎，頓時喜盈盈地湊到了衛席儒的面前，以便衛席儒能看得更清楚一些。

「不管囡囡是何模樣，我都喜歡。」衛席儒再度覺得喉頭有些發緊，不知道為何，從元宵那日，他唐突了崔景蕙之後，再見崔景蕙，總覺得有些不一樣了，便是如今崔景蕙這般模樣，他竟然連直視都不敢了。

「不管席哥哥是何模樣，我也很喜歡。」崔景蕙看衛席儒彆扭又害羞的模樣，頓時生出了一絲惡趣味的念頭。果然，當她話一說完，便見衛席儒的耳廓處染上了一抹緋紅，崔景蕙不待衛席儒反應過來，便隔著書桌湊了過去。

「妳……」已經被崔景蕙突襲了一次，這次衛席儒倒也沒像第一次那樣懵住，不過是愣了一下，便已然伸手按住了崔景蕙的後腦勺，然後加深了這個吻。

良久，崔景蕙才呼吸不勻地推開了衛席儒，後退了兩步，眼中閃過一抹狹促的笑意。

「席哥哥，你喜歡嗎？」

「囡囡，下次不可如此。」衛席儒這會兒其實也有些氣息不穩，他雖貪戀崔景蕙的味道，可也知他們還未成親，這實在是有些不合禮數。

「知道了！席哥哥，今日我答應陪著靜姨一道用飯，你也去如何？」在衛席儒面前，崔景蕙一向是乖巧的模樣。

「好，我也好久不曾陪娘親用飯了！」衛席儒點頭應下。

二人出了書房，到了靜姨那兒。

靜姨看到兩人連袂而來，心中自然歡喜得很。吃過晚飯，又留著崔景蕙說了好一會兒話，這才讓衛席儒將崔景蕙送了回去。

第二日，崔景蕙還是有些不放心，便讓沈嬤嬤帶著團團也去了石頭那邊，這一下，院裡只剩崔景蕙一人，崔景蕙倒是徹底穩了心神。

而另一頭，從公主府回去的劉氏，卻是越想越不對勁，第二日一早便遞了帖子，去了張家。

安顏一直都是由封不山調養身體的，往常每每一季，封不山便會回京，給安顏送上一批藥丸；可從封不山死後，已經過了近半年的時間，她的身體也是每況愈下。雖然另外請太醫開了方子，可太醫終究敵不過封不山的醫術，近來一個月，她已是大半的時間都待在床上了。

聽得母親到訪，她還以為是娘親憂心其病情，所以特意梳妝打扮了一番，這才讓劉氏進來。

「顏兒，妳最近身體如何？」劉氏一想到之前崔景蕙咒安顏死的話，心裡便堵得慌，這一看到自己女兒氣色不比往常，自然也就擔憂了起來。

「娘，我沒事，最近挺好的。」安顏還不知道劉氏見了崔景蕙的事，所以即便身體不適，也想讓劉氏安心。

劉氏看著安顏，攢著眉頭，忽然嘆了一口氣。「娘見到甄甄當年走失的那個孩子了。」

「哐噹！」安顏端著茶杯正欲喝茶，聽了這麼一句，心神失守間，只覺得手一軟，茶杯頓時滑落，傾倒在地。

「顏兒，燙著了沒？」劉氏嚇了一跳，看到安顏身上被浸濕的痕跡，生怕安顏燙著了，忙起身去查看。

「娘，我沒事。您真的看到她了？在哪裡看到的？」安顏這會兒哪裡還顧得上這個？她一把握住劉氏的手，聲音也帶上了一絲急切。

「就在昨日，長公主府。那孩子太像了，太像妳堂姊了，娘一時間還以為是甄甄站在我的面前。」劉氏一回想昨日崔景蕙的臉，便不由得心生感嘆。

「她知道了？」安顏藏於袖中的手猛的收緊，語氣也帶上了一絲急切。

到底是自己養了幾十年的女兒，便是情緒稍有不對，劉氏也能察覺出來，看到安顏那一瞬間的情緒外露，讓她原本就有些擔憂的心情瞬間緊張了起來。

「她什麼都記得。顏兒，那個孩子是不是誤會了什麼？她恨我們，恨安家，更恨張家。我問她，她卻讓我來找妳。顏兒，當年的事，妳是不是瞞了娘什麼？都這個時候了，妳可不能再瞞娘了。」

一時間，饒是安顏一貫隱藏得極好，這會兒柔弱的臉色也不免有了一絲扭曲，近乎咬牙切齒地喊道：「該死的！她怎麼可能記得？怎麼會記得？」

「顏兒，妳到底做了什麼？不是說蕙蕙是讓拍花子拐走的嗎？」劉氏大驚，一把摀住了安顏的嘴，然後湊到安顏身邊，低聲急促地說道。

「既然她回來了，那這事也瞞不住了。娘，當年是我故意遺棄了她！只是她運氣好，居然沒有被我找來的人抓住，更沒想到她居然還敢回來，早知道我一開始將她弄死就好了！」

安顏掰開了劉氏的手，原本柔美的面容一瞬間便扭曲成了猙獰模樣，一雙杏眼死死地盯著劉氏，一字一頓，惡毒之極。

「妳！顏兒，妳好生糊塗！妳怎麼能生出這般心思？蕙蕙可是妳堂姊的女兒，妳的繼女，妳怎麼就幹了這麼一樁蠢事？妳知道自己的身體根本就不可能養育子嗣，妳都容得下那些個賤妾生的兒子了，怎麼就容不下妳堂姊的孩子呢！」劉氏氣得手指頭都要發抖了，她痛心疾首地看著瞞了自己十幾年的女兒，當年若不是她苦苦哀求自己，她又怎麼會捨下臉面去求老祖宗，這才將張默真繼妻的身分落在安顏身上。

這是捨了安家的臉面才得來的親事，畢竟這汴京誰都知道，安顏因為先天不足，雖僥倖存活，卻沒有子嗣命。張默真當初也是對安甄心懷愧疚，想要彌補景蕙，這才答應娶安顏為繼室。可誰承想，她這個女兒這麼糊塗，不到一年光景便容不下景蕙的存在，這讓她這當娘的怎能不心痛？

這原本是勸解的話，可是聽到安顏的耳裡，卻只覺諷刺得很。

安顏瞪圓了眼睛，一副陰陽怪氣卻又無比天真模樣地望著劉氏。

「憑什麼？憑什麼安甄那女人能得到一切？憑什麼我一進門就要低她一等？我不甘心！娘，我不甘心，您懂嗎？」

劉氏聽到安顏已經變了聲音的話語，驚得忍不住後退了幾步，伸手摀住了自己的嘴巴，眼淚瞬間滑落，聲音儼然已經失真。「都是娘的錯，都怪娘沒能給妳一個好身體，都是娘識人不清！顏兒，不怪妳，都怪娘，都是娘的錯……」

「娘，幫我，您要幫我！她不能回來，只要她一回來，我就活不了！我要她死！娘，她絕對不能出現在夫君面前，我不能讓她毀了我！娘，我求您！」安顏看著劉氏的臉，忽然眼前一亮，站了起來，然後「撲通」一聲跪在了劉氏的面前，淚眼婆娑，一臉可憐的模樣。

「顏兒，妳身體不好，別因此費神傷了身，一切都交給娘，娘會幫妳處理好的。」看到自己女兒哭成這般模樣，劉氏感情的天平自然有所傾斜。畢竟就算崔景蕙再親，也親不過自己的親閨女。

「娘，謝謝您！如今也只有您肯幫我了！」安顏臉上頓時堆起了感激，她優雅地拭去臉上的淚水，然後撲進劉氏的懷中，在劉氏看不到的地方，安顏的嘴角彎出一個完美的微笑。

# 第一百一十二章 準備嫁妝

當夜，就如崔景蕙憂慮的那般，果然出事了！

十來個黑衣人，直衝崔景蕙的院子而來。只是，就在黑衣人翻牆而過的時候，夜色中，一連串清脆的鈴鐺聲響起，緊接著，翻牆而過的十來個黑衣人便發現從隔戶兩邊的圍牆上翻出三、四十個身穿鎧甲的士卒！

「中計了，我們撤！」

「這個時候說走，只怕來不及了吧！」為首的士卒正是丁致遠，只見丁致遠冷笑了一下，然後伸手一招，將十來個黑衣人團團圍住。

以寡敵眾，無異於螳臂擋車，所以沒有任何疑問，不過兩刻鐘的時間，黑衣人已經盡數被斬殺於刀下。

等將最後一人解決掉之後，丁致遠這才走到門邊，敲了敲門，對屋裡的崔景蕙說道：「蕙小姐，沒事了！」

本來就等在屋內沒有安歇的崔景蕙起身開了房門，正要出來，卻被丁致遠一把擋住了視線。

「蕙小姐，沒什麼好看的，妳就別看了。」

「致遠哥，這殺個人我都不怕了，又怎麼會怕死人呢？」崔景蕙笑了笑，不過還是承了丁致遠的情，並沒有強行跨出這一步。

丁致遠笑了一下，這才想起，崔景蕙可不似汴京裡面嬌滴滴的大小姐。「蕙小姐，這些屍首該怎麼處理？」

「麻煩致遠哥和諸位兄弟，幫我將這些人的屍體全部送到安府去，想來這些人，安府的人肯定是眼熟的。」崔景蕙也就見過安家的劉氏一面，這才隔天便出了這樣的事，不管是不是安家人動的手，這件事，她都要推到安家身上！她倒要看看，這安家的良心可是安得？

「蕙小姐，此事我一定給妳辦妥！」丁致遠也不問緣由，朝崔景蕙抱了下拳，便招呼手下將屍體抬走，至於剩下的人，便連夜替崔景蕙沖洗了院子，以免驚擾到其他百姓。

不消崔景蕙查探便知曉，安家一夕之間淪為整個汴京的笑柄，至於安家之後如何，崔景蕙也沒興趣打探，因為她現在有更重要的事要做，那便是為衛席儒準備科考要用的東西。

雖說靜姨也會準備，可崔景蕙為了能讓衛席儒在科考時吃得好一點，去年冬日便買了些野味，炕曬煙熏臘製，又琢磨了一些禦寒的物件，在科考前一併送去了衛府。

至於科考那日，崔景蕙送是送了，只是沒和靜姨一道罷了。也算是天公做美，科考三日，日日皆是豔陽天，等到衛席儒出來之後，臉上雖有倦容，但精神卻是極好，倒是讓崔景蕙鬆了一口氣。

放榜是在十五日後，接著便是殿試，等崔景蕙看到衛席儒穿著狀元服飾，打馬遊街的時候，已是四月下旬了。

崔景蕙站在街角，看著衛席儒無限風光的模樣，自是為他感到高興。

而就在當天下午，崔景蕙從衛府那邊得到消息，皇上果如之前約定的那般，給衛席儒和張家大小姐張景蕙訂了親，婚期定在了六月初八，距今也不過一月有餘的日子。

至此，崔景蕙才算是徹底安下心來，準備嫁人。

雖然靜姨說了，不需要她準備什麼東西，但嫁人不比其他，便是她現在沒有長輩為之操持，但也不想就此放手不管；而且她手中銀錢不缺，所以她讓沈嬤嬤尋了木材行，找了些貴重的木材，便在家裡開始做上了木匠活兒。

其他東西，想來衛家都會準備，但衣櫃便是祁連也不曾有，她之前製的兩個都留在了平都，便是想拉回也不可能了，倒不如重新打製。

雖然只有一個人，可崔景蕙的手工並不慢，所以也不至於擔心完工不了。春蓮雖是經常上門，看崔景蕙撿了木工活兒，也只當她是練練手，並沒有往深處想。

五月中旬，日頭漸熱，崔景蕙本不欲再出門，這日卻被春蓮生拉硬扯著拖上了街，沒想到，春蓮拉著自己去看的卻是衛家下聘的熱鬧。崔景蕙立在街頭，看著一抬一抬的聘禮穿街過巷，直往張家而去。

「大妮，妳知道嗎，那狀元郎的聘禮，據說可有一百零一抬呢！我成親的時候，要是石頭哥能給我送十抬聘禮，我就心滿意足了。」春蓮看著街上的熱鬧場面，忍不住拉了拉崔景蕙的手，一臉興奮模樣，就連臉上都是紅彤彤的。

崔景蕙卻是望著隊伍最前面的紅衣男子，愣愣地出了神，就連春蓮說了什麼都沒有聽清楚。

「大妮，熱鬧看完了，我們走吧！」看著蜿蜒的隊伍越走越遠，春蓮這才戀戀不捨地拉著崔景蕙想要回去，只是拉了一下，卻發現崔景蕙的注意力根本就沒有在她身上。「大妮，妳怎麼了？」

「沒，我沒事。我們走吧！」崔景蕙猛然醒過神來，發現周邊看熱鬧的人已經遠去。她定了定神，故作沒事地拉了一下春蓮，往蜀南路而去。

只是，這一路，春蓮絮絮叨叨地說了什麼，她卻是半點都沒有聽進去，滿腦子都是今日下聘的事。

這事，靜姨並沒有和自己說過，想來是怕自己傷心難過吧！只是不知道是一回事，看到了又是另外一回事。

雖然知道席哥哥娶的定是自己，那送到張家的聘禮還有她娘留給自己的嫁妝也定然拿得回來，但不知為何，崔景蕙心裡卻依舊難過得很。

滿腦子胡思亂想地回了院子，就連春蓮何時離開的都不知曉。崔景蕙拿著刻刀，站在已經完成大半的衣櫃前面，想要用活計分散自己的注意力，只可惜這手工活兒哪裡是心不在焉的時候能夠做的？

崔景蕙不過才刻了幾下，手中的刻刀「刷」的一下就切進了手指的肉裡，頓時鮮血溢出。崔景蕙吃痛，手猛的縮回，手中的刻刀也直接掉落在地上。她看著手中那一抹紅，再看看腳側的刻刀，苦笑了一下，索性直接坐下來，發起呆來。

也不知道過了多久，原本虛掩著的門被推開，從門外走進一個穿著大紅錦袍的男子，正是從張家下聘完過來的衛席儒。

「囡囡，妳這是怎麼了？怎麼受傷了？」衛席儒一進來便看到崔景蕙手上沾染著的紅色，頓時快走幾步，迎了上去，將崔景蕙受傷的手湊到眼前，待見到血已經止住，這才算是鬆了一口氣。

「席哥哥，我今天……看到了。」崔景蕙看著被衛席儒握住的手，抬起頭，看了衛席儒一眼。

「對不起，沒有告訴妳。」衛席儒這才算是明白了崔景蕙這一刻的不對勁是出自什麼緣由。他眼中閃過一絲歉疚，挨著崔景蕙坐下，然後將她攬進了懷裡。「我只是不願意讓妳傷心而已。」

「我知道，只是這心裡終究有點難受。明明這一切本該屬於我的，可是我卻只能偷偷摸摸地爭取，就如同那些看不見的骯髒一樣，見不得天日。」

「不，不是這樣的。囡囡，骯髒的不是妳，是安家和張家那些心懷叵測的人。」看到崔景蕙如此模樣，衛席儒也只能緊了緊手臂，將崔景蕙攬得更緊了。

這一路走來，崔景蕙堅強得讓衛席儒側目，一直以來的謀劃，衛席儒雖然參與了進去，可是所有的主導皆是由崔景蕙來的，一步一步，大膽布局，如今也只剩下最後的階段了。

「席哥哥，等我們成親之後，我想要離開汴京，我不想留在這裡，可以嗎？」崔景蕙忽然反手攬住衛席儒的肩膀，一臉的懇切。

衛席儒愣了一下，腦中一轉，便應承了下來。他以狀元之身向皇上求個外放，想來也不是什麼難事，而且，這也遂了他爹的意思。「只要妳想，我定讓妳如願。」

衛席儒的話，頃刻間便拂去了崔景蕙心頭的冷意，她只覺感動莫名。「席哥哥，謝謝你！」

衛席儒伸手揉了揉崔景蕙的髮，拉著她站了起來。「妳我之間，何必言謝？只要能讓妳順心，又有何不可呢？可吃過飯了？不若今日隨我回衛府吧？我娘這會兒也擔心著妳呢！」

「我也想靜姨，我今晚可不可以和靜姨歇一處？」崔景蕙這才注意到，外面的日頭已經昏黃了，她有些不好意思地笑了一下。人在脆弱的時候，總是希望身邊能多一些人在。

「我娘知道了定會歡喜的，走吧！」衛席儒看著崔景蕙那如小鹿般的眼神，自然是應了下來。他娘喜歡崔景蕙勝過自己，若是崔景蕙肯留宿，只怕最高興的便是他娘了。

「嗯！」

崔景蕙一連在衛府歇了兩日，這才在靜姨的戀戀不捨中回到了蜀南路。畢竟婚期已近，她這樣冠冕堂皇地住在衛家，著實說不過去，之前留了兩日，便已是她任性了。

手中的衣櫃，在五月底終於徹底完工了，這時候離婚期，也不過只有不到十日的光景。崔景蕙算是徹底閒了下來，只等著大婚之日。

最讓她沒有想到的是，之前送眾人回鄉的三爺，竟然在六月初三的時候趕回了汴京。

崔景蕙接到消息，迎出門去的時候，便看到三爺領著五、六輛車駕進了蜀南路，而車駕上的東西，明顯就是已經雕好的木頭架子。除了三爺和安大娘的馬車之外，其他的全是木頭，這情景，倒是將崔景蕙給看愣了。

直等到三爺招呼著鏢局的人將東西都送到崔景蕙的院子裡，崔景蕙這才醒過神來，一臉詫異地看著滿是興奮的三爺。「三爺，這是？」

三爺一臉興奮地搓著手，近乎兩眼放光地看著堆在院子的木頭。「這都是老吳頭給妳準備的嫁妝！這次回去，我剛好碰上了老吳頭，他就讓我將這些東西帶來給妳。妮子，我跟妳說，這可都是些好東西，是老吳頭家傳了幾輩子的好木頭！沒想到，這老吳頭還真夠意思。」

「這……三爺，這、這麼大的禮，您怎麼能收呢？」崔景蕙是學過木匠活的，自然知道，眼前這一堆只剩組裝的木頭不可能只是一件家具而已，而且所用的木材都是陳年老料，要真拿出去賣，這價值只怕比之前自己給吳爺的銀子要翻個幾倍呢！

吳爺一家本就不是什麼富裕的，她怎麼好意思收吳爺這麼大一個禮。

「我也不想要，實在是老吳頭太倔了，我也只好收了下來。不過妳也別擔心，老吳頭靠著之前妳給的圖紙，可算是發了家了，這也算是老吳頭的一點心意。」看到老夥伴不再為生計發愁，三爺也是高興得緊。這也是多虧了崔景蕙，所以他才自作主張地收了這些東西。

「這倒是欠了吳爺一個人情了！」三爺這般說法，倒是讓崔景蕙稍稍鬆了口氣。要是為了這些東西而清了吳爺的家底，她這心裡怎麼過得去呢！

和鏢局的人結清了餘款之後，崔景蕙正打算研究這些木頭，抬頭間，卻見三爺眼巴巴地望著自己，崔景蕙不由得疑惑地問道：「三爺，怎麼了？」

三爺強忍住心中的激動，搓了搓手，倒是有些不好意思地說道：「妮子，以後可不得叫三爺了，該叫阿爺了。」

崔景蕙眼中閃過一絲了然，既然三爺這麼說了，看來她臨走之前交代春元的那封信是到了大伯和村長手裡了，大伯和村長定然也是應允將她爹那一籍轉到了三爺戶下，這樣說來，她也確實不該再叫三爺了。「阿爺，您能在這個時候趕回來實在是太好了。」

三爺聽到崔景蕙的稱呼，臉上頓時露出了一絲滿足的笑容，他環顧四周，卻沒見團團的身影。「妮子，肉團子呢！怎麼沒看到他出來？」有幾個月沒見這小東西了，他倒是想念得緊，而且現在關係又不同了，團子可是自己的親孫子，這可和堂孫不一樣呢！

「在春蓮那兒呢！安大娘怕是在和春蓮說事，不然這會兒該送過來了。」崔景蕙看了一下院門口，想了一下。安大娘是和三爺一起回來的，既然安大娘不在這兒，想來便是在春蓮那邊商議春蓮和石頭婚事的事。

「對了，妳不提我倒是忘記了，我還有些東西要帶給虎子呢，那我先去了。」三爺猛一拍腦袋，這回來得太興奮了，竟然把事給忘記了。

三爺急匆匆地出了院子，崔景蕙卻是挽起袖子，開始清理起腳邊已經雕好的木頭。不過崔景蕙很快就發現，吳爺倒是用心了，從車駕上搬下來的木材，全部是分類好的，倒是不需要崔景蕙再一塊塊尋找了。

崔景蕙最先碰到的是一套桌椅，老吳頭精於雕琢，給她做的東西也是費了好大的心思，每條凳子腿上便猶如葡萄的藤蔓一般，椅背處則是一串串碩果累累的葡萄，崔景蕙一眼之下便喜歡上了。

吳爺還真是明白她的喜好，知道她不喜歡那些個大俗大雅的東西，這倒是和她給自己做的松鼠頂粟的衣櫃契合得很。

崔景蕙一忙起來便有些入了神，就連三爺何時抱著團團過來都未曾發現，還是團團抱住自己的腿，叫自己姊姊，崔景蕙才算是回過神來，放下手中的東西，將團團抱了起來。

「妮子，妳這麼著急上手幹啥？等得了空閒，阿爺給妳裝得服服貼貼的，哪還需著妳動手啊！」三爺看著院子裡快裝好的一套桌椅，倒是奇怪了起來，這也不需這麼著急吧？

「阿爺，吳爺這東西倒是幫了我大忙了，這個月初八我便要成親了，所以我想趕趕，在出嫁之前將這些都弄好。」已經到了這個時候，倒也不需隱瞞了，三爺作為自己的長輩，若是能出席自己的婚宴，那自是極好的。

「什麼？成親？這究竟是怎麼回事？」三爺被這突如其來的消息給震懵了。

「大妮，妳說什麼呢？我怎麼沒聽妳說過呢！」便是春蓮，也是一臉不可置信地望著崔景蕙。她們雖算不上日日見面，但也差不離了，她怎麼就不知道還有這事？

「阿爺、春兒，這事有點說來話長，一時半會兒倒還真是有點說不清楚。你們且等等，等我成親那日，你們便會知曉事情的緣由了。」這件事牽扯太多，崔景蕙一時之間還真不知該如何解釋。

春蓮一臉焦急地想要問個究竟，卻被三爺攔住。這麼些年的相處，三爺也是知道崔景蕙是什麼性子的，既然她已經開口說了這話，那自然也就沒有變數了，可是作為親人，三爺還需要確認一下。「那人，可是大妮妳認定之人？」

「阿爺，是的，他就是我一直在等的那個人。」三爺問得慎重，崔景蕙回得也慎重。

「阿爺明白了！」三爺得到了自己想要的答案，當即抱起團團，塞到了身後春蓮的手裡。「春丫頭，團團就交給妳了，妳回去告訴妳姑婆，大妮要成親的事。這時間是緊了點，但該置辦的東西，都準備一下。」

「三爺，我這就去跟姑婆說！」春蓮也知道事情的緊急性，不敢怠慢，抱著團團便出了門。

「大妮，咱們爺倆一起幹！」三爺這會兒也顧不得長途跋涉的勞累，直接下手，和崔景蕙一起組裝了起來。

這一忙活，便忙了整整三日，才將三爺從安鄉帶回來的物件全部組裝好。一套桌椅、一個雕花架子床、一個梳妝檯、六個箱籠，還有其他的一些小物件。成親該置辦的，怕是吳爺都想到了，這倒是讓崔景蕙疲累之餘，只覺感動不已。

就在東西都弄好的當日，衛家那邊，也將嫁衣和一些檯面送了過來，再加上安大娘和劉嬸給置辦的一些物件，頓時將崔景蕙的院子、屋子堆得滿滿當當。

# 第一百一十三章　偷梁換柱

六月初八，天剛破曉，崔景蕙便已早早的起了床，在沈嬷嬷和全福嬷嬷的幫助下梳頭、絞面，換上了新嫁衣。之前準備好的嫁妝，此刻也是繫上了紅綢，春蓮和安大娘她們在旁邊看著，亦是緊張不已。

而此刻，同樣的事情亦是在張家準備著；唯一不同的是，張家所準備的嫁妝，是崔景蕙的三、四倍還要多。

當第一縷陽光灑下時，衛家迎親的隊伍已經整裝待發，迎親的街道上更是擠滿了前來看熱鬧的人。

只是，當衛席儒穿著喜袍，繫著大紅綢緞，領著花轎隊伍走到蜀南路和張府的分岔路時，卻是一扯韁繩，走進了通往蜀南路的那條街道。

「錯了、錯了！狀元爺，走錯道了，張府可不是這一邊！」跟著花轎的嬷嬷並不明白其中的彎彎繞繞，看到衛席儒選錯了方向，忙急得大喊了起來。

而周遭看熱鬧的人，亦是開始起鬨。

「宮嬷嬷，路錯了不要緊，只要人沒錯就行了！」衛席坤坐在馬上，揚起鞭子，擋住了嬷嬷的去路，一臉意味深長地說道。

這看熱鬧的百姓，自然知道今兒是衛家和張家的親事，可新郎卻半路走錯了道兒，這恐怕還是汴京的頭一遭呢！口口相傳之下，看熱鬧的人全都蜂擁著朝衛席儒的方向而去，想看看這走錯道的新郎，是否能把新娘子接到？

吹鑼打鼓的隊伍一路進了蜀南路，到了崔景蕙的院子外。院子的門框上，早已繫著大紅的綢緞，院門也是敞開的，雖有人守在那裡，可也只是沾沾喜氣，崔景蕙早有交代，這攔著新郎的，自然是一個人都沒有。

衛席儒毫無阻礙地進了院子，跨了火盆，將已經穿好紅妝、蓋上蓋頭的崔景蕙領了出來。

「這、這……坤哥，這怎麼還有個新娘？這到底是怎麼回事？」原本一道來給衛席儒助陣的公子哥兒，看到衛席儒當真從這破破舊舊的院子裡領了一個新娘出來時，驚得下巴就要掉了。他一把抓住衛席坤的手，手指哆嗦地指著崔景蕙。

汴京裡誰不知曉，衛、張兩家的婚事是皇帝金口玉言指婚的，這結婚當天，衛家鬧了這麼一齣，那可是欺君大罪，是要殺頭的呀！

「你就看著吧！待會兒可是有好戲看了！」衛席坤笑著看他家弟弟親自將崔景蕙抱出了院子，送進了花轎之內，看著圍觀的百姓滿臉的興奮，看著不知是誰家的小廝匆匆回轉，直覺心中快意得很。

花轎抬了新娘，送喜的人抬了嫁妝，出了蜀南路，便向衛府回轉而去，竟是半點都沒有去張府的打算。

衛府做得招搖，自然也就不怕人知曉，還沒等到衛席儒將崔景蕙的花轎領回衛府，和兩府有關的參宴之人，便大多都知曉了此事。

而張府在約定的好吉時卻未見半分衛府的影子，焦急等待後，終於自出去打探消息的小廝口中得了消息——

新姑爺另外領了個新娘子，已經回衛府拜堂成親了！

砰！「豈有此理！衛家他怎麼敢？」張默真一把將手邊的茶杯摔翻在地，一臉鐵青地望著來報的下人，哪還有半點儒雅之氣？

而坐在他旁邊，便是用厚厚的妝容也掩飾不了臉上慘白的安顏，袖中的手緊緊地握住了椅子。

她怎麼就沒有想到，那小妮子在這兒等著呢！那日娘派出去追殺崔景蕙的人陳屍而歸，她便應該知道，這事不可能善了；只是那小妮子一直以來都沒有半絲動靜，安顏還以為她放棄了，卻沒想到，她等的會是今日！

是她病得太重了，精力無法維持；還是她心軟了，竟忘了斬草要除根這一件事？

安顏抬頭看了一眼，見劉氏面帶恐慌地站在那裡，便知道她娘定然是想到了，正想給娘使眼色，卻聽見張默真夾帶著怒氣的聲音響起——

「你，去把小姐請出來！雲舒，這裡的客人就麻煩你暫且招待了。我倒要看看，衛延這老匹夫這般下我面子，可有把聖上的旨意放在眼裡！」

張默真也真是氣到了，吩咐完之後，也不聽任何人開口，一甩袖就去了祠堂。他要去把陛下賜婚的聖旨拿出來，他倒要看看，衛延那老匹夫有什麼推諉之詞？

「顏兒，這……這可怎麼辦呀？」早已呆立一旁的劉氏，這會兒哪裡還顧得上其他，一臉無措地望著安顏，心裡儼然已經沒了主意。

「娘，您別急，一切有我。我倒要看看，不過是個黃毛丫頭，難道還能翻出個天來？」安顏不愧是當家主母，不過是呼吸間，便已經定下心來，一臉鎮定地望著劉氏，眼神中閃過一絲狠戾。

既然事情鬧到了這個地步，只怕是沒有迴旋的餘地了，倒不如拚個魚死網破。反正她也活不長了，臨死之前，若能拉了安甄那女人的女兒墊背，她也是知足了。

「娘，這是怎麼回事？吉時已過，衛家迎親的人為何現在還沒來？」穿著一身大紅嫁衣的張景蕙被下人領了過來，卻見大堂內冷冷清清，絲毫不見半點喜慶的模樣，頓時愣了一下，心中閃過一絲極其不好的預感。

「衛家不會來了，我和妳爹會送妳過去。」安顏抬頭看了一眼張景蕙，嘴角若有若無地掀起了一絲冷嘲。果然是小家子出身的，連一個男人都哄不住！

張景蕙愣了一下，卻是一把將頭上的鳳冠摘了下來，扔在地上，眼眶發紅，語帶恨意地望著安顏。「我都說了，我不願意嫁到衛家去，你們偏要我嫁！現在好了吧？我成了一個笑話，您滿意了吧？」

「吵吵嚷嚷的，像個什麼樣子！點翠，還不將妳家小姐的鳳冠戴好！等一下去衛府，可不能墮了我們張家的臉面！」安顏這會兒也是沒了好臉色，就連看張景蕙一眼都帶了嫌棄的意味。

「是，夫人！」跟在張景蕙身後的丫鬟怯怯地應了一聲，趕緊撿起地上的鳳冠。

而張景蕙見安顏發了真火，便是滿心不悅，也只能忍在心裡了。

當張默真領著安顏還有穿著嫁衣的張景蕙氣勢洶洶地趕到衛府時，崔景蕙和衛席儒正在拜高堂，等人直接闖進了喜堂之內，前來看熱鬧的親眷自然是一片譁然。

崔景蕙和衛席儒不緊不慢地行完了大禮，直至禮儀高唱將新娘送入洞房時，張默真再也忍不住了，他雙手捧著聖旨，強壓著滿腔怒火，走到堂中。

「衛延，你當真要罔顧聖意，置我們兩家的交情於不顧，做出這等折煞我張府顏面的事來嗎？你就不怕你好不容易才戴回來的烏紗帽不保嗎？」張默真也是氣急了，言語中絲毫不給衛延留半點情面。

只是，和張默真臆想中的暴怒不同，衛延好像什麼都不知道般地挑了挑眉，詫異地問道：「親家公，何出此言？我衛某依著聖意，今日迎娶你張家嫡女景蕙，難道錯了嗎？」

「哼！衛延，想不到一向耿直如你，竟然也有睜眼說瞎話的一日！我張默真的女兒就在我身側，你倒是說說，你家小兒娶的是誰？」張默真怒極反笑，也不顧文士風度，一把將藏於其身後的張景蕙拉了出來。

眾目睽睽之下，張景蕙瞬間紅了眼眶。她本來就長得不差，這一番模樣，倒是格外楚楚可憐，引人垂憐。

「這姑娘長得倒是肖似你家閨女，不過，張兄，你當真不知？」衛延這會兒看張默真，也不知道該笑還是該怒了？生為人父，錯認親女十餘載依舊未曾察覺，在他看來，倒也算是可憐至極了。

「知道什麼？衛延，今日之事，你定要予我張家一個交代，不然我便是捨了這條老命，也要與你衛家不死不休！」張默真一無察覺地放著狠話。

衛延憐憫地看了張默真一眼，然後扭頭對蓋著大紅蓋頭的崔景蕙溫聲說道：「景蕙，既然妳爹來了，妳也就見見吧！」

「是，爹爹！」

聽衛延讓新娘喚自己爹，張默真下意識裡諷刺了句。「衛延，你莫不是老糊塗——」可是話出口半句，卻見崔景蕙將紅蓋頭掀開，露出了一張面若桃花、似曾相識的臉，他驚訝得整個人都後退了幾步。「妳……到底是誰？」

「你便是不認識我，也該認識我這張臉才對，靜姨……娘可是說了，我這張臉與親娘肖似得很。」

今日崔景蕙的妝容，不知是靜姨有意還是無意間，竟畫得與當年的安甄成親時一模一樣，這讓崔景蕙原本就肖似安甄的臉更像了幾分，竟讓張默真在一瞬間有了些恍惚。

「甄甄，妳是甄甄……不對，妳說妳是我的女兒？這、這……這究竟是怎麼回事？」失態不過是瞬間的事，張默真意識到不對時，直接果斷地轉身，看向了望著崔景蕙儼然失神了的安顏。「安氏，這究竟是怎麼回事？」

安顏似未聽見張默真的言語一般，她一雙眼睛直勾勾地望著崔景蕙，眼中盡是駭然。

衛席儒適時插了嘴，他握住崔景蕙的手，望著張默真。「岳父大人，此事還是容小婿向您詳細道來。」

「你說！」張默真這會兒腦袋已是一片混沌，他急需一個人給他解釋解釋，這究竟是怎麼一回事？

衛席儒當下便將崔景蕙當年之事當著眾賓客的面一一道來，說完之後，賓客間一片譁然，望向安顏的目光亦是帶了不同，畢竟十餘年來，汴京的高門，誰提到張家安氏，都不得不豎起大拇指，稱讚她賢良淑德，夫妻和順，這汴京之內，誰不羨慕她？

如今看來，也不過是裹著一層光鮮亮麗的外皮而已，裡面卻是藏著一片敗絮。

「不，這不可能！爹、娘，不是這樣的，對不對？」第一個崩潰的不是安顏，而是張景蕙。她不能接受這種頃刻間從雲端摔入泥潭中的落差，那種絕望，讓她原本的驕傲瞬間碾落成泥。

「妳本是安家旁支，名為安淑媛，當年妳進張家時，已是四歲有餘，妳當真一點都不記得嗎？」對於占了崔景蕙位置的人，衛席儒早已都調查清楚，如今事已攤開，衛席儒自然不會留半點情面。

衛席儒的話，直戳張景蕙的心，她於慌亂中隱約想起一些早已被自己摒棄的記憶；她不敢相信，也不願相信，驀地捣住腦袋，只求這一刻，一切都是假的。「不，我不知道，我真的什麼都不知道！」

「張夫人，妳當真就沒什麼可說的嗎？」崔景蕙卻只盯著一臉沈靜，沒有半點表情變化的安顏。她倒要看看，到了這個時候，安顏還有什麼可以狡辯的？

「蕙蕙，我能說什麼？當年是我一時失察，將妳失手落在了元宵燈會上，也是我一時豬油蒙了心智，才會想尋個孩子代替。蕙蕙，我既是妳小姨，又是妳繼母，於情於理，我都沒有害妳的理由啊！」

安顏雖在劉氏那裡聽過崔景蕙長相肖似安甄，可是她卻沒有想到竟會這般相似，若不是時間不對的話，她還真以為是當年的安甄站在了自己的面前！崔景蕙的長相便是最好的證據，這一點，便是她想狡辯，只怕也是自欺欺人，倒不如承認下來。

「是嗎？張夫人，既然妳不是故意的，那我想問一下，這封信又作何解釋？」崔景蕙早有準備地從嫁衣的袖袋中掏出了一封信。

還不等崔景蕙送出，張默真已然搶了過來，拆了信封便看了起來。

「安氏，妳還有什麼話可說？」張默真這會兒氣得只覺腦袋疼得厲害，他一把將手中的信扔在了安顏的身上。他張默真這一輩子，在仕途上可謂是順風順水，卻沒想到內宅之中竟是一塌糊塗。

他垂憐十幾年的女人，竟害得女兒背井離鄉，若不是景蕙聰慧，只怕這事，他一輩子都不可能知曉！

「老爺，你說什……」安顏本來還想狡辯幾句，待看到自己親筆寫給封不山的信竟然落在崔景蕙的手中，大驚之餘，瞬間就有了對策。既然這事躲不過，那她定然也要將崔景蕙拉下水來！「這、這定是妳假冒的！封神醫的住處無人知曉，難道是妳……是妳害了封神醫?!」

「張夫人，這說的什麼話呢？封神醫可是被順王旗下的叛軍殺害的，他臨死之前，這心心念念的可還是張夫人妳的病呢！若不是為了妳張夫人，封神醫又何必冒此大險，置生死於不顧，只為救張夫人性命呢？」崔景蕙說到這裡，忽然拍了一下額頭，一臉懊惱的模樣。「瞧我這記性，我怎麼就忘了呢！張夫人，妳可是被封神醫放在心尖尖上的人，這為了喜歡的人而將生死拋之於腦後，想來也不是什麼稀罕事了。張夫人，妳覺得晚輩我說得可對呀？」

饒是安顏一貫處事不驚，這會兒臉上終究還是掛不住了。她身為貴家小姐，更是當朝太傅之妻，若是傳出與人有私情，那安家的名聲便會因她一人自此在汴京一落千丈，這個局，她不能賭。「妳胡說！封神醫懸壺一世，豈是妳能這般玷汙的！」

「是嗎？張夫人，妳確實謀劃得不錯，只可惜封神醫對妳情根深種，又如何捨得毀了你們之間那種蠢蠢欲動的曖昧證據？想來張夫人對這些信件應該都還記得吧？至於內容，我想還是各位自己看看吧！看看我們的張夫人和封神醫，到底是郎有情、妾有意，還是我誣衊他們。」崔景蕙早已想到了今日的場面，又如何會沒有準備？她一伸手，在一旁伺候的沈嬤嬤頓時遞上了一疊信，崔景蕙接過，素手一揚，手中的信件便紛紛揚揚地飄落。

# 第一百一十四章　終得圓滿

「不！」安顏在崔景蕙拿出信件的時候便臉色一變，急奔而出，想要奪過崔景蕙手中的信件，可終究還是晚了一步。「不要看，都不要看！」安顏這時候哪裡還有什麼大家風範？她像是瘋了一般地去撿落在地上的信件、去搶賓客手中已經拆開的信件。這都是她不能告於人前的秘密，如今攤開來，這般羞辱，安顏如何受得了？

「妳！安氏，妳個賤人！」張默真這會兒手中也拿了一封信，他一目十行地看完，心中怒火滔天。這一刻，他看安顏的目光，簡直就要噴出火來。

張默真的話，就像是壓垮安顏心裡防線的最後一根稻草，她終於停了下來，扭頭看著崔景蕙，近乎一字一頓地咬牙說道：「張景蕙！我身敗名裂了，這下妳滿意了吧？」

「張夫人，妳又錯了，我姓崔，叫崔景蕙，而且如今我姓衛，是衛崔氏，張景蕙這個名字，我嫌髒。至於滿意，張夫人，我告訴妳，自始至終我都沒有滿意過。我要的只不過是我娘給我的嫁妝，以及衛家這門親事，其他的，我什麼都不稀罕。」崔景蕙勾唇一笑，伸手緊緊地扣住身邊衛席儒的手，看著安顏，一字一頓地說道。她要的從來都不多，至於張家嫡女的身分，她根本就不稀罕，因為她知道，便是沒了這層身分，席哥哥及靜姨他們，也不會因此而看輕自己半分。

「景蕙，都是爹的錯，都是爹識人不清，這才讓妳受了這麼多年的罪！景蕙，不要恨爹，原諒爹好嗎？」張默真這會兒也終於認清了事實，他的女兒，不是在他膝下承歡十幾年、嬌養在身邊的女子，而是他對面這個猶如野草一般，頑強成長至今的女子！

這麼多年來，他虧欠了她，也負了甄甄對他的囑託。明明當年他回家的時候是懷疑過的，可是在安顏的解釋之下，他竟然就這麼信了，還信了十幾年，他就是個老糊塗呀！

「張大人，說笑了！我從來都沒有恨過你，又何談原諒不原諒？不過看在你與我娘夫妻一場的分上，我只希望，張大人能將我娘的嫁妝都還給我，我已是感激不盡。」

崔景蕙的話說得明明白白，在場圍觀的賓客也是想了個明白，這姑娘選在成親之日將這段陳年舊事攤開了說，想來是一開始就沒有打算再回張家了吧！

所以，這原不原諒，對崔景蕙而言，當真是沒有半點必要。

「景蕙，我是妳親爹，妳不能這樣！」張默真只覺得喉頭一哽，滿眼悲傷地望著那張肖似安甄的臉，心中百味雜陳。

「我能！就在我知道你識人不清，不知拒絕，態度不明以至於我娘生我而死起，我便決定不回張家了。張大人，你就死了這條心吧！」

崔景蕙看到張默真那後悔、懊惱的模樣，只覺得諷刺異常。她還有一封信，一封就連衛席儒都不知道的信捏在手裡，這也是她為何知道，便是凝血丸也救不回她娘的緣由。

當年安顏給的，確實是凝血丸，可又不是凝血丸。那雖是按著凝血丸的配方，卻少了重要的一味藥，這才使得她娘的出血沒有止住，並有了安顏登堂入室的後續。

她恨安顏，可是更怨張默真。若不是當初他曖昧不清，讓安顏心生愛慕，安顏又如何會對她娘下如此毒手？這一切的根源，追根到底，還是在張默真身上。

可張默真是她的親生爹爹，所以她不能怨，不能恨；但她也可以做到不聞不問，就如同對待一個陌生人一般，不再有交集。

「景蕙，妳說的是什麼意思？」一而再、再而三的真相，已經讓張默真疲於思考，聽到崔景蕙的話，他想都沒想便問了出來。

「這件事，張大人還是問問張夫人吧！」崔景蕙這一刻忽然心生疲憊。該說的已經說了，不該說的也已經說了，至於剩下的，她也不想看了。「席哥哥，我累了。」

「我送妳回洞房。」衛席儒一臉心疼地看著依舊倔強的崔景蕙，這會兒也顧不得其他人，扶著崔景蕙便進了後院。

「張大人，不知道我家弟妹的嫁妝什麼時候送過來？」衛席坤是武將，說起話來可沒有那麼多彎彎繞繞，等弟弟和崔景蕙的身影不見之後，他就徑直走到張默真面前，開始討要安甄留給崔景蕙的嫁妝。

「都在府上，我這就喚人將聘禮送過來。」張默真這會兒是一臉的失魂落魄，他心裡有一肚子的疑惑，可是僅存的理智告訴他，這個時候不是追問的好時機。

「不用了，我手下有的是人，這點小事還是交由小官處理便是。這順便啊，下官也好送張大人回府，畢竟今日是我衛府的熱鬧，可不是你們張家的熱鬧。」
雖然這話說得失禮至極，可這會兒張默真失魂落魄的，哪裡還顧得上這個？竟這樣被衛席坤脅迫著，將張府一干人直接送出了衛府。
喜宴依舊繼續著，只是出了這麼大的事，賓客也失了起鬨的心思，吃完宴席之後，便紛紛告辭而去，便是連個灌酒、鬧洞房的都沒有。
不過這樣也好，衛席儒早早便回了洞房之內。出了這麼大的事，這個時候，想來崔景蕙也是急需自己的陪伴，自己在崔景蕙身邊，也能安心許多。
喝完交杯酒，結髮成夫妻，洞房之內的喜婆，這會兒也是識趣地退下了，將空間留給這對新婚夫妻。
「席哥哥，我等這一日等了好久了！」崔景蕙看著衛席儒，眼中熠熠生輝。
「我亦如此！」衛席儒伸手拂過崔景蕙的側臉，輕笑了一下。等了這麼久，他終於可以名正言順地將崔景蕙攬進懷中了。
春宵月夜，伊人在側，擁緊纏綿，自是一片春光無限。
就在崔景蕙成親的第二日，張府傳來安顏身逝的消息。作為親家的衛府，自然要前去弔唁，只是崔景蕙曾放下話來，不進張府之門，所以她並沒有和衛席儒一道過去。

倒是沒想到，衛席儒回來時，卻帶了另外兩人——張景蕙和安顏之母劉氏。不過幾日未見，劉氏已然蒼老得不成模樣。

「席哥哥，她們怎麼來了？」從昨日衛席坤將自己的嫁妝從張家拿回之後，崔景蕙自認和張、安二府再無牽扯，所以見到這二人，自然也是沒個好氣性，就連茶都不願招待一二。

「此事還是由安夫人說吧！」衛席儒臉上也有一絲無奈，被一個長輩當庭廣眾之下下跪相求，饒是衛席儒涵養再好，也有些掛不住臉。

劉氏感激地向衛席儒笑了一下，只是這笑在崔景蕙看來，卻是比哭還難看。

只見劉氏將身側垂著頭的張景蕙往崔景蕙的面前推了推。「蕙蕙啊，昨日出了這麼大的事，妳繼母禁受不了打擊，已經撒手西去；外祖母也聽說了事情的緣由，是我家顏兒對不住妳，可是媛媛卻是無辜的。妳看妳如今也拿到了自己想要的一切，成了衛家的媳婦，妳能不能看在咱們兩家的分上，這事就這麼揭過了？」

崔景蕙只當作沒看見張景蕙望向自己時，眼中濃郁的恨意，意有所指地說道：「安夫人，不知妳這個揭過是何種揭過？若只是不追究這姑娘假冒我的身分活了十數年的事，那安夫人便不用提了，我並沒有放在心上。」

「這個……蕙蕙，我的意思並不是這個……」劉氏頓時露出一絲尷尬之色，臉上掛著訕訕卻又討好的笑，望著崔景蕙。「這件事，說來說去，其實也不是媛媛的錯，她也是無辜的；昨日出了這樣的事，只怕今後媛媛要想再嫁個好人家也難了。妳和媛媛按親緣關係來說，還是表姊妹呢！若是妳不介意的話，不如就讓媛媛留在衛府，和妳做個姊妹，行嗎？」

劉氏也知道自己說的話有多離譜，可這是安老夫人發的話，她當媳婦的，哪裡拒絕得了？

「安夫人，我介意，介意得很！她在我面前一秒，便是提醒我這十二年來過得有多慘！安夫人，妳最疼愛的女兒還躺在棺材中，屍骨未寒，妳卻半點悲傷都無，竟然還有興致來插手我衛府的家事，妳覺得妳合適嗎？」

崔景蕙簡直就被氣笑了，她沒報復張景蕙已是她的大度了，這人異想天開，竟然還想進衛府，與她姊妹相稱？這是夢還沒醒呢，還是當別人都是傻子呀？

「妳、妳……」崔景蕙的話直戳劉氏的痛處，一時間，劉氏話都說不全了。

崔景蕙也沒有再給她們說話的機會，她站起身來，拉了拉衛席儒。「席哥哥，讓她們走吧！下次若她們再來衛家，直接趕出去便是。」

「都是為夫處理不好，拖累娘子了。」衛席儒見崔景蕙臉上生了幾絲疲憊之色，忙揮手，讓守在門口的下人半拖半拽的，想要將人送出去。

可，就在這時，變故忽生！

「崔景蕙，妳這個毒婦，妳不得好死！」一再的羞辱，讓張景蕙知道，未來她將要面對的是什麼生活。她不想回去，不想再過清貧的日子！這一切，都是因為崔景蕙，因為這個突然出現、毀了她一切的女人！

既然崔景蕙毀了她，那她也要毀了崔景蕙！

魔障一生，便是再沒了退路。

張景蕙一把推開自己面前的下人，然後從頭上取下一根髮釵，就往崔景蕙撲了過去！

「娘子，小心！」

「席哥哥，讓開！」

衛席儒想也沒想便要挺身相護，只是崔景蕙卻一把將衛席儒推開，然後伸手主動出擊，一把握住張景蕙的手，將髮釵從她手裡抽出，反手就在張景蕙臉上劃出了一道痕跡！

她崔景蕙可不是什麼束手待斃的人！

「把她丟出去，我不想再看到這張臉！」崔景蕙將染血的髮釵一丟，直接轉身而去。

身後還在掙扎的張景蕙已被下人死死擒住，動彈不得。

「席哥哥，下次可別這樣衝動了！」

「娘子，下次妳也別這般威武了。」

「一切謹聽相公行事。」

帶著調侃的交流，隨著二人的離開漸行漸遠，只留下原地張景蕙徒勞的掙扎與歇斯底里。

安顏在張家只停靈了三日，便匆忙下葬。張默真終究還是有些血性，頂著安府的壓力，並沒有將安顏葬入張家祖墳。

衛席儒外調的文書，在七日後終於到了衛家，而半月之後，崔景蕙便和衛席儒一道離開了汴京。雖然在此期間，張默真來了幾次衛府，只是崔景蕙並沒有見他。

就連離開那日，也是提前了一夜出城，張默真知道時，衛席儒和崔景蕙已然出城離去。

至於三爺和團團，因著團團的年紀實在是太小，不宜長途奔波，所以崔景蕙便將團團留給了三爺，蜀南路之前租住的兩套院子，崔景蕙全數買了下來，讓春蓮和三爺他們住在那邊，彼此也好有個照應。

一縣之令，雖然官不大，但卻是實打實的父母官，衛席儒在任三年，崔景蕙尋了當地的木匠花了一年時間，終於將打穀機製了出來，然後呈於皇上。

皇上大喜，記衛席儒一大功。

三年任滿，衛席儒直接被詔令回京，進吏部任職。回京之時，身邊多了個一歲稚兒。

春蓮和石頭在此期間也已經成親，彼此相見時，春蓮正捧著個大肚子快要臨盆了，只是性子和三年前一樣，未改半分，想來這些年過得是極其順心。

張默真受此打擊，一蹶不振之下，放棄了進內閣的機會，向皇帝辭官不成，最後去了育林書院，對此崔景蕙不置可否。

這一世，對於她和張默真之間淡薄不可見的親情，崔景蕙便遠遠觀之，不聞不問，不看不想了。

上一世，她受的苦楚太多；這一世，她只願歲月靜好，一世無憂。

「娘子，外面風大，可別著涼了。」

滿腔的思緒，被身上乍然出現的暖意打斷，崔景蕙側頭，望著衛席儒，伸手與之十指交纏。

「席哥哥，我很高興這一輩子找到了你。」

「我也是。」衛席儒暖然一笑，將崔景蕙擁進了懷中。

也許，這一輩子最大的慶幸，便是在對的時間裡遇上了對的人，彼此珍重，沒有錯過。

——全書完

文創風
726

# 硬頸姑娘 4 完

國家圖書館出版品預行編目資料

硬頸姑娘 / 鹿鳴著. --
初版. -- 臺北市 : 狗屋, 2019.03
冊 ; 公分. --（文創風）
ISBN 978-986-328-975-3（第4冊 : 平裝）. --

857.7　　　　108000571

| | |
|---|---|
| 著作者 | 鹿鳴 |
| 編輯 | 黃淑珍 |
| 校對 | 林慧琪　周貝桂 |
| 發行所 | 狗屋出版社有限公司 |
| 地址 | 台北市104中山區龍江路71巷15號1樓 |
| 電話 | 02-2776-5889～0 |
| 發行字號 | 局版台業字845號 |
| 法律顧問 | 蕭雄淋律師 |
| 總經銷 | 知遠文化事業有限公司 |
| 電話 | 02-2664-8800 |
| 初版 | 2019年3月 |
| 國際書碼 | ISBN-13　978-986-328-975-3 |

本著作物由廣州阿里巴巴文學信息技術有限公司授權出版

定價250元

狗屋劃撥帳號：19001626

網址：love.doghouse.com.tw　E-mail：love@doghouse.com.tw